Rolf Müller

Die Welfenspange

Ein Kriminalroman, in dem eine nordhessische Familie, eine Goldspange aus dem 13. Jahrhundert und ein Mord im Jahre 1400 eine nicht unbedeutende Rolle bei der Aufklärung eines Mordes im Raum Wolfhagen spielen.

Petrus fragt Jesus: „Herr, wenn mein Bruder an mir schuldig geworden ist, wie of muss ich ihm verzeihen? Siebenmal?“
Jesus sprach zu ihm: „Nein, nicht siebenmal, sondern siebzig mal siebenmal.“
Matthäus 18, 21 und 22

CIP-Einheitsaufnahme: Ein Titeldatensatz für diese Publikation ist bei der Deutschen Bibliothek erhältlich

ISBN 3-935982-12-7

Romka-Taschenbuch Nr. 2
Kassel, Dezember 2005

1

Hallo, liebe Leserinnen und Leser,

Ich bin Gabi Helwich, Tochter des Kriminalhauptkommissars Stefan Helwich vom der Kripo in Kassel, Kommissariat Gewaltverbrechen, Leiter der Mordkommission. Ich wohne jetzt in München. Die Aussicht irgendwo in einem Archiv zu versauern, hat mich mein Studium der Geschichte schmeißen lassen. Wie es mit mir weitergehen soll, liegt im Dunkeln, ist mir im Augenblick auch egal. Im Augenblick schreibe ich Kriminalromane, wie sich das für eine Tochter eines Kripo-Beamten gehört. In der folgenden Geschichte geht es aber gar nicht um mich, sondern um meinen Vater und seinen Freund Kommissar Frieder Soltan. Sie glauben gar nicht, wie hinterhältig-intelligent und raffiniert Menschen sein können, wenn es darum geht Verbrechen zu verüben, sie zu vertuschen und anderen in die Schuhe zu schieben. Oder wie würden Sie das nennen, wenn unter dem Vorwand von Geschichtspflege, Brauchtum und Tradition Verbrechen begangen, Menschen betrogen und ermordet werden und Polizisten in Todesgefahr geraten, wenn sie den Tätern auf die Spur kommen?
Man sollte annehmen, dass die Ereignisse, die sich rund dreißig Kilometer südlich von Kassel im Jahr 1400 ereignet haben, heute höchstens noch Historiker interessieren. Möglicherweise könnten Touristen beim Besuch der Weidelsburg von den Folgeereignissen im Jahr 1402/3 durch einen sachkundigen Fremdenführer einiges erfahren über das, was da geschehen ist. Aber man kann doch wohl davon ausgehen, dass beide Ereignisse nun wirklich keinerlei Einfluss auf die Denkweise und das Handeln der Menschen heute haben sollten.
Ach so, Sie kennen die Geschichte nicht, ein Beweis mehr für die Belanglosigkeit der Ereignisse für die heutige Zeit. Gut, der eine oder die andere weiß Bescheid, aber das ist kein Gegenbeweis für meine Annahme, dass die Ereignisse im Jahr 1400 bei Kleinenglis und 1402/3 auf der Weidelsburg keinerlei Bedeutung für das Geschehen in diesen Tagen haben. Im Fall, von dem ich ihnen

erzählen möchte, musste ich mich allerdings eines Besseren belehren lassen. Ich erzähle Ihnen erst einmal was da vor mehr als 600 Jahren geschehen ist. Sie werden danach sicherlich verstehen, warum die Nachforschungen der Polizei so schwierig waren. Aber die Spuren am Fundort, in diesem Fall die Weidelsburg, ließen den ermittelnden Kommissaren gar keine andere Wahl, als die geschichtlichen Ereignisse von damals in die Ermittlungen einzubeziehen.
Um das ganze Ausmaß des vorliegenden Falles verstehen zu können, lässt es sich nicht vermeiden, dass ich das Leben der Familie Hertinghausen zu Anfang der dreißiger Jahre des vorigen Jahrhunderts ein wenig beleuchte. Meine Recherchen in diesem Fall haben nicht wirklich endgültige Klarheit geschaffen. Aber die komplizierten Verflechtungen in diesem Fall ,die die Kasseler Kriminalpolizei versuchte zu durchleuchten, lassen keinen anderen Schluss zu, als den, dass es sich wie geschildert, zugetragen haben muss.

Zuerst habe ich ja nur den Anfang der Geschichte mitbekommen. Das war auf einem Spaziergang mit meinem Vater, anlässlich meines Geburtstages. Die ganze Geschichte habe ich erst im Nachhinein erfahren, als mein Vater im Krankenhaus endlich mal Zeit genug hatte, mir das alles zu erzählen. Denn, wenn man im Krankenhaus etwas im Überfluss hat, dann ist es Zeit. Das Sprichwort „die Zeit totschlagen" erhält auf dem Krankenbett existenzielle Bedeutung.
Der Leser sollte anerkennend zur Kenntnis nehmen, dass vor allen Dingen die ländliche Bevölkerung in Nordhessen noch sehr traditionsbewusst lebt und sich viele ehrenamtlich geleitete Heimatvereine um die Pflege von Brauchtum und Tradition und Renovierung historischer Stätten, wie zum Beispiel der Weidelsburg, erfolgreich mühen und verdient gemacht haben.

Das Gebiet in dem sich die Geschichte abspielt

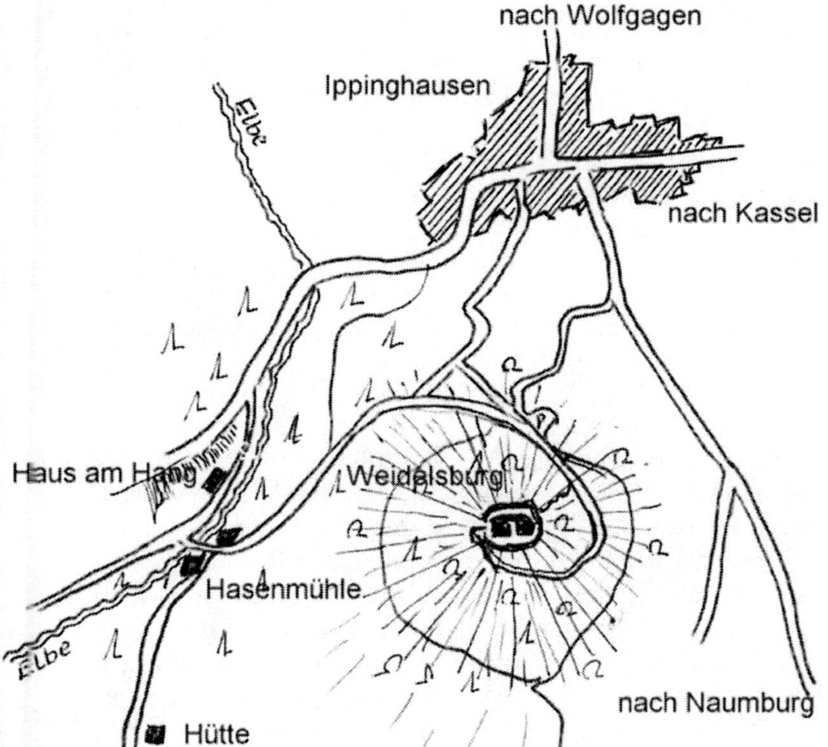

Das Misstrauen der hessischen Landgrafen gegenüber den Mainzer Erzbischöfen saß tief. Dieses Misstrauen war durchaus verständlich, ist es doch dem mutigen Einschreiten der couragierten Herzogin Sophie von Brabant, einer Tochter der Heiligen Elisabeth, zu verdanken, dass die Pläne der Mainzer, die westlichen und südwestlichen Teile Thüringens in ihren Herrschaftsbereich einzugliedern nicht gelang. Vereitelt wurde dieses Ansinnen als Sophie ihren dreijährigen Sohn Heinrich im März 1248 in Marburg vor aller Ritterschaft zum Herrscher über Hessen ausrief. Auch wenn vorerst die Pläne der Mainzer zunichte gemacht wurden, aufgegeben haben diese ihre Ambitionen nie. Im Gegenteil, sie haben jede nur erdenkliche Gelegenheit genutzt mit lauteren und unlauteren Mitteln zum Ziel zu gelangen. Immerhin war es ihnen gelungen, im Herrschaftsbereich der hessischen Landgrafen Enklaven zu etablieren und manch niederen Adel auf ihre Seite zu ziehen, wie zum Beispiel die benachbarten Waldecker Grafen, denen wiederum die Hertinghauser und Falkensteiner inmitten landgräflichen Gebietes als Verbündete dienten. So ist es nicht weiter verwunderlich, dass auf dem Reichsfürstentag in Frankfurt im Jahre des Herrn 1397 die Interessen der weltlichen Fürsten und die des Mainzer Erzbischofs und die der ihm ergebenen bischöflichen rheinischen Fürsten und Äbte der Reichsabteien, hart aufeinander prallten, ging es doch gegen Ende des Reichtages um den Nachfolger des von den vier wichtigen rheinischen Kurfürsten abgesetzten König Wenzel, den der Mainzer Erzbischof Johann einen „Verkümmerer, Entgliederer und Unwürdigen des Reiches“ genannt hatte. Der Vorschlag des sächsischen Kurfürsten Rudolf III, seinen Schwager, den braunschweigschen Herzog Friedrich zum Nachfolger Wenzels zu wählen, wurde von den weltlichen Kurfürsten und von den mit ihnen verbündeten Grafen des Reiches und von der

Mehrzahl der freien Reichsstädte unterstützt. Die rheinischen Kurfürsten, allen voran der Mainzer Erzbischof Johann, favorisierten dagegen den Pfalzgrafen Ruprecht. Die Interessen prallten hart aufeinander. Zwietracht beherrschte von nun an den Reichstag.

„Mit einem Braunschweiger, einem weltlichen Fürsten, als König des Heiligen Römischen Reiches, wird sich die Kirche nie und nimmer einverstanden erklären", hatte er dem sächsischen Kurfürsten entgegengeschleudert.

Die anderen Kurfürsten waren nicht gewillt, diese Entscheidung hinzunehmen. Friedrich und die mit ihm verbundenen Fürsten und Grafen verließen den Reichstag vorzeitig, der doch bis zur Wahl mit all den anderen Herzögen, Landgrafen, Äbten und Vertretern der Reichsstätte so erfolgreich verlaufen war.

Aber ohne die Kirche war zu dieser Zeit ein König kein König und ein Kaiser kein Kaiser. Was also sollte der Kaiser tun? Die Chancen für Friedrich standen eigentlich nicht schlecht, die Mehrzahl der Kurfürsten traute dem Pfalzgrafen nicht zu, das Reich in den heraufziehenden schweren Zeiten weise und mit fester Hand zu regieren, schwebte doch die mögliche Spaltung des Heiligen Römischen Reiches und die der Kirche als drohende Gefahr über dieser Zeit. Das Reich stand vor einer Zerreisprobe, die Kirche sowieso, das war allen klar. Was aber zu tun sei, um einerseits die Gefahr einer Spaltung abzuwenden und andererseits doch noch die Ernennung Ruprechts rückgängig zu machen, darüber herrschte allgemeine Ratlosigkeit bei den weltlichen Fürsten, die sich um den Kurfürsten von Sachsen geschart hatten. Dieser hatte sehr deutliche Worte gebraucht, um den anderen zu verstehen zu geben, was er von Ruprecht hielt. Enttäuscht waren sie, und zornig. Der Sachse wollte sich partout nicht mit dem Ausgang des Reichstages zufrieden geben. Sein missmutiges Gesicht war beredt genug, um zu ermessen, wie groß dessen

Enttäuschung war. Er war sich selbst nicht ganz klar darüber, ob Wut und Ärger oder Resignation das Ergebnis seines Gemütszustandes waren. Er wollte es dem Mainzer schon heimzahlen, aber wie, darüber grübelte er immer wieder auf der Reise gen Norden nach.

Nun waren sie also auf der Heimreise, zurück in ihre angestammten Lande. Es hätte eigentlich ein Triumphzug werden sollen, die Heimreise des Braunschweigschen Herzogs Friedrich, hatte man doch gehofft, den zukünftigen König des Reiches begleiten zu können. Was sich aber am 5. Juni des Jahres 1400 durch das Schwalmtal Richtung Norden bewegte, glich eher einem geschlagenen, versprengten Häuflein irgendeines Heeres nach irgendeiner Schlacht.
Dem Trupp voran ritt Herzog Friedrich, angetan mit den Insignien seines Standes, einem Purpurumhang, der von einer Goldbrosche gehalten wurde. Diese Brosche suchte ihresgleichen. Helmarshausener Goldschmiede aus dem Norden der hessischen Grafschaft hatten sie wie eine prächtige Blume gestaltet. In der Mitte war das Wappentier, der Braunschwieger Löwe, kunstvoll ziseliert, umgeben von einem Edelsteinkranz und ebenfalls mit Edelsteinen besetzten Blättern. Neben dem Herzog ritt sein Bruder Bernhard. Begleitet wurden die beiden vom ihrem Schwager, dem Kurfürsten Rudolf von Sachsen, von Fürst Sigismund von Anhalt, dem Bischof von Verden, Konrad von Soltau und dem Probst von Verden, Heinrich Lesch und einigen Grafen aus befreundeten Grafschaften des norddeutschen Raums mit etwas weniger als 60 Rittern, nebst dem dazugehörigen Tross von etwa einem Dutzend Planwagen. 60 bewaffnete Ritter sollten wohl genügen, mit etwaigen Räuberbanden fertig zu werden. Zudem reisten sie den größten Teil des Weges durch befreundetes Land und konnten, wo immer sie rasteten, erwarten, dass man ihnen

Logis und Nahrung für Mensch und Tier gewährte. Dafür sorgte schon der Herold, der Ritter Conrad von Waldstadt, der sich, wenn es Zeit wurde, ans Rasten zu denken, vom Trupp entfernte und weit genug vorausritt, dass, wenn die Fürsten und der Herzog mit dem Rest eintrafen, alles zum Besten geregelt war. Gestern noch, im Löwensteiner Grund, hatte der Zug der Reisenden aus mehr als 400 Rittern und ihren Landesherren bestanden. Am Morgen hatten sie sich dann getrennt und die anderen mitreisenden Edelleute zogen mit ihren Begleitern auf anderen Wegen ihrer Heimat entgegen.

Die Reise war bisher ohne Zwischenfälle verlaufen. Auch im Gebiet des Erzbischofs hatten die Bewohner und Edelleute den Fürsten, Grafen und Rittern ihren Respekt erwiesen und sie mit dem Nötigen versorgt. Nun aber würden sie durch ein Gebiet reisen, in dem der mit dem Herzog verschwägerte Landgraf Hermann von Hessen regierte. Man hatte auch in den vergangenen Tagen nicht wirklich mit Überfällen von Mainzer Vasallen gerechnet, und mit Räuberbanden würde man schon fertig werden, wenn sie es versuchen sollten, sich dem Trupp zu nähern. Zudem wusste der Herzog selbst vortrefflich mit dem Kurzschwerte umzugehen, das er in einem Gürtel unter seinem Umhang trug. Niemand rechnete ernsthaft damit, dass es auf der Reise zum Kampf kommen würde. Aber wenn Herzöge und Fürsten reisen, dann gebietet es der Stand, dass sie sich mit guten Kämpfern umgeben, geht es doch nicht nur um die persönliche Sicherheit der Herrscher, sondern auch um die ihrem Stand angemessene Begleitung. Der Braunschweiger war der Einzige, dem die Enttäuschung von Frankfurt nicht anzusehen war und der stolz erhobenen Hauptes mit interessierten Blicken das Land betrachte.

Am heutigen Ziel, in Fritzlar wollte man gemeinsam das Pfingstfest feiern und Menschen und Tieren sollte ein Tag Ruhe vergönnt sein. Auch wenn Fritzlar eine Enklave des

Mainzer Erzbischofs im Landgräflichen Gebiet war, hoffte man doch dort freundlich empfangen und bewirtet zu werden. Die Reisenden waren müde. Noch lagen etwa zwei Meilen vor ihnen. Das Flüsschen Schwalm, wo die Pferde ein letztes Mal getränkt worden waren, hatten sie vor wenigen Minuten verlassen. Sie näherten sich dem Dorf Kleinenglis, das sie aber über freies Gelänge umgehen wollten. Der Herzog beneidete den Landgrafen immer wieder wegen seiner ausgedehnten Wälder, durch die und an denen vorbei sie in den letzten Tagen gezogen waren. Auch jetzt ruhte sein Blick auf den bewaldeten Hügeln zu seiner Linken. Das musste ein vorzügliches Jagdrevier mit allerlei Wild sein. Des Herzogs umherschweifender, träumerischer Blick entdeckte plötzlich etwas, was seine ganze Aufmerksamkeit fesselte. Hatte da nicht etwas geblinkt?

„Hat er das auch gesehen?“ fragte er seinen neben ihm reitenden Bruder. Dieser hatte nichts gesehen, beobachtete aber sofort sehr aufmerksam den Waldrand.

„Dort, Menschen.“

„Bewaffnete, wie mir scheint. Ob der Landgraf uns eine Begleitung schickt?“

„Für eine Begleitung scheint mir der Trupp reichlich groß geraten“, ließ sich der Bruder vernehmen, „und sie sehen mir recht kriegerisch aus. Räuber vielleicht?“

„Lasst sie erst einmal näher kommen. Macht euch aber auf alle Fälle bereit zur Verteidigung“, befahl der Kurfürst. Und zu den Rittern gewandt befahl er: „Ihr Herren und Ritter, verteilt euch um die Wagen. Haltet eure Waffen bereit.“

Es war schon ein stattlicher Trupp von etwa 200 mit Spießen, Hellebarden und Schwertern bewaffneten Reitern, der da langsam anrückte. Deren Absicht war jedoch noch nicht zu erkennen. Als sie beträchtlich näher als in Rufweite herangekommen waren, hörten die Männer um den Herzog jemanden rufen:

„Woher des Wegs, ihr Männer?“
„Die Herzöge Friedrich und Bernhard von Braunschweig und der Kurfürst Rudolf von Sachsen mit dem Fürsten Sigismund in friedlicher Absicht auf dem Weg von Frankfurt nach Braunschweig“, antwortete der Probst Heinrich. Nun war der Trupp bereits so nahe, dass die Gesichter der Männer deutlich zu erkennen waren.
„Gestattet, ehrenwerte Herren, dass wir Euch ein Stück begleiten?“
„Wer seid Ihr? Schickt euch der Landgraf Hermann?“ fragte der Probst.
„Friedrich von Hertinghausen und Kunzmann von Falkenstein in Diensten des Waldecker Grafen, der bald zu uns stoßen wird“, war die stolze Antwort.
Das war ehrlich, ließ den Herzog und seinen Bruder jedoch hellwach werden. Waldecker, Verbündete des Erzbischofs auf landgräflichem hessischem Gebiet, das konnte nichts Gutes bedeuten.
„Was ist Euer Begehr?“ wollte der Probst wissen.
Statt einer Antwort umringten etwa zwanzig Männer des Trupps den Herzog und seine Begleiter und richteten ihre Lanzen auf sie. Die Anderen wandten sich den Rittern zu, die beim Tross geblieben waren.
„Haltet euch ruhig“, rief Kunzmann den Rittern zu, „euch geschieht nichts. Der Herzog wird uns allein begleiten.“
Als dieser diese Worte hörte, wandte er sich an seinen Bruder: „Nehme er meinen Umhang und die Spange, reite er so schnell er kann zur Gudensburg und berichte er dort, was er hier hört und sieht.“
Mit einer schwungvollen Bewegung seiner Rechten öffnete der Herzog seinen Umhang, warf diesen seinem Bruder zu. Mit dem ausholenden Schwung zog Friedrich gleichzeitig sein Schwert. In der Aufwärtsbewegung hieb er dem, der ihn von vorne bedrohte, die Lanze entzwei. Bevor die Soldaten überhaupt gewahr wurden was geschah, schwang

das Schwert wieder zurück und traf den Lanzenträger zwischen Hals und Schulter. Sein starker lederner Nackenschutz half ihm da nichts, der halbe Hals wurde durchschlagen. Der Angreifer stürzte von Pferd. Die kurzfristig entstandene Verwirrung nutzte Bernhard, um den Ring zu sprengen und davon zu preschen. Die Ritter des Zugs hatten inzwischen begriffen, um was es ging. Sie verließen ihren Posten an den Wagen und wollten ihren Herren zu Hilfe eilen, wurden jedoch von Kunzmanns Männern daran gehindert. Es kam zu einem erbitterten Kampf. Dem Herzog gelang es noch einem der Angreifer den Arm abzuschlagen und einem dritten sein Schwert in die Kehle zu stoßen, dann traf ihn hinterrücks ein Speer zwischen die Schulterblätter. Der Herzog fiel vornüber, sein Pferd wieherte Furcht erregend, stellte sich auf die Hinterbeine, schlug wild mit den Vorderhufen um sich und schlug einen weiteren Angreifer vom Pferd, der gerade sein Schwert auf den Probst niedersausen lassen wollte. Dennoch, der unbewaffnete Probst war das nächste Opfer. Es tobte eine regelrechte Schlacht, 200 mit Schwertern, Speeren und Lanzen ausgerüstete Angreifer mit einigen Bogenschützen gegen 60 lediglich mit Schwertern ausgerüstete Männer um den Kurfürsten und den Braunschweiger Herzog. Die Angegriffenen wehrten sich tapfer und mit dem Mut der Verzweifelung, waren jedoch hoffnungslos unterlegen. Einer nach dem anderen fiel vom Pferd. Als Kurfürst Rudolf die Aussichtslosigkeit des Kampfes erkannte, ließ er sein Schwert sinken.
„Haltet ein! Wir ergeben uns“, rief er ins Schlachtgetümmel. Glücklicherweise war der Falkensteiner gerade vor ihm erschienen, um ihn zu fordern, sonst wäre sein Ruf ungehört geblieben und die Schlacht bis zum bitteren Ende ausgefochten worden.
Bernhard hatte nicht, wie ihm befohlen, das Weite gesucht, sondern vom Rande des Kampfes her versucht, den

Angreifern in den Rücken zu fallen. Ihm zur Seite standen der Fürst Sigmund und der Ritter Conrad. Bald jedoch mussten auch sie einsehen, dass der Kampf aussichtslos war. Sie ergriffen die Flucht nach Norden, jedoch weit genug voneinander entfernt, um so die Verfolger zu zwingen, sich aufzuteilen, denn wenigstens einer musste durchkommen, um die Schandtat berichten zu können. Herzog Bernhard fand bald Deckung in einem kleinen Waldstück. Er sah noch, wie sich seine Leute der Gnade der Angreifer befahlen, dann ritt er davon. Er merkte zu spät, dass sich jeweils fünf bis sechs Reiter an die Verfolgung der Fliehenden machten. Friedrich von Hertinghausen selbst nahm die Verfolgung Bernhards auf.
„Den holen wir uns, Männer."
Das Pferd des Hertinghausers war schnell, schneller als Bernhards Ross. Und er war ein verwegener Reiter. Die mit ihm dahinpreschenden Männer ließ er bald hinter sich. Nach weniger als einer Meile hatte er seinen Verfolger eingeholt. Bernhard versuchte mit einem schnellen Haken dem Schwert des Hertinghauseners zu entgehen. Dabei trat sein Pferd in einen Kaninchenbau und stürzte vornüber. Bernhard konnte seine Füße nicht rechtzeitig aus den Steigbügeln lösen. Er fiel mit seinem Pferd. Sein linkes Bein wurde von dem schweren Leib des Tieres eingeklemmt.
„Da liegt er nun", hörte er die höhnische Stimme Friedrichs von Hertinghausen. Mit einem kräftigen Ruck riss er dem Sachsen den herzoglichen Umhang von den Schulter. Dabei fiel die Brosche zu Boden.
„Na, wenigsten etwas", sagte er befriedigt, „ein wenig Kampfbeute sollte schon sein."
Als Friedrich die Spange in Händen hielt, erkannte er sofort deren materiellen Wert. Allerdings war ihm auch bewusst, dass deren Besitz nicht ganz ungefährlich war, wies diese seinen Besitzer doch, wenn nicht als Mörder, so doch als Anstifter zum Mord am Herzog von Braunschweig aus.

„He, nehmt ihn mit auf das Schloss. Unversehrt wohlverstanden“, forderte er die inzwischen angekommenen Mitstreiter auf, „und gebt dem Gaul den Gnadenstoß.“
Bernhard, Rudolf und der Bischof wurden mit den wenigen Überlebenden des Überfalls auf die Burg des Waldeckers gebracht und dort eingekerkert.
Fürst Sigmund und dem Ritter Conrad gelang die Flucht dank ihrer schnellen Pferde. Sie konnten sich, nachdem sie außer Sichtweite ihrer Verfolger waren, in den Wäldern an der Eder verstecken und gelangten ausgezehrt und völlig erschöpft am nächsten Tag auf getrennten Wegen nach Wolfhagen. Der Burgmann von Wolfhagen schickte sofort zwei seiner schnellsten Botenreiter nach Kassel. Sie erreichten die Wache in Kassel noch am selben Abend. Von dort geleitete sie eine Wache zum Schloss innerhalb der Festung, wo sie dem Landgrafen Hermann II Bericht über das Geschehen erstatteten. Als Hermann von dem dreisten Überfall erfuhr, verfärbte sich sein sonst so rosiges Gesicht in fahles Grau, um dann nach wenigen Augenblicken rot vor Zorn anzulaufen.
„Dieser elende Heuchler, Hundsfott von Pfaffe. Das soll er mir büßen.“ Das waren seine Worte mit denen er auf diese Nachricht reagierte.
Am folgenden Tag rief er seine Berater zusammen und überlegte mit ihnen, was zu tun sei. Der Landgraf empfand die Schandtat als zweifachen Frevel. Abgesehen vom unentschuldbaren Mord an nahezu 50 Männern, empfand er es als persönliche Beleidigung, dass der Herzog, ein Verwandter und Verbündeter der Hessen, auf seinem Territorium ermordet wurde. Man kam zu dem Schluss, dass der tote Herzog und die mit ihm gefallenen Edelleute zu bergen und zunächst nach Fritzlar zu bringen seien. So kam Friedrich von Braunschweig doch noch nach Fritzlar, als Leichnam jedoch und nicht zu Pfingsten, wie geplant.

Dennoch gewährte man ihm Gastfreundschaft. Sein Leichnam wurde im Dom aufgebahrt, später des Herz entnommen und im Dom in einem zinnernen Sarg eingeschmolzen, während die sterbliche Hülle unter dem Ehrengeleit des Landgrafen nach Braunschweig gebracht wurde.

Es vergingen noch zwei Jahre und ein Winter bevor sich dem Landgrafen Hermann die Gelegenheit bot, es den Hertinghausener Herren heimzuzahlen. Die hatten sich auf die Weidelsburg zurückgezogen, als ruchbar wurde, dass der Landgraf seine Truppen in Marsch gesetzt hatte, um an all denen, die mit verantwortlich waren am Mord am Herzog Friedrich und seiner Begleiter, ein Exempel zu statuieren.

An der Stelle des Überfalls in Kleinenglis steht ein Sandsteinkreuz. Niemand weiß, wie es dorthin kam. Auch die Inschrift ist voller ungelöster Geheimnisse. Dieses Kreuz ist von den Schutzengeln der Gefallenen errichtet worden, die der Herrgott dazu verdonnerte, dieses Kreuz zum ewigen Mahnmahl ihres Versagens aufzurichten. Und weil es von den Engeln stammt, und abgemahnte Engel in Zukunft bestimmt besser aufpassen, haben Bewohner der umliegenden Dörfer Stücke davon abgeschlagen und diese als Reliquien zum Schutz gegen Ungemach in ihren Häusern aufbewahrt.

3

In den verhängnisvollen letzten Jahren der Weimarer Republik, in denen alle Werte, die die Familien und die Gesellschaft als Fundamente ihres Daseins betrachteten, verloren zu gehen drohten, fragten sich mehr und mehr Menschen nach dem Ursprung ihres Daseins, nach dem Woher, um von daher die Frage nach dem Wohin zu beantworten. Wenn es schon in der Gegenwart keine bleibenden Werte gab, dann wollte man sie in der Vergangenheit suchen, in der Vergangenheit eines Volkes, das die Geschicke des Abendlandes maßgeblich geprägt hatte. Zu denen, die eine Antwort auf die drängenden Fragen der Gegenwart in der Geschichte suchten, gehörte auch Gustav Hertinghausen aus Wolfhagen. Vor den Toren seiner Heimatstadt stand auf einem Basalthügel bei Ippinghausen die Ruine der Weidelsburg. Er war Mitglied des Heimatvereins, der sich aus den erwähnten Gründen die Renovierung dieser Burg zum Ziel gesetzt hatte, die seit Anfang des 17. Jahrhunderts nicht mehr bewohnt war und oft als Steinbruch herhalten musste.
Da viele der Mitglieder arbeitslos waren, Geld kaum vorhanden war, die Männer also Zeit hatten, wurde eine Freiwilligen-Truppe zusammengestellt, die mit wenigen Naturalien entlohnt werden konnte, weil einige Betriebe im Ort sich bereit erklärt hatten, die Aktion zu unterstützen, vor allen Dingen Metzger, Bäcker, Bauern, Gärtner und Kohlenhändler.
Der 21jährige Gustav Hertinghausen gehörte zu der Mannschaft, die im Inneren des südlichen Wohnturmes den Schutt wegräumen und die freigelegten Mauern sichern sollten. Das war die spezielle Aufgabe des Maurergesellen Gustav Hertinghausen. Er musste die Steine und die Fugen säubern und dann neu verputzen. Das war ihm auch lieber, als die schwere Arbeit mit Hacke, Schaufel und Schubkarre,

obwohl er durchaus bereit war, zwischenzeitlich den anderen bei ihrer Arbeit zu helfen. Aber er liebte die Kleinarbeit, Stein für Stein zu säubern, Fuge für Fuge auszukratzen, den Mörtel anzurühren und sorgfältig in die Fugen zu füllen. Je mehr Schutt weggeräumt wurde, je tiefer sie auf den Boden des Palas vordrangen, desto deutlicher war zu erkennen, dass die südliche Ecke wohl als Küche gedient haben könnte. Gustav entdecke Ruß an den Wänden. Im Schutt befand sich Holzkohle, die sorgfältig in einem Säckchen verwahrt wurde. Mann würde später an Hand dieser Kohle feststellen können, wann hier zum letzten Mal ein Feuer gebrannt hatte.
Gustav war gerade damit beschäftigt, eine Auslassung in der Mauer, die offenbar ein Teil des Kamins war, zu verfugen, als er mit seinem schmalen Spachtel auf etwas Metallisches in einer Fuge stieß. Das war ungewöhnlich. Außer Kohle hatte man bisher nichts gefunden. Denn als die letzten Bewohner die Burg verlassen hatten, hatten sie offensichtlich alles mitgenommen. Die Bewohner der Umgebung hatten in den folgenden Zeiten ihren Teil dazu beigetragen, dass das Wenige, was zurückgeblieben war, verschwand. Gustav aber glaubte etwas entdeckt zu haben, das die Zeiten überdauert hatte. Zwei Dinge konnte er jetzt schon feststellen, zum einen war die Fuge sehr breit und der Mörtel schien schon sehr lange daraus verschwunden zu sein und zum anderen schien das Ding, was immer es war, fast handtellergroß zu sein. Gustav war versucht, die anderen, die gerade zu einer kurzen Pause nach oben gegangen waren, zu rufen, unterließ es aber dann. Tatsächlich, das verschmutzte Ding, das da auf den Boden fiel, war so groß wie der Handteller des Maurermeisters. Er hielt es in den Lichtschein der Petroleumlampe und säuberte es mit seiner Bürste. Allein der Dreck ließ sich nicht so ohne weiteres entfernen.

Jede Arbeit ist ihres Lohnes wert, und man soll dem Ochsen, der da drischt das Maul nicht verbinden, diese Sprüche gingen dem Gustav durch den Kopf, kurzum, er stecke das Ding in die Hosentasche und nahm seine Arbeit wieder auf. Die zurückkehrenden Arbeiter fanden ihn, eine große Fuge mit Mörtel füllend, vor.
„Du solltest mal Pause machen, Gustav“, rief ihm einer zu.
„Wenn ich es bis dahin geschafft habe , geh' ich nach Hause.“ Dabei zeigte er auf eine Stelle in der Nähe des nächsten Stützbalkens. Das war nicht mehr viel, das waren gerade mal noch zwei Kübel voll. Gustav hätte dann ohnehin neuen Mörtel ansetzen müssen. Er hatte es eilig, zu erfahren, was er denn da im Mauerwerk gefunden hatte.
Gustavs Zuhause war der Bauernhof seiner Eltern in Ippinghausen. Sein älterer Bruder würde einmal den Hof übernehmen, deshalb hatte Gustav ein Handwerk lernen müssen, und er war zufrieden damit. Zu Hause angekommen wartete er ungeduldig auf einen Moment, in dem er unbeobachtet seinen Fund säubern konnte. Er wollte auf keinen Fall, dass sein Vater davon erfuhr. Er hätte ihn mit Sicherheit abgeben müssen. Das konnte er immer noch, sollte sich herausstellen, dass das Ding keinen besonderen Wert hatte. Gustav aber hatte das unbestimmte Gefühl, dass der Fund eben doch etwas Besonderes sein würde. Und er hatte Recht. Nachdem er den ersten Dreck unter der Pumpe im Hof abgebürstet hatte, konnte er nur feststellen, dass das Ding rund war und regelmäßige Erhebungen und Löcher aufwies. Mit Taschenmesser, Lauge und Bürste wurde die nächste Schicht Schmutz entfernt. Kalk hatte sich an einige Stellen angesetzt. Als Maurer wusste er, dass da Salzsäure helfen würde. Er wollte sich gerade auf den Weg zum Lagerschuppen seines Meisters machen, als sein Vater in den Hof trat.
„Gustav, schon zurück? Wo willst du hin?“

„Hab' meinen Henkelmann in der Burg liegen lassen. Grad noch Zeit, ihn zu holen."
Tatsächlich hatte er, glücklicherweise kann man sagen, den Henkelmann liegen lassen, aber nicht auf der Burg, sondern im Betrieb, von wo aus er zur Weidelsburg gefahren war. Mit dem Säubern würde es ungefähr zeitlich hinkommen, sodass sein Vater keinen Verdacht schöpfen würde.
Der Meister war noch nicht zurück. Der Schuppen war zum Glück nicht abgeschlossen. Also konnte er sich in aller Ruhe an die Säuberung seines Fundes machen. Er füllte etwas Salzsäure in ein flaches Gefäß und legte seinen Fund hinein. Weiße Blasen zeigten an, dass die Säure ihre Wirkung tat. Als nach wenigen Minuten keine Bläschen mehr aufstiegen, goss Gustav die Säure in den Abfluss, spülte kräftig mit Wasser nach, damit der Meister, sollte er noch einmal in den Schuppen kommen, nichts merken würde. Erst dann betrachtete Gustav seinen gesäuberten Fund.
„Uff, na so was!" Einen Ruf des Erstaunens konnte er nicht unterdrücken. Seinen Augen bot sich etwas wahrhaft Großartiges. Er hielt eine golden glänzende Brosche in Händen, die am Rand einen Blätterkranz aufwies. Auf jeden der Blätter unterschiedlicher Art waren rote, blaue und grüne Steine eingefasst. In der Mitte war eine Figur eingraviert. Er meinte einen Löwen erkennen zu können.
Was tun? Sein erster Gedanke war, weg hier und die Brosche verstecken. Gustav wusste, dass er seinen Fund nicht behalten durfte. Er gehörte dem Landesmuseum. Das war allen, die an der Burg arbeiteten, eindringlich deutlich gemacht worden. Mitnahme von Fundstücken war Diebstahl, das war ihm klar. Aber hergeben würde er seinen Schatz auf keinen Fall. Bis jetzt wusste ja niemand von seiner Entdeckung und das sollte auch so bleiben. Erst einmal raus hier. Gustav war schon an der Türe, da fiel ihm zum Glück gerade noch ein, dass er ja den vergessenen Henkelmann als Vorwand benutzt hatte, her zu kommen.

Mit dem Henkelmann demonstrativ in der Hand betrat er den väterlichen Hof und ging damit in die Küche.
„Spät kommst du, Junge, hast lang arbeiten müssen?“ begrüßte ihn seine Mutter.
„Nee, musste noch mal zurück, hatte den Henkelmann liegen lassen.“
„Für morgen hätten wir bestimmt noch einen Ersatz gehabt. In fünfzehn Minuten gibt's Abendbrot.“
In fünfzehn Minuten war bestimmt kein geeignetes Versteck für seinen Schatz zu finden. Zum anderen wollte er sich ihn auch mal etwas eingehender betrachten. Aber wo und wann? Die Schlafkammer musste er sich mit seinem Bruder Kurt teilen. Auf dem Hof war immer irgendjemand irgendwo. Er musste eine Möglichkeit finden, einmal eine längere Zeit allein zu sein und zum anderen ein sicheres Versteck finden. Was er mit der wertvollen Brosche anfangen würde, das war ihm noch nicht klar. Darüber dachte Gustav aber auch im Augenblick nicht nach. Eins nach dem anderen.
Beim Abendbrot fiel seiner Mutter seine gedankliche Abwesenheit auf.
„Gustav, was ist, hast du keinen Hunger? Nach so harter Arbeit musst du kräftig essen, sonst machst du morgen schlapp.“
„Ich glaube, ich habe zu viel geschuftet. Ich bin ganz kaputt. Ich glaube, ich sollte ins Bett gehen. Morgen wird's schon wieder. Vater, darf ich?“
„Nichts gewöhnt sind die jungen Leute. Dein Bruder schuftet mehr Stunden auf dem Hof, als du auf der Burg. Missmutige Esser kann ich nicht ausstehen. Also hau ab.“
Das war geschafft, obwohl ihm tatsächlich etwas schlecht war. Das kam wohl von den Säuredämpfen. Gustav war's nur Recht. Er hatte Zeit, seinen Schatz in Ruhe zu betrachten. Leider war es draußen schon zu dunkel, als dass das Tageslicht ausgereicht hätte. Die Glühbirne in der

Schlafkammer war die schwächste, die aufzutreiben war. Es war ja auch die Schlafkammer. Im Nachthemd auf der Bettkante sitzend betrachtete Gustav, was er gefunden hatte. Mit Augen und Fingern entdeckte er nach und nach die Schönheiten der Brosche. Auf der Rückseite war ein flacher Bügel. Möglicher Weise war das eine Gürtelschnalle, Gold, besetzt mit Edelsteinen und einem Wappenlöwen. Der hessische konnte es nicht sein, der war quer gestreift. Dieser Löwe schaute angriffslustig nach links, sein Schwanz schien Flammen zu sprühen. Sollte das etwa das Braunschweigsche Wappen sein? Gustav hatte einiges über die Geschichte der Weidelsburg erfahren, denn man hatte alle, die an der Renovierung beteiligt waren, kurz über die Geschichte und Bedeutung der Burg informiert. Aber Braunschweiger waren nicht erwähnt worden, demnach waren sie auch nie auf der Burg gewesen. Wie also kam die Brosche dahin? Gustav musste mehr über die bewegten Zeiten der Burg erfahren. Das würde ganz unverfänglich sein, schließlich arbeitete er ja bei der Renovierung mit. Gustav konnte es kaum erwarten, wieder auf der Burg arbeiten zu können.
Aber ein Versteck hatte er immer noch nicht. Am nächsten Tag kam ihm der Zufall zu Hilfe. Beim Frühstück sprach sein Bruder Kurt den Vater an:
„Vater, hast du mal die Wand am Kopfende von meinen Bett angesehen? Die ist ganz dunkel und die Tapete fällt ab."
„Nee, hab ich nicht. Gustav soll sich das mal ansehen, wenn er heute Abend zurückkommt. Also Gustav, nach Feierabend kümmerst du dich mal darum. Schließlich bist du der Fachmann für Wände."
„Gut, Vater. Kurt soll aber seinen Krempel da wegräumen."
Gustav erkannte in diesem Fall seine Chance. Die Wand musste sicherlich bis zum Boden aufgeschlagen, die befallenen Steine, oder vielleicht auch nur der Putz erneuert werden, weil alles möglicher Weise von einem Pilz befallen war. Das würde bedeuten, dass sich hinter der breiten

Fußleiste ein Versteck einrichten ließ. So war es dann auch. Die Tapete musste runter, der Putz großflächig abgeschlagen und die Fußleiste an der Schmalseite abgenommen werden. Die Steine waren glücklicher Weise nicht befallen. Für diese Arbeit nahm sich Gustav einen freien Tag. Das Versteck hatte Vorrang. Die Geheimnisse der Burg konnten warten. Bevor Gustav die Fußleiste erneuerte, schlug er ein flaches Loch in die Wand, verputze dies sorgfältig, probierte, ob die Brosche hineinpasste. Sie passte. Am nächsten Tag, nach Abtrocknung würde er die Brosche in Ölpapier wickeln und dort verstecken und das Loch mit der Fußleiste verdecken.
Zu seinem Bruder sagte er am Abend: „Kurt, ich habe ein Brett zur Sicherheit gegen die Wand gelehnt, damit du mit deinem Bett Abstand von der Wand hältst. Also pass auf."
„Keine Bange, ich fass schon nichts an."
„Morgen Abend mach ich den Rest. Bis dahin wird der Putz wohl trocken sein. Tapezieren können wir dann immer noch ein anderes Mal."
Als Gustav wieder an seiner „freiwilligen" Arbeitsstelle war, versuchte er von den älteren Mitarbeitern Näheres über die Burg zu erfahren. Heinrich, ein arbeitsloser Fabrikarbeiter aus Naumburg wusste von einer Geschichte zu berichten, in der während einer Belagerung, durch wen, konnte er nicht sagen, den Frauen auf deren Bitten hin, freier Abzug gewährt und ihnen gestattet wurde, nur ein Stück von dem hinauszutragen, was ihnen am liebsten war. Die Belagerer staunten nicht schlecht, als sie die Frauen Huckepack mit ihren Männer den Burgberg hinab kommen sahen. Wann das geschehen war, das wusste Heinrich auch nicht. Hatte vielleicht bei dieser Gelegenheit jemand die Brosche versteckt?
„Der pensionierte Lehrer Höhle aus Wolfhagen, der müsste einiges mehr wissen. Sag mal, warum interessiert dich das?" wurde Gustav abschließend gefragt.

„Na, ich will ja schließlich wissen, wo ich arbeite und was da an Kultur und Geschichtserinnerung bewahrt werden soll, wie der Vorsitzende des Heimatvereins immer sagt."
„Also frag Höhle, der ist auch im Vereinsvorstand."

Am nächsten Sonntag, nach dem Kirchgang machte sich Gustav mit seinem Fahrrad auf den Weg nach Wolfhagen, den Lehrer Höhle zu besuchen und ihn über die Geschichte der Burg auszufragen. Der war höchst erstaunt über den Besuch eines jungen Mannes.
„Guten Morgen, junger Mann. Wollen Sie zu mir?"
„Morgen, Herr Höhle. Sie sind doch Herr Höhle, der ehemalige Lehrer? Ich bin Gustav Hertinghausen aus Ippinghausen."
„Ja, das bin ich. Und was führt dich zu mir?"
„Ich arbeitete an der Renovierung der Weidelsburg mit. Ich möchte gerne mehr über die Burg erfahren. Wenn ich schon mit dafür sorge, dass die Geschichte der Burg erhalten bleibt."
„Sie meinen, die Erinnerung an die Geschichte. Das ist sehr löblich. Was genau interessiert dich denn?"
„Nichts Genaues. Wenn es Ihnen nichts ausmacht, erzählen Sie von den wichtigsten Ereignissen."
„Da gibt es eine Menge zu zu sagen, aber ich will nur kurz das Wichtigste erzählen, denn du willst doch sicher zum Mittagessen wieder zu Hause sein. Ich darf doch Du zu dir sagen, oder?"
„Ja. Ich kann ja später noch mal wiederkommen, wenn mich noch etwas besonders interessiert und ich nachfragen will."
„Ist recht. Wusstest du, dass deine Namensvettern, vielleicht deine Vorfahren, eine wichtige Rolle in der Geschichte der Burg spielten?"
Gustav war zu erstaunt, um sofort auf die Frage des Lehrers zu reagieren.

Dieser nahm das Gespräch wieder auf: „Da staunst du, was? Eigentlich sollte deine Familie mal eine Ahnenforschung veranlassen. Ich könnte da sicher behilflich sein. Aber nun zur Weidelsburg."
In der folgenden knappen Stunde erfuhr Gustav Hertinghausen in groben Zügen das, was von der Geschichte der Burg bekannt war und das war Folgendes:

Die Weidelsburg
Über den Ursprung der Burg ist wenig bekannt. Wann und von wem sie gebaut wurde, liegt im Dunkeln. Ob mit der dem Grafen Werner von Grüningen übereignete „Burg Altenstedt" die Weidelsburg gemeint ist, bleibt unklar. Es wird angenommen, dass die Burg in der zweiten Hälfte des 12. Jahrhunderts von den Naumburger Grafen errichtet wurde. Jedenfalls werden sie im 13. Jahrhundert als Besitzer der Burg erwähnt. Es kann aber auch sein, dass die Ritterfamilie Wedelberg die Burg errichtet hat und dann von denen an die Naumburger abgetreten wurde. Wie es auch gewesen sein mag, die Burg stammt aus dem 12. Jahrhundert und hat von Beginn an eine an bewegte Geschichte erlebt. Sie war ab dem 13. Jahrhundert Streit- und Tauschobjekt zwischen den hessischen Landgrafen und den Mainzer Erzbischöfen. Von denen tat sich besonders Adolf von Nassau hervor, der die Burg dem hessischen Landgrafen Hermann wieder abnahm. Der Erzbischof ließ die Burg durch die Herren von Hertinghausen, denen die Burg zum Teil verpfändet war, Ende des 14. Jahrhunderts erneuern.

Hier beginnt nun die Geschichte, die bei unserem Gustav Hertinghausen gespannte Aufmerksamkeit und innere Erregung aufkommen ließ. Waren die von Hertinghausen Vorfahren seiner Familie? Höhle meinte, dass sei sehr wahrscheinlich. Das „von" könnte vermutlich in jüngster Zeit aus dem Familiennamen entfernt worden sein.

Die für die Burg und die Familie von Hertinghausen entscheidenden Jahre waren die ersten drei des 15.Jahrhunderts, also 1400 bis 1403.
Die von Hertinghausen waren mit dem Waldecker Grafen Heinrich an der Ermordung des Herzogs von Braunschweig auf dessen Rückreise vom Reichsfürstentag in Frankfurt bei Kleinenglis beteiligt. Da die Braunschweiger mit den Landgrafen von Hessen nicht nur verbündet, sondern auch verschwägert waren, war es für den Landgrafen Hermann eine Ehrensache, diesen Frevel zu rächen und die Hertinghauser zur Verantwortung zu ziehen. Die Weidelsburg wurde belagert und teilweise zerstört und die Hertinghauser aus der Burg vertrieben, sofern sie nicht im Kampfe gefallen waren. Als Ludwig II hessischer Landgraf wurde, fiel die Burg wieder an Gefolgsleute des Mainzer Erzbischofs. Der neue Burgherr, Reinhard von Dalwig, ein Schwager der von Hertinghausen entpuppte sich aber alsbald als übler Raubritter, sodass sich der Landgraf und der Erzbischof gezwungen sahen, das Räubernest auszuheben. Bei der Belagerung 1443 kam es dann zu dem Ereignis, von dem Gustav Hertinghausen schon von seinem Kollegen erzählt bekommen hatte und von dem das Relief am Eingang der Burg Zeugnis ablegt. Die Burg gelangte dann in den Besitz der hessischen Landgrafen. Sie verlor aber im Laufe der nächsten Jahrhunderte an Bedeutung, beherbergte verschiedene Lehensleute, verfiel mehr und mehr und war bereits vor dem 30jährigen Krieg nicht mehr bewohnt.

„Es gäbe natürlich noch einiges mehr dazu zu sagen", schloss Höhne seine Ausführungen, aber für heute soll es genügen. Zum anderen ist es Zeit für dich, zurückzuradeln. Vielleicht ein anderes Mal mehr dazu."
„Herr Höhne, ganz herzlichen Dank für die interessante Darstellung. Ich würde schon noch gerne mehr über die von Hertinghausen erfahren. Speziell über die Belagerung der Burg und deren Zerstörung 1403."
„Kann ich verstehen, zumal du den Namen der damaligen Herren trägst. Trotzdem, Schluss für heute."

„Ich komme bestimmt wieder. Nochmals danke und auf Wiedersehen, Herr Höhne."

Tief in Gedanken versunken radelte Gustav den Weg zurück zum Hof seines Vaters. Konnte es sein, dass seine Familie Nachkommen der von Hertinghausen waren? Ein unbestimmtes Gefühl wurde mehr und mehr zur Gewissheit, wenn auch vorerst nicht nachweisbar. Seine Vorfahren waren an der Ermordung des Herzogs von Braunschweig beteiligt, hatten sich auf die Weidelsburg zurückgezogen und waren von dort in einer Strafaktion vertrieben worden. Konnte es nicht sein, dass einer von ihnen bei den Kämpfen bei Kleinenglis in den Besitz der Brosche oder Gürtelschnalle gelangt war und sie vor der Eroberung der Burg aus Angst, sie könnte seine Beteiligung an der Meucheltat beweisen, versteckt hatte? So muss es gewesen sein. Dann war sein Fund vielleicht die Brosche eines adeligen Braunschweigers? Sollte er seinen Fund nicht doch lieber melden? Aber was hätte er davon? Außer einem „Danke" sicher nichts. Dass die Brosche wertvoll war, allein wegen ihres Materialwertes, darüber war sich Gustav klar, und historisch erst mal! Aber die Brosche von der Weidelsburg könnte natürlich auch im Jahr 1930 beweisen, dass seine Vorfahren an der Ermordung eines Herzogs beteiligt waren. Das würde seinem Vater gar nicht gefallen, besonders in diesen Tagen, da die Geschichte wieder mehr und mehr den Menschen in Erinnerung gebracht wurde. Und dies in einer Art und Weise, die die guten und heldenhaften Taten der damaligen Herrscher als nachahmenswerte Vorbilder den Menschen vor Augen führte. Da würde ein hinterhältiger Meuchelmord nun gar nicht in das Bild passen. Gustav kam zu dem Schluss, die Brosche zu behalten. Das Versteck war gut gewählt.
Zum Sonntagessen kam Gustav zu spät, was ihm eine ernsthafte Rüge seines Vaters eintrug.

„Wo warst du überhaupt? Was hast du die ganze Zeit getrieben?“
Gustav berichtete seinem Vater von seinem erwachenden Interesse an der Geschichte der Burg und von seinem Besuch bei Lehrer Höhne in Wolfhagen. Dies wiederum stimmte seinen Vater etwas versöhnlicher und es erfüllte ihn ein wenig mit Stolz, dass sein jüngster Sohn über sein Maurerhandwerk hinaus interessiert war, etwas über die Geschichte der Region und der Familie zu erfahren.
Die Arbeiten auf der Burg gingen die nächsten drei Jahre zügig voran. Dann bekam der Betrieb, in dem Gustav arbeitete, mehrere Aufträge von der Stadt. Straßen und Siedlungshäuser in der Stadt wurden gebaut. Jede Hand wurde gebraucht. Gustav und mit ihm viele andere, die an der Burg gearbeitet hatten, bekamen bald wieder eine Arbeitsstelle. Die Arbeiten an der Burg stockten. Der Heimatverein hatte Mühe, den Bestand zu erhalten, denn es war schwierig, nach Feierabend noch Freiwillige für diese Arbeiten zu bekommen, zumal diese unentgeltlich geleistet werden mussten.
Mit 25 Jahren heiratete Gustav. Er verließ den Hof seines Vaters und mietete sich eine Wohnung in den neu erbauten Häusern in Wolfhagen. Beim Polterabend schaffte Gustav es, die Fußleiste in seiner bisherigen Schlafkammer zu lösen und die Brosche an sich zu nehmen. Er kaufte sich eine Schatulle mit Samt ausgelegt, mietete sich ein Schließfach bei der Sparkasse und verwahrte dort nichts anderes als seinen Fund. 1935 kam ein Sohn zur Welt. Sie nannten ihn Herbert. Als Herbert fünf Jahre alt war, wurde sein Vater eingezogen. Herbert erlebte seinen Vater zum letzten Mal Weihnachten 1943. Gustav wusste, dass die Siegesparolen der Reichsführung nur über die miserable Lage an den Fronten hinwegtäuschen sollten. Er war sich dessen bewusst, dass dies durchaus sein letztes Zusammensein mit

seiner Familie sein könnte. Entsprechend gedrückt war die Stimmung. Am Silvesterabend gab er sein Geheimnis preis.
„Meine liebe Margarete", so begann er, „uns ist beiden klar, dass es dieses Mal durchaus das letzte Mal sein kann, dass wir zusammen sind."
„Gott möge das verhüten", fiel ihm Margarete ins Wort.
Gustav fuhr fort: „Für den Fall, dass ich nicht zurückkomme, sollst du etwas erfahren, das ich seit meinem 21. Lebensjahr als Geheimnis bewahrt habe. Du solltest es auch als Geheimnis bewahren, bis unser Sohn Herbert volljährig wird. Versprich mir das um unserer Liebe willen."
Margarete konnte ihre Tränen nicht zurückhalten. Der Kummer über das Mögliche machte ihr das Herz schwer. Nicht auszudenken, wenn Gustav nicht mehr zurückkäme. In ihrem Kopf tauchte ein Wort auf, das mehr und mehr ihre Gedanken besetzte: Kriegerwitwe. Gott bewahre!
„Margarete, noch besteht kein Anlass zur Traurigkeit, noch haben wir uns, „tröstete Gustav seine Frau, „und wolle Gott, es möge so bleiben. Aber Vorsorge soll getroffen werden. Versprichst du mir, mein Geheimnis zu bewahren und an Herbert weiterzugeben?"
„Ja, mein Lieber, ich verspreche es dir."
Dann erzählte Gustav seiner Margarete von dem Fund in der Weidelsburg und welche Bewandtnis es damit auf sich hatte. Er ließ bei seiner Schilderung keinen Zweifel daran, dass die Brosche ehemals dem Herzog von Braunschweig gehörte und von einem seiner Vorfahren bei dessen Ermordung erbeutet und auf der Weidelsburg bei deren Eroberung versteckt wurde.
„Du kannst den Wert der Brosche sicherlich ermessen. Sie gehört unserer Familie nun nahezu 550 Jahre. Kriegsbeute sozusagen. Davon bringen unsere Soldaten ja auch einiges ins Reich."
„Was soll Herbert denn damit machen. Was soll ich ihm sagen?"

„Sag ihm, was es mit der Brosche auf sich hat. Was er damit macht, ist seine Sache. Er soll sich aber darüber klar sein, dass dies ein Stück unserer 600jährigen Familiengeschichte ist."

Viel mehr gab es nicht zu sagen. Am nächsten Tag musste Gustav wieder zu seiner Einheit. Beide ahnten, dass es die letzte gemeinsame Nacht sein würde. Ihre Liebe war vollkommener Einklang ihrer Seelen und Körper. Sie liebten sich heiß und innig. Ein nie empfundenes Gefühl von Glück und Trauer bemächtigte sich ihrer. So vereint würden sie für alle Zeiten bleiben, nicht „bis der Tod uns scheidet", sondern darüber hinaus, gedanklich und seelisch vereint für immer und ewig. In dieser Nacht wurde ihre Tochter Annegret gezeugt, deren Liebreiz in ihrer Jugend Zeugnis abgab für die vollendete Liebe ihrer Eltern in ihrer gemeinsamen letzten Nacht.

Es war für die allein stehende Frau in den letzten Jahren des Krieges nicht einfach, ihren beiden Kindern immer das zu geben, was für eine normale Entwicklung nötig war. Aber was war schon normal in den Jahren 1944/45. Obwohl, die Hertinghausens konnten hin und wieder auf die Hilfe ihres Onkels Kurt hoffen. Der hatte in der Partei Kariere gemacht. Er hatte sich bei seiner Einberufung freiwillig zur SS gemeldet und hatte vom Herbst 1943 bis zum Einmarsch der Amerikaner als Unteroffizier im Gestapo-Gefängnis Breitenau gedient. In diesem Gefängnis verbüßten hauptsächlich Zwangsarbeiter der Kasseler Betriebe ihre Strafe wegen Aufsässigkeit, Unpünktlichkeit und Sabotage, also wegen mangelnder Arbeitsleistung.

Schon bevor die Amerikaner in Kassel einmarschierten, wusste Kurt, dass es dem Ende zuging und er als SS-Unteroffizier keine Gnade zu erwarten hatte. Er verbrannte eiligst am Ufer der Fulda seine Uniform und nahm die Stelle seines Bruders Gustav ein, dem es gelungen war, so schien es den Nachbarn, vor den Russen zu fliehen und der deutschen Reichwehr zu entkommen, das heißt zu desertieren. In den Wirren der Nachkriegszeit war vieles möglich, auch die Identität seines Bruders anzunehmen, solange keine offizielle Nachricht über den Tod des Bruders vorlag. Gustav blieb vermisst. Kurt lebte unerkannt mit seiner Schwägerin noch zwölf Jahre. Er starb an einer nicht erkannten Krankheit, die mit einer Lähmung der Atmung einherging.

Das Schließfach überstand die Wirren der Nachkriegszeit und die Währungsreform. Als Herbert von dem Schließfach erfuhr, hatte er nichts Eiligeres zu tun, als nachzusehen, was es damit auf sich hatte. Im Lande ging es aufwärts, dennoch konnte man Geld immer gebrauchen. Warum die Brosche nicht für teures Geld verkaufen? Aber wo, an wen, wie und für wie viel? Schätzen lassen kam nicht in Frage, das war klar. Herbert verschob die Entscheidung darüber erst einmal.

Im Jahr 1982 hatte er immer noch keine Lösung für das Problem gefunden. Für sich schon, denn er hatte die Goldspange seinem ältesten Sohn Reinhard, einem Automechaniker in einer entscheidungsträchtigen Unterredung überlassen, als er achtzehn wurde.

„Dieses ist seit hunderten von Jahren der wertvollste Familienschatz der Hertinghauser. Bewahre das Erbe gut. Trenne dich nicht davon, das wird Unglück über die Familie bringen. Erzähle niemandem davon, vor allen Dingen nicht deiner Tante Annegret. Hörst du? Versprichst du mir das?"

Reinhard erkannte sofort den Wert der Spange und malte sich schon aus, um wie viel Mark seine Betriebskasse wohl aufzubessern sei. Mit halben Herzen antwortete er:

„Klar, Vater, die wird in Ehren gehalten. Keiner erfährt davon."

Aber wie wir wissen, war er weniger an der Familientradition und am ideellen und historischen Wert dieses Stückes interessiert, als vielmehr am finanziellen. Er hielt sein Versprechen genau zwanzig Jahre. Dann brauchte er plötzlich Geld, viel Geld, um sich für längere Zeit ins Ausland absetzten zu können. Denn er hatte Angst, Angst vor der Brutalität derer, die er versucht hatte zu erpressen und die ihm gedroht hatten, ihn zu töten, wenn er versuchen sollte, mit der Polizei Verbindung aufzunehmen.

4

An einem schönen Sonntagmorgen stand die Wandergruppe des Seniorenklubs Frühauf aus Naumburg vor dem Haupttor der Weidelsburg. Fast alle schauten auf das Sandsteinrelief, das links oben neben dem Burgeingang angebracht war. Es zeigte eine Frau, die einen scheinbar für sie viel zu schweren Mann Huckepack zur Burg hinaustrug. Die damit verbundene Geschichte war allen bekannt, dennoch konnten sich die Teilnehmer, vornehmlich die weiblichen, scherzhafter Kommentare nicht enthalten. Aber auch die Männer ließen manch bissige Bemerkung über den Leibesumfang des einen oder anderen Wanderfreundes fallen, um dann festzustellen, dass dieser wohl nicht von seiner Frau aus der belagerten Burg hinausgetragen worden wäre. Die Frauen dagegen nannten lauthals, so dass es die Männer auch hören mussten, ihre Favoriten unter den männlichen Teilnehmern, die sie gerne hinausgetragen hätten. Manch einer der Männer stellte dabei betrübt fest, dass er wohl auf der Burg sitzen geblieben wäre. So scherzend trat die Gruppe durch das Tor in den von der Frühsonne beschienen Vorhof der Burg. Rechter Hand erhoben sich die Ruinen der Anlage mit ihren mächtigen, eckigen Wohntürmen. Rechter Hand verlief die mit Schießscharten und den Schalentürmen versehene Umfassungsmauer, durch die nun die Sonne ihre Strahlen auf die davor befindlichen Grillplätze schickte. Dort, wo die Mauer dann in den südlichen Abschnitt überging, war eine Fußgängerpforte mit einem Spitzbogen zu sehen. Einige der Wanderfreunde meinten es wäre an der Zeit eine erste Rast einzulegen und ließen sich in der Schutzhütte direkt rechter Hand hinter dem Eingang nieder. Einige Frauen jedoch, von einem inneren Bedürfnis getrieben, verdrückten sich hinter die innere Schutzmauer, direkt hinter der Hütte. Man konnte von dort innen an der äußeren Mauer entlang den

ganzen Burgkomplex umrunden. Selten kam jemand dort hin. Leider war dieser schmale Gang auch für viele eine Versuchung, dort ihre Notdurft zu verrichten. Die morgendliche Stille wurde plötzlich von einem mehrstimmigen Entsetzensschrei durchbrochen. Er kam von den Frauen hinter der Mauer. Walter Herdeck, der heute die Leitung der Gruppe hatte, rief, ohne sich zu erheben zurück:
„He, was ist los, eine Ratte entdeckt?“
Er bekam keine Antwort. Stattdessen kamen die Frauen durch die Pforte gestürzt, ihre Augen vor Entsetzen weit aufgerissen. Unfähig, sich klar auszudrücken, stammelten sie alle gleichzeitig:
„Da, da, da drinnen, schrecklich, ein Toter.“
Die Zurückgebliebenen sprangen alle gleichzeitig auf und stürzten auf die Pforte zu, allen voran Walter Herdeck. Er musste erst um die nächste Ecke laufen, um zu sehen, was die Frauen so erschreckt hatte. Der Anblick, der sich ihm dann bot, ließ ihn abrupt stehen bleiben um mit ausgebreiteten Armen die Nachfolgenden am Weitergehen zu hindern. Dort, wo sich in der nördlichen Mauer einst die Fußgängerpforte befand, hing ein Mann, mit den Ellenbogen an die obere Sicherheitsstange gefesselt. Herdeck trat in den kurzen Gang, um zu sehen, ob dem Mann noch geholfen werden konnte. Ein Blick in die weit aufgerissenen Augen und ein Tasten nach Anzeichen eines Pulsschlages am Hals, bestätigten seine Befürchtungen. Der Mann war tot - und offensichtlich ermordet. Das war unschwer aus der Lage des Toten zu erkennen. Bekleidet war er mit einer verwaschenen Jeans und einem schwarzen T-Shirt. Er war barfuss. Seine Unterarme hingen schlaff über der Stange. Herdeck wunderte sich über die seltsame Streckung des ganzen Körpers, bis er entdeckte, dass die Fußgelenke der gespreizten Beine an massive Erdnägel gefesselt waren.
Inzwischen drängten andere Neugierige der Gruppe in die Pforte. Herdeck jedoch forderte die Gruppe auf:

„Geht alle zurück zur Hütte. Passt auf wo ihr hintretet. Ihr könntet Spuren verwischen. Wir lassen alles so. Ich rufe die Polizei."
Die Wanderfreunde konnten sich nur schwer von dem entsetzlichen Anblick trennen. Dennoch zogen sie sich wild durcheinander redend in die Hütte zurück. Ihre Angst, ihr Entsetzen, der schreckliche Anblick, das alles war für die braven und biederen Wanderfreunde zu viel. Verständlich, dass jeder auf jede einredete, ohne eine Antwort zu erwarten, Hauptsache reden, die Angst von der Seele reden. Walter Herdeck wählte derweilen die 110.
„Hier ist Walter Herdeck. Hier in der Weidelsburg liegt ein toter Mann", informierte er die Polizistin am anderen Ende der Leitung.
„Geben Sie mir Ihre Telefonnummer. Ich rufe sofort zurück", war die Antwort.
Walter Herdeck nannte seine Handynummer. Er hatte verstanden. Die Polizei wollte sichergehen, dass sich hier nicht jemand einen Scherz erlaubte. Da meldete sich auch schon sein Handy.
„Walter Herdeck, ist da die Polizei?"
„Ja. Wieso sind Sie sicher, dass der Mann tot ist?"
„Er ist kalt und hat keinen Puls. Er muss schon länger da gelegen haben."
„Gut, wir schicken einen Streifenwagen. Rühren Sie nichts an und sorgen Sie dafür, dass das auch sonst niemand tut. Die Kollegen aus Wolfhagen werden gleich da sein."
Das war's. Vorbei der schöne Wandertag. Statt Natur und Sonnenschein würde es nun heißen, warten, warten und Aussagen machen. Nach etwa fünfzehn Minuten hörten sie unten auf der Straße die Polizei mit Martinshorn anrücken. Es dauerte weitere fünf Minuten, bis der Streifenwagen vor dem Burgtor hielt.
Zwei Uniformierte kamen auf die Wandergruppe zu, die sich brav in die Schutzhütte zurückgezogen hatte.

„Guten Tag. Wer von Ihnen ist Herr Herdeck?"
Herdeck meldete sich.
„Ich bin Hauptkommissar Proll vom Revier in Wolfhagen. Dies ist mein Kollege Schneider. Dann zeigen Sie uns mal wo der Tote ist."
„Dort in der Mauer. Ich geh' da nicht mehr hin."
Das war auch nicht nötig, die Beamten hatten den Ort schon ausgemacht. Sie näherten sich dem Toten. Proll betastete dessen Hals und drückte ihm dann die Augen zu. Als er zurückgetreten war, machte Schneider von allen möglichen Positionen Fotos. Proll holte Absperrband und Stangen. Der gesamte Bereich der östlichen Umfassungsmauer wurde abgesperrt. Dann kamen die Polizisten wieder auf die Wanderfreunde zu.
„Ich muss Ihre Namen notieren und einige Fragen stellen. Die Kollegen von der Kripo werden Sie sicher auch noch befragen wollen, aber das hat Zeit. Möglicherweise reicht's ja auch wenn Sie, Herr Herdeck, aussagen. Mein Kollege Schneider verständigt die Kripo, die Spurensicherung und die Rechtsmedizin in Kassel. Das wird aber dauern. Wenn ich Ihre Namen habe und die Aussage von Ihnen, Herr Herdeck, können sie alle gehen."
Die Namen, Adressen und Telefonnummern wurden notiert. Walter Herdeck konnte nicht viel berichten. Keiner der Gruppe hatte etwas oder jemanden auf dem Weg zur Burg gesehen. Keiner hatte etwas verändert. Nur er selbst hatte den Toten angefasst. Die anderen waren zwar alle bis auf zwei Meter an den Toten herangetreten und hatten möglicherweise Fußspuren verwischt. Aber das ließ sich ja nun nicht mehr ändern.
„O.K.", sagte Proll, nachdem Herdeck seinen Bericht beendet hatte, „falls Fußspuren gefunden werden, können wir sie immerhin noch mit denen Ihrer Gruppe abgleichen. Sie können gehen. Bleiben Sie aber heute zu Hause, damit die Kripo Sie erreichen kann."

„Schöne Bescherung", kommentierte Herdeck diese Bitte. Die Aufregung der Gruppe hatte sich etwas gelegt. In bedrückter Stimmung, alle möglichen Theorien über die Hinrichtung des jungen Mannes austauschend, denn eine Hinrichtung war es ja wohl offensichtlich, machte sich die Gruppe an den Abstieg zum Parkplatz, von wo aus sie in freudiger Erwartung auf eine schöne Wanderung gestartet waren, aber nun nach kurzer Zeit und nach einem schrecklichen Erlebnis aufgewühlt, sich in die Sitze ihrer Autos fallen ließen.
Die Polizisten sperrten inzwischen das Gelände um die Burg mit rot-weißem Flatterband weitläufig ab, was auf der steilen, felsigen Westseite nicht ganz einfach war.

Meinen Vater, den Kriminalhauptkommissar Stefan Helwich erreichte der Anruf, als er vom Joggen im Tannenwäldchen zurückkam, so gegen zehn Uhr. Er informierte seinen Mitarbeiter Frieder Soltan und bat ihn, ihn an seiner Wohnung abzuholen. Soltan wohnte in der Unterneustadt, konnte also am Polizeipräsidium vorbeifahren, einen Dienstwagen nehmen und auf dem Weg in den Landkreis meinen Vater im Vorderen Westen auflesen. Frieder, ich duze den Kommissar, schellte gegen 10 Uhr 30. Ich konnte meinem Vater gerade noch eine Trinkflasche mit Apfelsaft reichen und schon waren beide auf und davon, mit Blaulicht, wie ich verwundert feststellte. Ich habe nie verstanden, warum man zu einem Toten mit Blaulicht und „Tatütata" fahren muss, denn wenn mein Vater gerufen wird, geht es immer um Tote. Die laufen doch nicht weg. Das „Tatütata" hatten sie dieses Mal wohl mit Rücksicht auf den Sonntagmorgen nicht eingeschaltet.

Ich will mich in dem nun im Folgenden etwas zurücknehmen. Ich muss auch bald wieder nach München, auch spiele ich in diesem Fall sowieso keine Rolle - nur dass ich Ihnen, liebe Leser, weiter über den Fortgang der Ermittlungen berichten werde, wie sich das für eine Kriminalschriftstellerin gehört.

5

„Wir hätten einen Geländewagen nehmen sollen“, ließ sich Frieder Soltan vernehmen, als er den Dienstwagen der Kripo den Burgberg hinauf steuerte.
„Und warum haste nicht? War doch klar, dass wir hier rauf müssen.“ Hauptkommissar Stefan Helwich hielt sich mit der Rechten am Haltegriff und mit der Linken stützte er sich am Armaturenbrett ab. „Das ist gerade das Richtige für meine Bandscheibe. Mir tun noch alle Knochen weh von gestern.“
„Und was hast du gestern gemacht?“
„Bin endlich mal wieder zum Selbstverteidigungstraining gegangen, Jiu-Jitsu. Ich sollte eigentlich regelmäßiger dahin gehen.“
Stefan hielt sich krampfhaft am Haltegriff. Der Zustand der Zufahrtsstraße war wirklich übel. Zu Fuß war der Weg bequem zu gehen, wenn nicht gerade die Forstarbeiter mit ihren schweren Maschinen den Weg aufgewühlt hatten. Nun, es hatte in den vergangenen Tagen geregnet und die Forstmaschinen hatten den Boden aufgewühlt.
„Wie soll da einer noch Spuren finden?“ sinnierte Frieder Soltan.
„Trotzdem, gar nicht so schlecht. Alle Spuren über denen der Maschinen sind von Freitagabend, gestern oder heute Morgen.“
„Immerhin ein eng begrenzter Zeitraum.“ Frieders Antwort brachte seinen Zweifel an der Verwertbarkeit der Aussage seines Kollegen zum Ausdruck.
„Alter Skeptiker!“
Die beiden Kriminalkommissare erreichten unbeschadet den Platz vor der Burg. Ein uniformierter Kollege hatte sich am Eingang postiert. Stefan konnte sich eines Kommentars nicht enthalten, als er sah, dass der Streifenwagen ziemlich nahe an der rechten Wand auf dem Rasenstreifen parkte.

„Ihr hättet besser draußen geparkt. Im Gras hätten Spuren sein können.“
„Wir wollten nur Platz lassen für die, die noch kommen“, rechtfertigte sich Hauptkommissar Proll, an den Stefan diese Bemerkung gerichtet hatte.
„Ist Sache der Spurensicherung, die müssen sehen, wie sie klar kommen. Also, Kollege Proll, zeigen sie mir mal den Toten und dann schildern Sie mir mal die Umstände, also alles was Sie wissen.“
Das tat Proll dann auch. Stefan trat in den kurzen Gang, in dem der Tote angebunden war. Er besah sich den Mann von allen Seiten, ohne ihn anzurühren. Frieder Soltan drückte sich inzwischen an der Mauer entlang und weiter in das Innere der Burg vor. Spuren konnte er nicht entdecken. Aber das musste nichts heißen, die Leute von der Spurensicherung hatten feinere Methoden, Dinge zu entdecken, die mit bloßem Auge nicht zu sehen waren. Er ließ seine Blicke prüfend umher schweifen. Welchen Weg mochte der, oder die Mörder genommen haben, herein und wieder hinaus zu gelangen? Es gab zwei einfache Möglichkeiten. Die eine durch den Hauptzugang im Norden und der andere durch die Pforte im Süden. Alle anderen Möglichkeiten erforderten eine Leiter oder Kletterkünste. Am ehesten käme dann die Pforte in Frage, in der der Tote hing. Vielleicht sollte er sich dort außen, unterhalb des ehemaligen Zugangs umsehen. Frieder Soltan ging vorsichtig zurück. Er war fast wieder am Fundort der Leiche angekommen, als sein Blick auf ein Stück buntes Papier fiel. Er zog seine Handschuhe an, hob das Papier auf und betrachtete es, ohne die von Nässe verklebten Ecken aufzufalten.
„Weidelsburgverein zur …“, mehr konnte er nicht entziffern. Er stecke das Faltblatt, das war es offensichtlich, in eine Plastiktüte und markierte den Fundort mit einem Stein. Auf dem Weg zum Haupttor kamen ihm die Kollegen

von der Spurensicherung entgegen. Denen gab er die Plastiktüte und erklärte ihnen den Fundort:
„Zwei Meter links neben dem Torbogen, im Gras, direkt an der Wand. Ich habe die Stelle mit einem faustgroßen Stein markiert."
„Kommissar Soltan, wie immer kurz, korrekt und präzise in der Beschreibung. Danke."
Frieder Soltan war bekannt als ein tüchtiger Kommissar, der nie viel Worte machte und wenn er etwas zu bemerken hatte, dann war seine Beschreibung gradlinig, knapp und nicht misszuverstehen.
Hinter den Leuten der Spurensicherung traf auch die Pathologin mit einem schwarzen Kombi ein, ein schlanker athletischer Typ. Kurze dunkelblonde Haare unterstrichen ihre sportliche Erscheinung. Ihre ganze Körperhaltung strahlte Selbstbewusstsein aus. Frau Doktor Bärlang war sich offensichtlich ihrer Kompetenz bewusst. Ob sie glücklich war, als Pathologin in einer von Männern dominierten Welt arbeiten zu müssen, daran ließen hin und wieder ihre schnippischen Antworten den männlichen Polizisten gegenüber, Zweifel aufkommen.
„Meine Herren, da bin ich", damit grüßte sie die anwesenden Polizisten, „dann zeigen Sie mir mal den Toten, Herr Hauptkommissar, wenn's Ihnen nicht allzu viel Mühe macht."
Stefan wusste sie zu nehmen. Er schätzte sie als sehr kompetente Pathologin, auch wenn er ihre Macken, wie er es nannte, recht unpassend fand.
„Mit Vergnügen, wenn Frau Doktor mir folgen wollen", war seine Antwort. Dafür heimste er sich einen recht unfreundlichen Blick der Kollegin ein.
Am und in der näheren Umgebung des Fundortes suchten die Kollegen von der Spurensicherung nach verwertbarem Material. Viel schienen sie bisher nicht gefunden zu haben, davon zeugten die wenigen auf den Boden gestellten

Nummern. Einer der Kollegen war eifrig mit Fotografieren beschäftigt.
„Kollegen, können wir?“ fragte Stefan, bevor sie sich dem Toten näherten.
Prompt kam der Kommentar der Ärztin: „Nicht wir, ich Herr Hauptkommissar.“
Der Beamte im Gang ging darauf nicht ein: „Gehen Sie hier lang, Frau Doktor, da drinnen sind wir fertig.“
Er wollte sich gerade hinaus begeben, als er plötzlich inne hielt.
„Moment noch, ich habe da etwas entdeckt.“
Der Mann von der Spurensicherung nahm einen Klebestreifen und eine kleine Plastiktüte und machte sich an einem Mauervorsprung an der linken Mauer zu schaffen. Er hatte dort Fasern entdeckt.
„Das ist doch nun mal wirklich etwas Verwertbares“, war sein Kommentar. „So Frau Doktor, Sie können.“
Frau Doktor Bärlang bat, den Toten loszubinden.
„Habt Ihr die Knoten fotografiert?“ warf Stefan dazwischen.
„He, Hartmann, hast du die Knoten fotografiert?“
„Nee, sollte ich?“
„Na, klar doch. Solltest du wissen, dass das wichtig sein kann.“

Das wurde schnell nachgeholt, der Tote losgebunden, die Seile eingetütet. Dann machte sich Frau Doktor Bärlang an die Untersuchung des Toten. Sie hatte die Angewohnheit, ihre Beobachtungen schon an Ort und Stelle in ein Diktiergerät zu sprechen. Für sie waren neben den Ergebnissen der Obduktion auch ihre ersten Eindrücke wichtig für die endgültige Beurteilung. Zum anderen hatte ihre Methode noch einen angenehmen Nebeneffekt, wenn nicht gerade Journalisten in der Nähe waren; sie ersparte sich so Antworten auf die immer wieder von Polizisten

gestellte Frage: „Na, Frau Doktor, können Sie uns schon was sagen?"
Am Tumult vor der Burg war zu erkennen, dass die Journalisten bereits da waren, aber offensichtlich erfolgreich am Betreten der Burg durch die Kollegen aus Wolfhagen gehindert wurden.
Stefan hörte aufmerksam hin, als Doktor Bärlang in ihr Diktiergerät sprach.
„Kein Blut. Keine offene Wunde. Keine Hämatome an den Armen und Fußgelenken, den Stellen der Fesselung, ergo: Der Mann war bereits tot, als er festgebunden wurde. Keine Würgemale. Schädeldecke unverletzt. Todesursache am Fundort nicht feststellbar. Hoppla, leicht geöffneter Mund. Warum ist der Unterkiefer nicht runtergeklappt? Offensichtlich post mortem zugedrückt. In der Mundhöhle befindet sich ein Fremdkörper, alles andere in der Pathologie. Ende. - Kann mal jemand die Beiden mit dem Zinksarg holen? Die warten in meinem Auto. Ich bin hier fertig."
Stefan wandte sich an die Kollegen von der Spurensicherung: „Habt ihr etwas in seinen Taschen gefunden?"
„Absolut nichts", war die Antwort.
Als erstes mussten sie die Identität des Toten feststellen. Also schnell ein Polaroitfoto und davon genügend Abzüge machen. Das Foto könnte morgen in der HNA erscheinen. Das sollte Frieder erledigen. Seine Frau Ann-Katrin war arbeitete ja schließlich auch für die HNA. Fernsehen? Erst wenn niemand auf das Pressefoto reagieren würde. Ein nicht ganz ernst zu nehmender Gedanke kam ihm in Verbindung mit dem Fernsehen. Der Tote in der Weidelsburg könnte für die touristische Werbung Nordhessens durchaus zum Nutzen gereichen. „Vergiss es", schalt er sich.

Inzwischen war Frieder Soltan wieder in der Burg. Stefan unterrichtete ihn über das, was er von der Pathologin erfahren hatte. Stefan hatte an der Außenmauer keine Spuren gefunden, also mussten der oder die Täter einen oder beide der üblichen Eingänge benutzt haben. Die Kollegen von der Spurensicherung krochen, wie einst der König der Spurenleser Winnetou, durch das Gras vor dem südlichen Eingang. Im Splitt am Haupteingang war es aussichtslos, Spuren zu finden.
„Versucht's mal auf den Zufahrtswegen. Die müssen den Toten mit einem Auto hierher geschafft haben. Da müssen Reifenspuren sein. Macht auch Profilabdrücke von den Forstmaschinen", bat Stefan die Kollegen, „Kommissar Soltan erkundigt sich, welche Maschinen am Freitag im Einsatz waren. Die Reifenprofile unserer Wagen sollen ja bekannt sein."
„Wird gemacht. Ich wusste sowieso nicht, was ich mit dem Sonntagnachmittag anfangen sollte", war Hartmanns sarkastische Antwort.
„Hier ist für uns nichts mehr zu tun", stellte Stefan fest, „also, Frieder bring mich nach Hause. Erledige das bitte mit der Presse. Bevor die Untersuchungsergebnisse nicht vorliegen, können wir nichts machen."
„Und die Journalisten da draußen?"
„Gib ihnen das Bild und zwei, drei Sätze. Mehr vielleicht in der Pressekonferenz morgen. Ist nicht unser Bier. Und jetzt Abmarsch."
Als sie am Burgtor ankamen, stellten sie erstaunt fest, dass sich ihnen nur zwei Mikrophone entgegenstreckten. Die Mehrzahl der Menschen, waren schaulustige Wanderer. Auf die drängenden Fragen der Pressevertreter antwortete der Kommissar lediglich: „Folgt mir ins Präsidium, da bekommt ihr, was wir haben."

Den uniformierten Kollegen gab Stefan Helwich noch die Anweisung, die Weidelsburg vorerst für den Publikumsverkehr gesperrt zu halten.
„Sie können Unterstützung bei den Kollegen in Korbach anfordern“, ergänzte Stefan seine Anweisungen, um den Einwand gar nicht erst aufkommen zu lassen, das sei mit zweimal zwei Mann nicht zu schaffen.
Am Montag erschien auf der ersten Seite der HNA, das Bild des Toten mit einem kurzen Kommentar und dem Hinweis auf weitere Einzelheiten im Lokalteil. Dort war zu lesen:

Am frühen gestrigen Sonntag fanden Wanderer in der Weidelsburg einen Toten in ungewöhnlicher Haltung an ungewöhnlicher Stelle. Er war an ein Geländer in einer Türnische der nördlichen Außenmauer gefesselt. Die Polizei geht von einem Mord aus. Der Fundort ist aller Wahrscheinlichkeit nicht der Tatort. Die Identität des Toten konnte noch nicht festgestellt werden. Die Polizei bittet die Bevölkerung um Mithilfe.
Wer kennt den Toten? Er ist etwa 1,80 m groß und etwa 32 Jahre alt.
Wer hat in der Nacht von Samstag auf Sonntag ein Fahrzeug den Fahrweg zur Weidelsburg hinauf fahren sehen. Das wäre sowohl von der Naumburger Straße aus möglich als auch von der Hasenmühle aus. Sachdienliche Hinweise ….

Stefan hatte gerade hinter seinem Schreibtisch Platz genommen, und wollte nach alter Gewohnheit Zettel für die Pinwand vorbereiten, als das Telefon sich meldete.
„Mordkommission Kassel, Hauptkommissar Stefan Helwich. Guten Morgen. Was kann ich für sie tun?“
„Guten Morgen. Hier spricht Juwelier Christmann aus Kassel. Ich kenne den Toten…“
„Und wer ist es?“ unterbrach Stefan.
„Weiß ich nicht. Ich habe ihn nur gesehen, in meinem Geschäft.“
„Wann war das? Was wollte er?“

„Er wollte mir was verkaufen.“
„Herr Christmann, das ist sehr wichtig. Ist es Ihnen möglich sofort zu uns ins Präsidium zu kommen, zu Hauptkommissar Helwich? Das bin ich“, ergänzte er überflüssigerweise.
„Das lässt sich machen. Ich mach’ sowieso erst um zehn auf. Also bis gleich.“

Keine halbe Stunde später führte ein uniformierter Kollege einen etwas gebückt gehenden Mann von etwa 60 Jahren herein. Das Auffälligste an ihm waren seine wirren grauen Haare, die an Einstein erinnerten. Gekleidet war er in einen überraschend ordentlich sitzenden dunklen Anzug mit einer stahlblauen Krawatte.
„Christmann. Ich hatte vorhin angerufen“, stellte er sich beim Eintreten vor.
„Schön, dass Sie kommen konnten. Setzen Sie sich. Kaffee?“
„Tee, wenn’s keine Umstände macht.“
Es würde Umstände machen. Keiner in seiner Abteilung trank Tee. Uli, das heißt Frau Ulrike Seifert, seine Sekretärin würde halt bei den Nachbarn schnorren müssen. Stefan griff zum Telefon:
„Frau Seifert, bitte einen Tee für Herrn Christmann und für mich, also, für uns drei Kaffee. Kommissar Soltan und Sie sollten bei dem Gespräch dabei sein.
„Entweder Tee und Kaffe oder dabei sein, beides geht nicht“, war die Antwort vom anderen Ende der Leitung. Stefan legte auf. An Herrn Christmann gewandt, fuhr er fort:
„Es dauert einen Augenblick. Ich möchte, dass meine Kollegen bei dem Gespräch dabei sind. Sie können aber schon mal erzählen. Nur müssen Sie das dann für das Protokoll noch einmal wiederholen. Das hilft dann auch falsche Wahrnehmungen zu korrigieren. Der zweite Bericht ist in der Regel zuverlässiger.“

„Wenn's nicht zu lange dauert, gerne. Also, der Mann kam vor einer Woche zu mir ..."
„Wann genau?"
„Ich schreibe immer alles auf. Das war am Freitag, also vor zehn Tagen am Nachmittag. Er sagte er wolle etwas schätzen lassen."
„Sie sagten vorhin, er wollte etwas verkaufen."
„Richtig, das wollte er, wenn er wüsste, wie viel er verlangen könne. Nicht gerade intelligent. Der eine schätzt, dem anderen verkauft man, so läuft das."
„Was wollte er schätzen lassen?"
„Eine antike Brosche..."
Herr Christmann wurde unterbrochen. Frau Seifert kam mit einem Tablett herein, auf dem vier Tassen, ein Milchkännchen und Zucker standen, gefolgt von Kommissar Soltan. Nachdem alle versorgt waren, forderte Stefan Herrn Christmann auf, fortzufahren.
„Eine antike Brosche oder Spange, eher das letztere. Sehr antik und sehr wertvoll, muss ich sagen."
„Was war so wertvoll, wie wertvoll?" Frieder hatte schnell den Faden aufgegriffen.
„Nun, so was habe ich bisher noch nicht gesehen. Es könnte aus einem Museum gestohlen sein, aber da liegt keine Diebstahlmeldung in Deutschland vor. Ich habe mich erkundigt."
„Können Sie die Brosche beschreiben?" fragte Stefan.
„Ich kann sie Ihnen zeichnen, bin schließlich Juwelier und habe ein Auge für Details."
Während Herr Christmann zeichnete, kommentierte er die Details.
„Das sind die Umrisse, Originalgröße, wie eine Sonnenblume, hochwertiges Gold. Hier in der Mitte war ein Löwe eingraviert und mit beschädigter Emaille, blau und rot, beschichtet. Um die Mitte verschiedene Edelsteine, ebenso auf den Blättern. Ach ja, rechts und links neben dem

Löwen die Initialen *F* und *B*. So sah sie aus. Die Zeichnung gibt bei Weiten nicht die Schönheit dieser Spange wieder."
„Wer war der Mann, der Ihnen die Spange gezeigt hat?" wollte Frieder wissen.
„Seinen Namen wollte er nicht sagen."
„Und haben Sie das Stück schätzen können?"
„Nein, das kann nur ein Kurator. Aber ich denke, solche Arbeiten sind im späten Mittelalter gemacht worden. Aber der Herr wollte davon nichts wissen. Mir schien, er war nur am Geld interessiert. So etwas gehört eigentlich in ein Museum, die Spange, meine ich."
„Ist Ihnen an dem Mann noch etwas aufgefallen, Sprechweise, zum Beispiel?" wollte Stefan wissen.
„Er stammt zweifelsohne aus Nordhessen, sprach nicht sehr gepflegt."
Damit schien alles gesagt, was der Juwelier wissen konnte. Er wurde gebeten, sich noch einmal in die Zeichnung zu vertiefen und sie mit Buntstiften möglichst genau auszumahlen. Zu den Initialen auf dem Innenteil konnte er nichts sagen. Was die Polizisten dann vorgelegt bekamen, setzte sie in Erstaunen. Es war einmal die Fähigkeit des Juweliers die Spange mit Farben und Bleistift so zu zeichnen, als läge sie plastisch vor ihnen. Zum anderen war es deren überraschende Schönheit, die sicher schon vor hunderten von Jahren bewundernde Blicke auf sich gezogen hatte.
Der Juwelier schaute nervös auf seine Taschenuhr, ein Zeichen, dass er zurück in seinen Laden wollte.
„Sie können gehen, Herr Christmann. Sollte Ihnen noch was einfallen, rufen sie mich oder meinen Kollegen an. Hier sind unsere Karten. Herzlichen Dank. Sie haben uns sehr geholfen", damit verabschiedete Stefan den Juwelier.
Nachdem dieser gegangen war, schauten alle drei eine ganze Weile versonnen auf die vor ihnen liegende Zeichnung.

„Wem mag die wohl früher mal gehört haben?“ ließ sich Uli vernehmen.
„Wenn wir das wüssten, wären wir schon einen halben Schritt weiter. Wichtiger scheint mir, zu klären, wie der Ermordete in den Besitz der Spange gekommen ist und weshalb er die zu Geld machen wollte“, warf Stefan ein und an Frieder Soltan gewandt fuhr er fort: „Frieder, du könntest mal den Kurator im Landesmuseum aufsuchen und ihm die Zeichnung zeigen. Vielleicht kann er die zuordnen. Schicke auch eine Farbkopie an das Landesmuseum in Darmstadt. Zum anderen müssen wir klären, wo sich die Spange jetzt befindet. Und zum dritten steht die Identität des Toten noch nicht fest. Mich wundert, dass den niemand kennt, obwohl er aus Nordhessen stammen soll.“
„Bevor ich gehe, sollten wir über mögliche Motive für den Mord reden“, bemerkte Stefan, „die Spange selbst könnte das Motiv sein. War jemand im Laden, als die Spange Herrn Christmann angeboten wurde? Könnte Christmann selbst der Mörder sein, um in deren Besitz zu kommen?“
„Dagegen spricht die Art der Inszenierung und der Ort“, wandte Stefan ein, „die Art, wie die Leiche in der Burg angebunden wurde, spricht eher für einen Rache- oder Ritualmord. Der Ort scheint auf Täter aus dem ländlichen Bereich hinzuweisen.“
„Kann auch eine falsche Fährte sein“, ließ sich Uli vernehmen.
„Kann sein, kann nicht sein. Keine weiteren Spekulationen, bevor nicht die Ergebnisse der Spurensicherung und der Ärztin vorliegen. Los, Frieder, zisch ab. Uli, machen Sie den Spusi-Kollegen mal ein bisschen Dampf; ich warte auf erste Ergebnisse.“
Bis drei Uhr tat sich nicht viel. Kein weiterer Anruf, der für die Identifizierung des Toten hilfreich gewesen wäre. Dafür kamen aber die ersten Ergebnisse von der Spurensicherung. Dem Bericht waren zwei Klarsichtfolien mit beschriftetem

Papier und ein Foto mit Reifenspuren beigelegt. Stefan vertiefte sich erst einmal in den Bericht. Dann sah er sich das Papiere an das, was Frieder gefunden hatte. Es war ein Werbeprospekt des Weidelsburgvereins, der um Mitgliedschaft und um Spenden für die Erhaltungsarbeiten der Burg warb. Das Labor meinte, der könne nur eine Nacht im feuchten Gras gelegen haben. Regen hätte der nicht abgekriegt. Der zweite Zettel kam von der Pathologin. Sie hatte diesen aus der Mundhöhle des Toten genommen. Darauf war in Computerschrift zu lesen: *Rache hat einen langen Atem,* sonst nichts. Die Verbrecher werden immer schlauer, dachte Stefan, sie tun einem nicht mehr den Gefallen, handschriftliche Spuren zu hinterlassen. Aber damit war das Motiv klar. Nur, welche Rolle spielte die Spange dabei? Rache wofür? Der *lange Atem* schien sich auf einen Vorfall zu beziehen, der schon etwas länger zurück lag. Das würde die Ermittlungen erheblich erschweren. Wo sollte man suchen? Art des Verbrechens, Ort und Zeit? Ohne Anhaltspunkte war es sinnlos, diese Spur zu verfolgen. Das Telefon unterbrach seine Gedanken. Stefan nahm den Hörer ab und bevor er sich melden konnte, hörte er am anderen Ende eine aufgeregte Frauenstimme:
„Ist da die Polizei? Das ist mein Sohn, der in der Zeitung. Was ist mit ihm. Tot, schreibt die Zeitung, kann doch nicht wahr sein …"
„Hier spricht Hauptkommissar Helwich von der Mordkommission …"
„Mordkommission? Hach …"
„ … und wer sind sie?"
„Die Mutter, sagte ich doch, Mordkommission sagten Sie?"
„Kriminalpolizei Kassel, Morddezernat, ja. Nun sagen sie mir ganz ruhig Ihren Namen, den Namen Ihres Sohnes und wo sie wohnen."
„Das ist alles so schrecklich. Ist das wirklich wahr, Reinhard soll tot sein, ermordet?"

„Aha, Reinhard heißt Ihr Sohn und weiter?"
„Hertinghausen, Reinhard Hertinghausen …"
Das zweite „Hertinghausen" klang sehr dünn. Dann versagte die Stimme. Alles „Hallo, hallo" brachte sie nicht wieder zum Reden. Die Leitung war tot. Es dürfte aber nicht schwierig sein, einen Reinhard Hertinghausen in Kassel oder im Landkreis oder im Nachbarkreis Waldeck / Frankenberg ausfindig zu machen.
„Uli", rief er ins Nebenzimmer, „suchen Sie bitte mal nach einem Reinhard Hertinghausen. Fangen sie im Landkreis Kassel an. Wenn das nichts bringt suchen sie in Kassel, na, sie wissen schon."
Es dauerte keine zehn Minuten, da kam Frau Seifert in Stefans Büro und legte ihm einen Zettel auf den Tisch.
Reinhard Hertinghausen, Kasseler Straße 156, Ippinghausen, las er.
„Das ging ja schnell, Danke. Ich fahre hin, bleiben Sie bitte hier bis Frieder zurück ist. Berichten Sie ihm von den Ergebnissen. Er soll sich die Berichte zu Gemüte führen".
„Und was mach' ich, Däumchendrehen?"
„Halten Sie die Stellung, Telefonate und so weiter. Sie können den Bericht lesen oder Ihre Fingernägel maniküren. Also bis dann."
„Herr Hauptkommissar, hätte ich fast vergessen, der Chef hat für 16.00 Uhr eine Pressekonferenz angesetzt. Sie sollten dabei sein."
„Geht nicht. Frieder soll das machen. Er soll den Chef und den Pressesprecher vorher informieren."
Stefan hatte für Pressekonferenzen nichts übrig. Die Wahrheit wurde doch nie vollständig mitgeteilt. Eigentlich diente sie dazu, zumindest kam es Stefan so vor, die Tüchtigkeit des Chefs unter Beweis zu stellen, obwohl der ja nun an der Aufklärung eines Falles in der Regel den geringsten Anteil hat.

Stefan fuhr mit der Bereitschaft nach Ippinghausen. Das Haus der Hertinghausens war leicht zu finden.
„Bauunternehmen Hertinghausen - große und kleine Aufträge - Maurerarbeiten, Stuck und Putz“ war auf einem Messingschild am Torpfosten zum Hof zu lesen.
„Die Firma hat sicher auch schon bessere Zeiten erlebt“, meinte Stefan, als er den unaufgeräumten Hof sah. Da standen ein Kleinlaster, eine Kleinmischmaschine und einige Kübel wahllos im Hof verstreut, dazu aufgestapelte Mauersteine verschiedenster Art und Boxen mit Sand und Kies, dazu einige Schläuche am Boden.
Stefan parkte im Hof. Keine Menschenseele zu sehen. Die rückwärtigen Schuppen waren geschlossen. Stefan klingelte an der Haustüre. Nach einiger Zeit wurde die Türe geöffnet. Vor ihm stand eine Frau im schlichten Hauskleid und einer Schürze. Das mittellange Haar war zurückgekämmt und leicht ergraut. Sie hatte offensichtlich geweint. Stefan schätzte sie auf Mitte fünfzig.
„Hauptkommissar Helwich von der Mordkommission Kassel. Sind Sie Frau Hertinghausen?“
„Ja, kommen Sie rein, mein Mann ist auch da.“
Frau Hertinghausen führte Stefan durch eine Diele mit Garderobe in ihre „gute Stube“, wie er vermutete. Das Zimmer war etwas altmodisch mit Stilmöbeln eingerichtet, die in den sechziger Jahren einmal Wohlstand signalisieren sollten, im Jahr 2004 aber eher davon zeugten, dass die hier Wohnenden entweder es sich nicht leisten konnten, ihre Wohnung modern auszustatten, oder aber mit ihrem Denken in der Zeit der Stilmöbel verhaftet waren. Stefan vermutete beides. Herbert Hertinghausen saß in einem der schweren Sessel, vor sich auf dem Eichentisch eine Bierflasche.
Stefan stelle sich auch ihm vor und richtete die erste Frage an beide, nachdem er in dem zweiten Sessel Platz

genommen hatte: „Sie sagten, es sei ihr Sohn Reinhard, dessen Bild sie in der Zeitung gesehen haben. Stimmt das?"
Das gehauchte „Ja" der Frau war kaum zu verstehen. Herbert Hertinghausen schwieg und nahm stattdessen einen Schluck aus der Flasche.
„Wohnt Ihr Sohn bei Ihnen hier im Haus?"
„Nein, der wohnt in Wolfhagen. Da arbeitet er auch."
„Geben Sie mir bitte die Adresse der Wohnung und auch die der Arbeitsstelle."
Frau Hertinghausen schrieb ihm die Adresse und nannte die Autoreparaturwerkstatt Klotz als seine Arbeitsstelle. Herr Hertinghausen schwieg noch immer und schaute stumpfsinnig vor sich hin.
„Wann haben Sie ihren Sohn denn das letzte Mal gesehen?"
„Vorige Woche vielleicht. Wissen Sie, wir haben keinen engen Kontakt mehr mit unserem Sohn seit er in Wolfhagen wohnt."
„Aber er ist noch hier gemeldet, laut Kreisamt. Ist, war er verheiratet, hatte er eine Freundin?"
„Nicht verheiratet. Von einer Freundin wissen wir nichts. Du vielleicht Herbert, nun sag doch auch mal was."
Herbert Hertinghausen schwieg weiter. Seine ganze Aufmerksamkeit galt der Bierflasche.
„Haben Sie sonst noch Kinder? Ich meine, hatte Reinhard Geschwister? Zu wem hatte er engeren Kontakt?"
„Reinhard war unser einziges Kind", Frau Hertinghausen kämpfte gegen die Tränen, „zu seiner Tante hatte er immer eine besondere Beziehung, die ..." Tränen rannen ihr über die Wangen; ihre Stimme versagte. Mit einem Taschentuch wischte sie sich über die Augen, schniefte ein paar Mal, „entschuldigen Sie, ich kann nicht mehr. Ein anderes Mal bitte."
Stefan hatte Verständnis, aber den Namen der Tante musste er noch erfahren.
„Annegret", schluchzte die Frau.

„Nachname?“
„Ist nicht verheiratet, Hertinghausen.“
„Und wo finden wir die Annegret Hertinghausen?“
Schweigen.
Stefan hakte nach: „Haben Sie meine Frage verstanden?“
Keine Antwort.
„Wissen Sie es nicht, oder weshalb wollen Sie uns die Adresse nicht sagen?“
„Wir haben lange nichts mehr von ihr gehört. Wir wissen nicht, wo sie wohnt“, war die zögerliche Antwort der Frau.
„Nun gut“, sagte Stefan, „Ich denke, das finden wir auch so raus. Es tut mir leid, aber einer von Ihnen muss morgen in die Pathologie ins Klinikum Kassel kommen. Sie müssen Ihren Sohn identifizieren.“
Abrupt erhob sich der Hausherr, der schwere Sessel kippte dabei nach hinten um. Er haute mit der Faust so kräftig auf den Tisch, dass die Bierflasche umfiel.
„Das ist alles wegen der Goldspange, verdammt“, kam es aus ihm heraus.
Stefan, gerade auf dem Weg zur Türe, blieb stehen und ging zurück ins Zimmer.
„Was wissen Sie über die Goldspange, Herr Hertinghausen?“
„Ich hätte sie ihm nicht geben sollen.“
„Die hat er von Ihnen? Und woher haben sie Sie?“
„Von meinem Vater.“
„Wovon redest du?“ ließ sich die Hausfrau vernehmen, „Goldbrosche, davon weiß ich ja gar nichts.“
„Ist auch gut so, Frau. Frauen wussten nie was davon“, entgegnete ihr Mann, „außer meiner Mutter.“
Stefan versuchte dazwischen zu kommen: „Also, die Goldspange haben Sie von ihrem Vater und an ihren Sohn weitergegeben. Woher hatte ihr Vater sie und warum haben Sie die an Ihren Sohn weitergegeben?“

„Ist doch egal. Mein Sohn ist tot. Die Spange vermutlich weg, oder?“
„Leider ja, beides“, musste Stefan eingestehen.
„Der Bursche hatte keinen Sinn für Familientraditionen, war nur an Geld interessiert. Hab' das nur zu spät gemerkt. Wo die Spange her kommt, weiß ich nicht, nur dass sie seit Generationen im Besitz unserer Familie ist.“
„Und davon weiß ich nichts, es ist nicht zu glauben. Unsere Firma geht Pleite und du verschenkst Gold. Nicht zu fassen.“ Frau Hertinghausen war zutiefst erschüttert und schüttelte ungläubig den Kopf. Stefan wunderte sich, dass der Verlust der Spange die beiden wohl mehr erschütterte, als der Verlust ihres Sohnes. Ihm fiel gerade noch früh genug ein, dass er sich eine Kopie der Zeichnung von der Spange eingesteckt hatte. Er zeigte sie Herrn Hertinghausen.
„Ist sie das?“
„Ja, woher wissen Sie denn davon?“
„Ihr Sohn hatte sie einem Juwelier angeboten.“
„So ein Blödmann. Sowas zeigt man anderen nicht. Klar, dass die dann scharf sind, die zu krallen.“
Stefan hätte bestimmt noch einiges zu fragen, aber er musste die vorhandenen Informationen erst einmal sortieren und dann würden sich die richtigen Fragen ergeben. Er verabschiedete sich von den Hertinghausens, nachdem er ihnen seine Karte gegeben hatte.
„Wenn Ihnen noch etwas einfällt, rufen Sie mich an, bitte. Ich schicke Ihnen morgen so gegen neun einen Wagen vorbei, der bringt sie dann ins Klinikum. Ich werde auch da sein. Auf Wiedersehen.“
Zurück im Wagen, rief er seinen Kollegen Soltan an.
„Besetzt, so ein Mist, ist bestimmt in der Pressekonferenz. Zurück ins Präsidium“, wies er den Fahrer an.
Dort angekommen, kam Frieder Soltan gerade von der Pressekonferenz zurück. Seine erst Bemerkung, ließ auf seinen Ärger schließen.

„Ich mach' jetzt Feierabend. Nach der Schau brauche ich erst mal Abstand."
„Verschieb den erst mal. Lagebesprechung, dann kannst du gehen. Was hat der Kurator gesagt?"
„Der war ganz aufgeregt. Muss wohl ein einmaliger und kunsthistorisch sensationeller Fund sein. Wo wir das her hätten, wollte er wissen. Hab' ich ihm aber nicht gesagt. Nach einigem Drängen, ließ er sich zu einer Bewertung überreden. Nach seiner Meinung stammt die Spange aus dem 15. Jahrhundert. Der Löwe scheint das Wappentier der Braunschweiger Herzöge und Könige zu sein. Er wollte aber, bevor er sich festlegen wollte, erst einmal weiter recherchieren."
Dann berichtete Stefan seinem Kollegen von dem Besuch in Ippinghausen.
Stefan schloss die Informationsrunde mit der Bemerkung: „So nun haben wir beide was zum Nachdenken bis morgen. Die Sache mit der Brosche wird Gabi interessieren. Vorerst nichts zu deiner Frau, klar."
Stefan war sich sicher, dass Ann-Katrin ihren Mann nicht in Ruhe lassen würde, bevor sie nicht das erfahren würde, was sie wissen wollte. Auf der anderen Seite hielt er sie auch für so vernünftig, dass sie nicht mit einem sensationellen Artikel die Arbeit der Polizei behindern würde.

Nun komme ich, Gabi Helwich wieder ins Spiel. Mein Vater rief mich so gegen 19.00 Uhr in München an. Ich wollte gerade zum Volleyball. Was er mir von der Spange erzählte, war höchst interessant. Also ließ ich Volleyball sausen. Ich dachte sofort an den Vorfall bei Kleinenglis im Jahr 1400. Das sagte ich dann auch meinem Vater und erwähnte die Umstände, die zu dem Mord geführt hatten.
„Das würde passen", war sein Kommentar. Was da passen würde, sagte er mir aber nicht.

Das was nach Meinung des Hauptkommissars passen würde, war die Tatsache, dass am Fundort der Leiche ein Prospekt des Weidelsburgvereins gefunden wurde und der seltsame Text auf dem Zettel im Mund des Toten. Gab es möglicherweise noch ein anderes Motiv, als die Spange, ein Motiv dessen Wurzeln bis in graue Vorzeit reichten? Eher unwahrscheinlich, dass heute noch jemand Rache an der Familie Hertinghausen nehmen würde, die sich am Mord am Braunschweiger Herzog beteiligt hatten, wobei es noch gar nicht sicher war, ob sie die Familie Hertinghausen die Nachkommen derer von Hertinghausen war. Den Heimatverein müssten sie sich als nächstes vornehmen. Man müsste der Spur trotzdem nachgehen. Keiner sollte ihm und seinen Leuten vorwerfen, sie hätten nur in eine Richtung ermittelt.

Am Dienstag um acht war Stefan Helwich wieder in seinem Büro. Frau Ulrike Seifert war gerade dabei Kaffee aufzusetzen. Frieder Soltan würde, wie immer zu spät kommen. Sein Chef ließ ihm das aber durchgehen. Dafür blieb er auch schon mal etwas länger, wie sie alle, übrigens, wenn es sein musste. Stefan hatte es sich zur Angewohnheit gemacht, um eine gewisse Ordnung in sein Leben als Single zu bringen, immer um acht ins Büro zu kommen, wenn er keinen auswärtigen Termin hatte, um dann auch pünktlich Feierabend machen zu können. Stefan nutzte nun die Zeit bis zur Ankunft seines Mitarbeiters, um das nachzuholen, was er bisher nicht geschafft hatte, seine geliebte Pinwand auf den neusten Stand zu bringen. Trotz aller technologischen und elektronischen Möglichkeiten Fakten zu erfassen und abzugleichen, bevorzugte er eine Pinwand als Gedächtnisstütze, so wie er das vor vielen Jahren einmal gelernt hatte. In die Mitte der obersten Reihe heftete er das Foto des Ermordeten. Darunter mit Fragezeichen versehen: *Fesseln, Inszenierung, Tatwaffe, Tatort,* daneben *Heimatverein*

und *Annegret Hertinghausen.* Als Frage setzte er dann dazu: *Ist Brosche Tatmotiv?* Als Uli ihrem Chef Kaffee einschenkte, erschien Kommissar Soltan in der Türe.
„Da komme ich ja gerade richtig, für mich auch bitte. Und guten Morgen."
Er erhielt keine Antwort, dafür aber eine Tasse Kaffee.
„Sind alle versorgt? Dann können wir ja mit der Planung für heute beginnen. Wenn's euch recht ist", schlug Stefan vor.
Die anderen beiden wussten, auch wenn es ihnen nicht recht war, jetzt ging es an die Arbeit.
„Frieder, hast du uns etwas von der Pressekonferenz zu berichten. Ist die Spange erwähnt worden?"
„Beides nein."
Dann wiederholte Stefan in Kürze was er beim Besuch bei den Hertinghausens erfahren hatte, damit Uli Seifert auch im Bilde war und dann davon, was er von Gabi über den vermeintlichen Ursprung der Brosche erfahren hatte.
„Das wär' ja ein Ding", kommentierte Frieder den Bericht, „und was bedeutet das für uns?"
„Das bedeutet, wir müssen herausfinden, ob die Hertinghausens die Nachfahren derer sind, die 1400 am Mord beteiligt waren. Das ist eine Aufgabe für Sie, Uli. Frieder, du fährst mit den Hertinghausens in die Pathologie zur Identifizierung. Ich fahre mit der Spurensicherung nach Wolfhagen in die Wohnung des Toten. Wir treffen uns so gegen elf im Polizeirevier Wolfhagen. Dann befragen wir die Kollegen des Toten in der Werkstatt. Uli, machen Sie bitte noch eine Niederschrift über das, was wir bisher haben. Tagesabschlussbesprechung um 15.00 Uhr."
Jeder ging an seinen Schreibtisch, um die nötigen Vorbereitungen für den Tag zu treffen. Stefan forderte die Spurensicherung an und bat die Kollegen ihn mit zur Wohnung zu nehmen.
Das Haus war schnell gefunden. Ein Neubau etwas außerhalb der Altstadt gelegen, zweistöckig, Feuerleiter an

der rechten Schmalseite. Sie näherten sich von der Südseite dem Eingang, über ihnen Balkons. Alles das nahm Stefan in sich auf, ohne sich dessen wirklich bewusst zu sein. Aber wenn es erforderlich wäre, würde er die Einzelheiten jederzeit aus seinem Gedächtnis abrufen können.
Die Wohnung Reinhard Hertinghausens lag im ersten Stock rechts, also an der Westseite. Vorsichtshalber betätigte Stefan die Klingel an der Wohnungstür. Es hätte ja sein können, dass seine Freundin in der Wohnung war. Nichts tat sich. Ob es einen Hausmeister gab, der einen Schlüssel zur Wohnung haben würde? Er betätigte die Klingel nebenan. Ein Frau etwa 35 Jahre, sportliche Figur, kurze blonde Haare in einem Beigen Hosenanzug öffnete. Stefan stellte sich vor und fragte nach dem Hausmeister.
„Wir wollten in die Wohnung von Herrn Hertinghausen."
„Schrecklich, nicht? Ich hab's in der Zeitung gelesen. So ein netter Mann. Ich habe ihm, und er mir, hin und wieder die Blumen gegossen. Ich habe einen Schlüssel."
Stefan kam der unbotmäßige Gedanke, dass die beiden wohl auch sonst noch einiges begossen hatten. Sie reichte ihm den Schlüssel mit den Worten:
„Ich muss jetzt los. Ich bin Lehrerin, hatte die ersten zwei Stunden frei. Sie wollen sicher den Schlüssel behalten, nicht?"
Und schon war sie auf der Treppe. Stefan wollte noch sagen, dass er auch an sie einige Fragen hätte, aber das konnte nachgeholt werden.
Als er aufschließen wollte, stellte er fest, dass die Türe gar nicht verschlossen, sondern nur zugezogen war. Und als sie eintraten, sahen sie das Chaos. Jemand hatte die Wohnung gründlich durchsucht. Diese bestand aus drei Zimmern, einer Kochnische, einem Bad mit WC und Balkon. Im Schlafzimmer waren die Matratzen aus dem Doppelbett geworfen und die Türen des Kleiderschranks geöffnet worden. Das Wohnzimmer war spärlich eingerichtet:

Couchtisch, drei Sessel, Kommode mit herausgerissenen Schubfächern, Aquarium, Bücherregal, die Bücher waren über das Zimmer verteilt, Musikanlage und PC mit Scanner und Drucker. Eine Glastür führte auf den Balkon. In der Kochnische sah es schlimm aus. Was immer der Eindringling gesucht haben mochte, er hatte es auch in den Lebensmittelpaketen vermutet. Das dritte Zimmer war leer, bis auf einige Umzugkartons und Originalpackungen von HIFI-Geräten.

„Also dann rein ins Chaos", forderte Stefan die Kollegen auf, „was wir suchen weiß ich nicht, und ob ihr's findet auch nicht. Fingerabdrücke, Haare, Notizen, Telefonnummern, Auffälliges, was nicht in das Bild eines Automechanikers passt. Ihr wisst schon. Ich erkundige mich mal bei den Nachbarn nach unserem Mann. Ihr braucht nicht auf mich zu warten. Kommissar Soltan nimmt mich mit nach Kassel. Bis dahin gehe ich mal Klinken putzen."

Stefan kam nicht dazu, irgendjemanden im Haus zu befragen. Nach dem ersten Fehlversuch, jemanden im Haus zu finden, stand schon Kommissar Soltan im Treppenhaus.

„Also dann auf zur Autowerkstadt Klotz. Die Leute hier im Haus können wir auch noch morgen befragen", begrüßte Stefan ihn.

Die Werkstadt lag etwas außerhalb der Stadt in Richtung Kassel an der B 450. Sie sah aus, als hätte hier ein ehemaliger Tankstellenpächter seine Tankstelle in eine Werkstatt umgebaut. Nicht nur das Vordach ließ darauf schließen, sondern auch die großen Fenster des ehemaligen Verkaufraumes. Eine Waschanlage hatte es wohl auch gegeben. Dieser Raum war offen, das Rolltor hoch gerollt. Auf einer Hebebühne stand ein Wagen, Passat-Kombi, wie sich herausstellte. Weitere Wagen standen auf dem Vorplatz und weitere hinter dem Gebäude. Das alles erfasste Stefan mit einem Blick und auch, dass es sich bei den Autos in der Regel um Wagen der gehobenen Klasse handelte. Ein VW-

Golf war schon eine Ausnahme. Es musste sich wohl um eine renommierte Werkstatt handeln, wenn die Kunden dieser Autos es vorzogen, ihre Autos hierher zu bringen, statt in eine Vertragswerkstatt. Am aufgebockten Wagen machte sich ein Mann unter der Motorhaube zu schaffen. Stefan schätzte ihn auf 50 plus. Er trug eine Brille; auf dem Kopf eine verölte Schirmmütze. Ansonsten war er bekleidet wie man es von einem Automechaniker erwarten sollte. Als die beiden Polizisten auf ihn zugingen, legte er den Schraubenschlüssel beiseite, wischte sich die Hände an einem nicht mehr ganz sauberen Lappen ab und wandte sich ihnen zu.

„Tach, die Herren, was kann ich für Sie tun? Ich nehme nicht an, dass Sie mir Ihren Wagen bringen wollen, oder?"

„Ganz recht"; antwortete Frieder, „ich bin Kommissar Soltan von der Kripo in Kassel. Das ist mein Kollege Hauptkommissar Helwich. Wer sind Sie?"

Beide zeigten ihre Ausweise. Dabei entging Stefan nicht, dass sich der freundliche Gesichtsausdruck veränderte und der Mann erschreckt und ängstlich wirkte, als Frieder sich und Stefan vorstellte. Bald aber war er wieder der freundliche Unternehmer.

„Lothar Klotz, mir gehört hier der Laden."

„Arbeitet bei Ihnen ein Reinhard Hertinghausen?" wollte Stefan wissen.

„Arbeitet nee, arbeitete; deshalb sind Sie doch hier, nicht wahr, weil er ermordet wurde. Oder gibt es einen anderen Grund für Ihr Kommen?"

„Nein. Wir wollen uns nach Reinhard Hertinghausen erkundigen. Wie lange arbeitete er bei Ihnen? Was war seine Qualifikation? Was hat er verdient? Wie war er zu Kollegen? Ist Ihnen in der letzten Zeit etwas an ihm aufgefallen?" damit war alles genannt, was Stefan wissen wollte.

Statt einer Antwort rief Herr Klotz nach hinten: „Stanislaw, komm mal her."

Ein mittelgroßer, etwa 30 Jahre alter Mann mit dunklem krausem Haar kam durch eine der Nebentüren. Herr Klotz bat ihn: „Mach mal da an den Bremsen weiter. Die Herren sind von der Polizei, die wollen was über Reinhard wissen."
Auch hier wieder das kurze Erschrecken im Gesicht des jungen Mannes.
„Sie beschäftigen Ausländer?" wollte Frieder wissen.
„Klar, Polen, Türken, Ukrainer, alles legal, kann Ihnen die Papiere zeigen."
„Interessiert uns nicht wirklich. Also, wie war das mit Reinhard Hertinghausen?" Frieder wollte auf den Punkt kommen.
Was sie erfuhren, war nicht sehr aufschlussreich. Reinhard Hertinghausen war Geselle. Er arbeitete seit drei Jahren bei Klotz, verdiente normal, etwas mehr als die anderen, war allseits beliebt, obwohl er nur selten mit den Kollegen ausging. In der letzten Zeit schien er dem Meister etwas nervös gewesen zu sein.
„Und seit etwa vier Wochen legte er Wert darauf pünktlich Feierabend zu machen,. Denke mal, er hatte eine neue Freundin. Oder was meinst du, Stanislaw."
„Kann sein", war die knappe Antwort.
Stefan wandte sich an Stanislaw: „Sie haben doch sicher zugehört. Haben Sie noch etwas dazu zu sagen?"
„Nee, nix." Stanislaw schien nicht der Gesprächigste zu sein.
Stefan übergab dem Meister seine Karte und bat ihn, wenn ihm noch etwas einfallen sollte, dass er ihn anrufen solle.

Auf der Fahrt nach Kassel hing erst einmal jeder seinen Gedanken nach. Stefan überlegte, was wohl die Unordnung in der Wohnung zu bedeuten hatte, ob jemand die Brosche gesucht hatte. Seine Gedanken wurden von Frieders Frage unterbrochen.

„Was hältst du von dem Laden, ich meine die Werkstatt. Hast du auch den Schrecken gemerkt, den beide bekamen, als sie „Polizei“ hörten?“
„Klar, aber es erschrickt in der Regel jeden, der feststellt, dass die Polizei vor ihm steht.“
„Möglich, aber möglich ist auch, dass es einen anderen Grund dafür gibt.“
„Ja, möglich ist das. Aber vorerst lassen wir es dabei. Morgen nehmen wir uns den Weidelsburgverein vor.“
Beide legten den Rest der Strecke weiter schweigend zurück.
Stefan hatte kaum sein Büro betreten, als Uli Seifert mit einem Aktenhefter wedelnd eintrat.
„Der Bericht der Pathologie, interessant.“ Mit diesen Worten legte sie die Mappe schwungvoll auf Stefans Schreibtisch.
„Und, sind Sie mit der Ahnenforschung weitergekommen?“ war Stefans Frage.
„Ja es scheint so, dass die Hertinghausens Nachfahren der von Hertinghausen sind. Das *von* ist wohl im 17. Jahrhundert abhanden gekommen. Umstände unbekannt. Hat übrigens nichts mit dem Baunataler Stadtteil Hertinghausen zu tun.“
„Na, dann haben wir ja eine weitere Spur.“
Dann las Stefan den Obduktionsbericht. Hier wurde bestätigt, was sie schon wussten: der Fundort war nicht der Tatort. Der Mann wurde durch einen einzigen Schlag mit einem Rundholz in den Nacken getötet. Für eine Eisenstange war die Aufschlagfläche zu breit. Eine Stange mit diesem Umfang wäre zu schwer gewesen, um einen gezielten Schlag auszuführen. Die Todeszeit wurde auf zwischen 22.30 und 24.00 Uhr vermutet. (Die KTU würde das an Hand der Taufeuchtigkeit vermutlich bestätigen können.) Kein Gift, keine Drogen, letzte Mahlzeit Pizza mit Meeresfrüchten.
„Uli“, rief Stefan nach nebenan, „ist der Abschlussbericht der KTU eingetroffen?“

„Hab' ich nicht gesehen."
Stefan griff zum Telefon, um nachzufragen. Die Kollegen sahen es gar nicht gern, wenn die ermittelnden Beamten Druck machen wollten. Entsprechend unfreundlich war die Reaktion. Stefan beschwichtigte:
„Ich wollte auch nur eine Einzelheit wissen. Kann man anhand der Feuchtigkeit an den Seilen und Auflagestellen feststellen, wann der Tote angebunden wurde?"
„Theoretisch ja."
„Was heißt theoretisch?"
„Dass es möglich ist, wenn an Ort und Stelle die Untersuchung vorgenommen wird."
„Und das habt ihr nicht?"
„Nee, Sie hätten darauf hinweisen sollen. Jetzt ist alles trocken. Keine Chance."
„Aber auf den Fotos müsste doch was zu sehen sein."
„Ich will mal sehen, ob da was zu erkennen ist. Aber was anderes. Die Seile sind keine gewöhnlichen aus dem Baumarkt. Das sind Seile, wie sie für Schoten beim Segeln verwendet werden. Etwas ölig, aber höchstwahrscheinlich stammen die aus einem Fachladen für Segelausstattung. Auch die Knoten deuten darauf hin, dass die Täter aus dem Seglermilieu kommen könnten. Den Abschlussbericht, erhalten Sie morgen gegen neun Uhr."
Stefan war enttäuscht, denn für die Überprüfung der Alibis war sowohl die Todeszeit als auch der Zeitpunkt der Verbringung des Toten an den Fundort entscheidend. Alibis um Mitternacht sind sowieso in der Regel schwer zu überprüfen. So ein Mist. Der von Frau Doktor festgestellte Todeszeitpunkt konnte in der Regel als sicher gelten. Nur eine Spanne von neunzig Minuten ist etwas zu viel. Die Verbringung an den Fundort war zwangsläufig danach geschehen, also, sagen wir mal 30 Minuten nach 22.30 Uhr oder nach 24.00 Uhr. Rechnete man noch die Zeit dazu, die die Täter benötigt hatten, um den Toten fachgerecht

festzubinden und wieder zurückzufahren, wohin auch immer, kommen noch einmal 45 Minuten dazu. Alle die nun befragt werden würden, müssten ein Alibi für die Zeit zwischen 22.00 Uhr und 1.15 Uhr nachweisen. Verdammt lange Zeit, wie Stefan fand. Sie würden noch ein paar Leute brauchen, um nach den Alibis zu fragen. Die Eltern könnten ja eigentlich von den Kollegen vom Revier Wolfhagen befragt werden. Stefan rief auch sogleich dort an und war erstaunt, dass die Kollegen dort froh darüber waren, mal in die Ermittlungen der Kripo einbezogen zu werden. Dann bat Stefan noch seine Sekretärin den Vorsitzenden des Weidelsburgvereins ausfindig zu machen und ihn zu fragen, wo die Kripo ihn morgen um 9.30 Uhr antreffen könne. Das war schnell getan, Herr Viehmann war Rentner, er sei zu Hause, 9.30 Uhr sei ihm recht. Dann nannte er noch seine Adresse.

„O.K. Alle zu mir. Abschlussbesprechung“, forderte Stefan seine beiden Mitstreiter auf.

Die Ereignisse und Ergebnisse des Tages wurden zusammengefasst, obwohl teilweise schon bekannt, aber, so war die Erfahrung, in der Reflexion ergaben sich oft neue Gesichtspunkte, die vor Ort nicht offen lagen. Hier aber gab es keine neuen Erkenntnisse.

„Was könnten mögliche Motive sein?“ Damit gab Stefan den Startschuss für das Brainstorming.

„Jemand hat die Goldspange in seinen Besitz gebracht“, meine Uli Seifert.

„Daraus ergibt sich die Frage: Wer wusste von der Brosche?“ nahm Frieder den Faden auf.

„So weit wir bis jetzt wissen, zwei Personen: der Vater und der Juwelier“, stellte Stefan fest, „aber möglicherweise auch andere, vielleicht die Tante. Nur wir wissen nicht, wer. Kann noch jemand ein anderes Motiv liefern?“

„Ich frage mich“, ließ sich Frieder vernehmen, „weshalb wollte Reinhard Hertinghausen die Spange versetzen?“

„Er brauchte Geld“, meinte Uli, „und dann frage ich mich wofür?“
Es klopfte. Herein trat einer der Kollegen, die die Wohnung des Toten durchsucht hatten.
„Entschuldigung, wir sind zwar mit der Auswertung noch nicht fertig, aber wir haben etwas gefunden, das interessant sein könnte. Hier, bitte, das vorab.“
Damit reichte er Stefan einige farbige Faltblätter und ein kleines Heft von A 5-Größe. Es waren Prospekte über Chile, das Heftchen ebenfalls mit dem Titel „Einreise leicht gemacht - Chile, das Land für die zweite Chance“.
„Da sieh mal einer an. Damit ist unsere Frage, wofür das Geld gebraucht wurde, beantwortet“, stellte Stefan fest.
„Aber Chile, ich meine dafür braucht man doch nicht mehrere Millionen, denn das war die Spange doch wohl wert“, wandte Frieder ein.
„Für den Aufbau einer neuen Existenz vielleicht schon“, überlegte Uli, „und weshalb wollte der abhauen?“
„Das scheint mir die entscheidende Frage zu sein. Darüber denken wir morgen weiter nach. Jetzt machen wir Feierabend“, sagte Stefan und heftete einen weiteren Zettel mit dem Vermerk *Chile* an die Pinwand.
Damit beendete der Hauptkommissar den kreativen Gedankenaustausch. Er selbst fand es immer wieder erstaunlich, dass, mit einigen Ausnahmen natürlich, seine Abteilung in der Regel pünktlich Feierabend machen konnte. Was die anderen Abteilungen und Dezernate darüber dachten, war ihm bekannt, und das war nicht immer schmeichelhaft. Stefan war überzeugt, dass ein systematisches Vorgehen, eingebunden in einen minutiösen (vielleicht etwas übertrieben) Zeitplan und das Stellen der richtigen Fragen, manche Überstunden überflüssig machten. Aber weil das so war, hatte er auch nie den leisesten Unmut gespürt, wenn er seine Leute gebeten hatte, eine zusätzliche Nachtschicht einzulegen. Stefan schwang sich auf sein

Fahrrad und machte sich auf den Heimweg Richtung Vorderer Westen. Aber was erwartete ihn selbst zu Hause? Eine leere Wohnung und Schränke mit Fertiggerichten. Kochen war nicht seine Leidenschaft. Und Single war er immer noch.

Wie es seine Gewohnheit war, radelte er erst einmal zu seiner Stammkneipe, dem Drop Inn in der Nähe seiner Wohnung. Dort steuerte er zunächst einmal den Tresen an. Herbert, der Kneipenwirt, stellte ihm wortlos ein Weizen vom Fass hin. Nachdem Stefan mit einem ersten tiefen Zug das Glas halb geleert hatte, bemerkte er den interessierten Blick des Wirts.

„Na, frag schon," ermunterte ihn Stefan.

„Haben Sie mit dem Mord in der Weidelsburg zu tun? Das soll ja ein ganz mysteriöser Fall sein, erzählt man sich."

„So, erzählt man sich das? O.K. ist mein Fall. Aber wieso mysteriös?"

„Da soll doch einer Rache für einen uralten Mord begangen haben. Auf dem Land sollen ja noch die Geister der Vergangenheit lebendig sein, sagt man."

„Welcher Vergangenheit, sagt man?"

„Weiß ich auch nicht so genau. Aber was sagt denn die Polizei dazu?"

„Steht alles in der Zeitung."

„Da steht aber nicht viel drin. Die Polizei sagt den Journalisten ja auch nicht alles, oder?"

„Richtig", war Stefans abschließender Kommentar. Dann bestellte er ein zweites Bier und zog sich damit an einen der hinteren Tische zurück. Geister der Vergangenheit, Rache für einen uralten Mord. Dieser Gedanke hatte sich ihm selbst mal kurz aufgedrängt, als er den Zettel aus dem Mund des Ermordeten in der Hand hielt. „Reiß dich zusammen, unvoreingenommene Ermittlungen, Fakten sammeln, das ist die unspektakuläre Arbeit der Polizei", sagte er zu sich selbst. Es war 22.00 Uhr als er eine Pizza in die Mikrowelle schob und eine Flasche australischen Rotwein entkorkte.

Mittwoch und noch keinen Schritt weiter. Nicht den leisesten Verdacht und nur zwei mögliche Motive. Heute mussten sie einen entscheidenden Schritt weiterkommen, oder aber der Fall würde sie noch sehr lange in Anspruch nehmen. Die Kollegen aus Wolfhagen meldeten sich und berichteten, dass die Eheleute Hertinghausen die ganze Nacht zu Hause gewesen wären. Das hätten sie gegenseitig bestätigt, keine Zeugen, aber der Hausherr muss wohl gegen 22.00 Uhr so besoffen gewesen sein, dass er unmöglich das Haus habe verlassen können.
Dann machten sich die beiden Kriminalkommissare auf den Weg nach Wolfhagen, um erstens mit dem Vorsitzenden des Weidelsburgvereins zu sprechen und zweitens, die Alibis der Arbeiter in der Werkstatt zu erfragen.
Herr Viehmann erwartete sie bereits vor seinem Haus im kleinen Vorgarten. Dort standen drei Gartenstühle und ein kleiner Rundtisch und darauf Gläser uns Tassen.
„Guten Tag die Herren, habe Sie schon erwartet. Kommen Sie rein. Wasser, Saft, Tee, Kaffee, was darf ich Ihnen anbieten?"
Frieder kam der ablehnenden Antwort seines Chefs zuvor:
„Für mich bitte Grapefruitsaft, wenn Sie haben." Natürlich hatte er. Frieder hatte die Flasche auf der Treppenstufe hinter der Sitzgruppe entdeckt. Stefan schloss sich Frieders Wünschen an. Sie nahmen Platz und nach dem ersten Schluck, Herr Viehmann hatte sich Tee eingegossen, begann Stefan das Gespräch.
„Herr Viehmann, Sie haben von dem Toten in der Weidelsburg gehört ..."
„Gelesen", unterbrach Herr Viehmann.
„ ... gelesen. Wir haben ganz in der Nähe des Fundortes einen Werbeprospekt Ihres Vereins gefunden. Die

Untersuchungen legen den Schluss nahe, dass der Tote oder die Täter den dort verloren haben. Kennen Sie Reinhard Hertinghausen? Ist er Mitglied in Ihrem Heimatverein? Gehörte er zu einem Spenderkreis?"
„Mit Sicherheit beides nein", war die prompte Antwort.
„Woher wissen Sie das so aus dem Stegreif. Ich nehme an, sie können nicht alle Mitglieder oder Spender kennen", gab Frieder zu bedenken.
„Ich habe damit gerechnet, dass Sie mich das fragen und habe nachgesehen. So junge Leute gehören in der Regel auch nicht zu unseren Mitgliedern, es sein denn, es sind Kinder älterer Mitglieder."
„Können Sie mit dem Satz *Rache hat einen langen Atem,* etwas anfangen?" wollte Stefan wissen.
„Vorerst nein. Ist das ein Zitat? Wo haben Sie das her?"
Stefan schwieg und fragte sich, was der Prospekt am Fundort für eine Bedeutung hatte. Könnte das möglicherweise ganz unspektakulär sein? Hat den einfach nur ein Spaziergänger verloren?"
Herr Viehmann meldete sich: „Ist der Prospekt auch wirklich vom Weidelsburgverein und nicht vom Heimatverein Löwen?"
„Was?", Stefan war hellwach, „es gibt noch einen Heimatverein hier in Wolfhagen?"
„Ja, aber damit haben wir nichts zu tun. Vor vier Jahren sind ein paar Jugendliche aus unserem Verein ausgetreten. Wir wären zu langweilig, zu spießig und würden die Germanischen Traditionen nicht gebührend berücksichtigen. Die haben dann einen eigenen Verein gegründet, Heimatverein „Die Löwen", pflegen alte heidnisch-germanische Bräuche. Der Verein ist aber inzwischen mehr oder weniger zu einen Gotcha-Club mutiert; sie wissen schon, wo man mit so Farbbeuteln aufeinander ballert."

„Haben Sie Adressen? Weshalb nennen die sich „Die Löwen“?“
„Wer jetzt der Vorsitzende ist, weiß ich nicht. Ist ein e.V; Sie können demnach im Amtsgericht die Namen der Verantwortlichen erfahren. Löwen? So viel ich weiß, beziehen sie sich auf Heinrich, den Löwen, also die Braunschweiger.“
„Interessant“, war alles, was Stefan darauf entgegnete. Das war für Frieder das Zeichen, sich nicht dazu zu äußern und damit eventuell Hinweise auf ihre Vermutungen preis zu geben.
„Danke, Herr Viehmann, Sie haben uns sehr geholfen. Wo waren Sie in der Nacht von Samstag auf Sonntag zwischen 22.30 Uhr und 2.30 Uhr.“
„Brauche ich ein Alibi?“
„Nicht wirklich, also wo waren Sie?“
„Um 23.15 Uhr zurück von einer Theatervorstellung in Kassel, mit dem Bus als Abonnent. Danach im Bett. Meine Frau war mit in Kassel und natürlich auch mit im Schlafzimmer“
Die beiden Kommissare verabschiedeten sich und machten sich auf den Weg zur Werkstatt. Sie trafen Herrn Klotz und zwei Arbeiter. Stanislaw war nicht anzutreffen. Hätte heute frei. Klotz gab als Alibi seine Kneipe an, bis 0.30 Uhr mit Zeugen, danach Tiefschlaf ohne Zeugen. Die anderen beiden gaben auf die Frage nach ihrem Aufenthalt in der fraglichen Zeit die gleiche Antwort:
„Ich Muslim, Türke, große Familie, muss Samstag zu Hause sein, ab zehn Uhr.“
„Stanislaw soll sich morgen bei uns melden, telefonisch, O.K.?“ gab Frieder Herrn Klotz zu verstehen.
Der nächste Weg führte die beiden zum Amtgericht, gerade noch rechtzeitig, bevor für den Rest des Tages geschlossen wurde. Mit den Namen und Adressen des 1. und 2.

Vorsitzenden in der Tasche überlegten Sie, was nun zutun sei.
„Das Alibi von Herrn Klotz würden sie erst gegen Abend überprüfen können. Die Herren von Heimatverein „Die Löwen" würden sie auch nicht vor 17.00 Uhr erreichen.
„Lass uns was Anständiges essen. Ich habe Hunger auf echte deutsche Küche."
Sie parkten ihren Wagen im Parkhaus, kostenlos, wie sie verwundert feststellten. Über eine Treppe erreichten sie die Altstadt.
„Guck mal da, Stefan, Gasthaus „Zum Löwen". Wenn das kein Wink des Schicksals ist."
Durch den Schankraum kam man in den Restaurationsbereich. Dort nahmen sie Platz. Stefan stellte fest, dass es noch einen weiteren Raum linker Hand gab, der aber nicht offen einsehbar war. Noch während sie die Speisekarte studierten, kamen drei recht auffällig, vorwiegend in schwarzes Leder gekleidete junge Männer durch das Restaurant. Trotz ihrer Schirmkappen war offensichtlich, dass ihre Köpfe kahl rasiert waren. Sie trugen knapp sitzende T-Shirts mit weißem Aufdruck. Ganz deutlich war ein stehender Löwe zu erkennen. Ihre langen schwarzen, an der Seite fransigen Lederhosen wurden von einem breiten, reich mit Nieten versehenen Gürtel gehalten. Ihre Arme waren reich tätowiert. Es war nicht hell genug und auch zu wenig Zeit, um ein bestimmtes Muster zu erkennen. Sie gingen in den Nebenraum. Stefan konnte von seiner Position aus erkennen, dass inmitten dieses Raumes ein Billardtisch stand. Kurz darauf folgte ihnen ein ähnlich gekleidetes Paar. Die Neugierde der Kommissare war geweckt. Sollten sie hier per Zufall möglicherweise die treffen, die sie suchten? Stefan bat seinen Kollegen für ihn ein Hefeweizen und Sülze mit Bratkartoffeln und einen kleinen Salat zu bestellen.
„Ich frage mal den Wirt, was das für Typen sind."

Damit war er auch schon in den Schankraum verschwunden. Beim Wirt erfuhr er, dass die fünf tatsächlich Mitglieder des Heimatvereins „Die Löwen" waren, praktisch die Juniorenabteilung der NPD. Stefan wollte wissen, was die an einem Wochentag um die Mittagszeit, denn hier wollten.
„Die nutzen oft ihre Mittagspause, um eine Runde Billard zu spielen, oder ihre nächste Sitzung vorzubereiten", war die Antwort.
„Halten die ihre Sitzungen auch dort im Raum ab?"
„Manchmal", war die Antwort des Wirtes, „meistens treffen die sich im eigenen Vereinslokal, wo weiß ich nicht."
„Hatten Sie denn schon mal Ärger mit denen?"
Stefan konnte sich nicht vorstellen, dass Skinheads friedlich in einem bürgerlichen Lokal ein und aus gingen und sich dort trafen.
„Nee, immer anständig. Solange sich unsere Gäste nicht beschweren und die ihren Deckel immer bezahlen, können sie meinetwegen kommen, wann sie wollen."
Stefan ging zurück an seinen Tisch. Das Hefeweizen war inzwischen eingetroffen. Doch bevor das Essen serviert wurde, kamen die fünf wieder aus dem Nebenraum. Jetzt oder nie, dachte Stefan. Als sie an ihrem Tisch vorbei kamen, erhob er sich und sprach sie an:
„Entschuldigen Sie, meine Dame und die Herren. Ich bin Hauptkommissar Helwich von der Kripo, das ist mein Kollege Kommissar Soltan." Stefan bemerkte, dass die Neugierde im Blick der Angesprochenen sich in Misstrauen verwandelte. „Wenn Sie Mitglieder des Heimatvereins „Die Löwen" sind, hätten wir gerne mit Ihnen gesprochen."
„Wir aber nicht mit Ihnen. Die Mittagspause ist zu Ende. Wir müssen", entgegnete der, der mit der Frau gekommen war.
„Wir ermitteln in einem Mordfall. Wir sollten jetzt hier reden, oder morgen im Präsidium. Was ist Ihnen lieber?"

bemerkte Frieder. Dass der immer sofort schweres Geschütz auffahren muss, dachte Stefan, deshalb ergänzte er schnell: „Oder heute Abend in Ihrem Vereinslokal."
Das war ja nun wirklich keine Drohung, dennoch stellte Stefan eine Änderung im Verhalten der Anderen fest.
„O.K.", sagte der Sprecher, „ich bin sowieso im Augenblick arbeitslos. Ich red' mit Ihnen. Mord, sagten Sie? Können die anderen dann gehen?"
Die Kommissare hatten nichts dagegen und luden den Mann ein, Platz zu nehmen.
„Bestellen sie sich was zu trinken, wir bezahlen. Wie heißen Sie denn?"
„Lorenzen, Hartwig Lorenzen aus Wolfhagen."
„Und welche Funktion haben Sie in dem Verein?" wollte Frieder wissen.
„Sowas wie erster Vorsitzender."
„Wo ist denn Ihr Vereinslokal?"
„Hier. Der ganze Verein trifft sich alle zwei Monate hier und wir vom Vorstand je nach Bedarf, wie eben."
„Der Wirt meinte, sie hätten noch ein eigenes Vereinslokal", stellte Stefan fest.
„Er irrt, der will nur nicht, dass die Gäste glauben, dies sei das Stammlokal von so Leuten wie wir."
„Und was sind Sie für Leute?"
„Jedenfalls nicht bürgerlich, wie die Stammkundschaft. Wir sehen zwar nicht so aus, aber wir pflegen Traditionen."
„Und was für Traditionen", wollte Frieder wissen, „informieren Sie uns doch mal über ihre Vereinsziele."
„Wir wollen, dass die ruhmreichen Taten des deutschen Volkes nicht in Vergessenheit geraten. Wir halten sie wach. Es ist nicht hinnehmbar, dass uns heute eingeredet wird, wir müssten uns unserer Vergangenheit schämen…."
Stefan unterbrach ihn: „Und an welche ruhmreichen Taten denken Sie?"

„Wollte gerade darauf kommen. Herman, der Cherusker, der die Fremden aus dem Land verjagt hat. Südländer hatten schon damals nichts bei uns zu suchen. Friedrich Barbarossa, das Sinnbild für das Wiedererwachen des deutschen Volkes. Heinrich der Löwe, der den Slawen das Deutschtum brachte, unser Namensgeber übrigens, Bismarck, nicht zuletzt die Versuche ein großdeutsches Reich zu gründen. Dahinter wollen wir nicht zurück. Wir sind stolz Deutsche zu sein."
„Alles Männer, die Kriege geführt haben, ziemliche Verdrehung der deutschen Geschichte", unterbrach Frieder.
„Kriege, jawohl, na und. Man hat euch die falsche Geschichte eingebläut. Mit Geschwafel hat noch kein Volk überlebt."
„Das klingt ziemlich rechtsradikal ..." Stefan kam nicht weiter.
„Hören Sie auf mit dem Quatsch. Sie sind Polizist, sie dienen einem durch und durch korrupten und verweichlichten System. Rechtsradikal. Noch ist die NPD eine ordentliche Partei. Ich mache kein Geheimnis daraus, dass wir mit ihr sympathisieren. Es kotzt mich an, wenn deutsche Arbeitslose am Hungertuch nagen und die Polaken und Kanaken in deutschen Firmen das Geld verdienen. Ach, Sie können mich mal. Ich gehe."
„Noch eine Frage, bitte. Kennen Sie diesen Mann?" Stefan zeigte ihm ein Foto des toten Reinhard Hertinghausen.
„Nicht unser Typ. Nee, kenne ich nicht. Sieht ziemlich tot aus."
„Das ist der Automechaniker Reinhard Hertinghausen aus Wolfhagen. Sind Sie sicher, dass Sie ihn nicht kennen? Sagt Ihnen der Satz *Rache hat einen langen Atem* etwas?"
„Zu eins, den kenn ich nicht und zu zwei, der Satz ist gut, ich glaub' dran. Wer sich am deutschen Volk und seinen Helden vergreift, wird das büßen, auch wenn's länger dauert. Und nun tschüß."

Er trank sein Bier aus und stolzierte wie nach einer gewonnen Schlacht davon.
„Was hältst du denn davon", war Frieders erstaunte Frage.
„Ziemlich verkorkste Ansichten. Aber so zu denken ist nicht verboten."
„Meinst du, der kannte den Toten wirklich nicht."
„Kann ich mir eigentlich nicht vorstellen. Auf der anderen Seite, könnte der Satz schon von diesen Typen stammen. Aber das Motiv? Ich sehe keins. Dennoch, wir müssen den Verein etwas genauer unter die Lupe nehmen. Das mit dem Vereinslokal muss überprüft werden."
„Ich kümmere mich darum", bot Kommissar Soltan an.
„O.K., gehen wir."
Sie zahlten und machten sich auf den Weg zurück ins Präsidium.
Dort wurde Uli Seifert gebeten sich nach Annegret Hertinghausen zu erkundigen. Kommissar Soltan überlegte, wie er die Überwachung des seltsamen Heimatvereins organisieren könne. Wen sollte man überwachen? Wo sollte man ansetzten, im Lokal Zum Löwen oder gab es ein anderes Vereinslokal? Er besprach das Problem mit den Kollegen vom Wolfhagener Revier. Er erfuhr, dass einige Mitglieder des Vereins aktenkundig wegen kleinerer Delikte waren, also Namen und Adressen vorlagen. Nur heute könnten sie noch nicht aushelfen. Frieder ließ sich die Adresse von Hartwig Lorenzen geben. Er musste wohl selber ran, noch heute Abend.
„So etwas solltest du nicht alleine machen, nimm dir einen Kollegen von der Bereitschaft mit", ermahnte ihn Stefan, „ich bleibe erst einmal hier, muss nachdenken."
Wenn sie doch nur ein Motiv hätten. Die Spange könnte eins sein. Wenn aber nur der Vater und der Juwelier davon wussten, fiel Raubmord aus. Das Alibi des Juweliers war nicht zu erschüttern. Preisskat bis 1.00 Uhr. Wer wusste noch von der Brosche. Man müsste alle Personen, die

irgendwie bei den Ermittlungen ins Blickfeld gerieten, danach fragen. Der Weidelsburgverein konnte unberücksichtigt bleiben. Sollte das Motiv für den Mord an einem Hertinghausen wirklich in grauer Vorzeit liegen? Äußerst unwahrscheinlich, aber bei den verschrobenen Ansichten kann alles möglich sein. Ob die Kollegen des Toten …"
Stefan Gedanken wurden von Frau Seifert unterbrochen.
„Chef, Sie werden's nicht glauben. Ich habe einiges über Annegret Hertinghausen herausgefunden. Die ist Inhaberin eines Nachtclubs, Puffmutter sozusagen. Was sagen Sie nun?"
„Ich bin platt. Und wo ist der Club."
„An einer Bundesstraße 450 im Kellerwald. Ich hab die genaue Adresse."
„Dann nichts wie hin."
„Soll ich nicht lieber mitkommen, wegen der Moral, meine ich."
„Sie wollen auf mich aufpassen. Haben Sie so wenig Vertrauen zu mir?"
„Nein, ich will auch mal raus. Und ein Besuch des Hauptkommissars im Puff rechtfertigt mein Mitkommen. Meinen Sie nicht auch?"
„Gut, besorgen Sie einen Wagen. Kein Wunder, dass die Hertinghausens nicht mit der Sprache rausrücken wollten."
Leider war kein neutraler Wagen frei, deshalb mussten sie einen grün-weißen einer Streife nehmen, dafür aber mit Fahrer.
Als sie auf den Hof des Clubs fuhren, stellte Stefan fest, dass alle Fenster geschlossen waren, die Neonschrift „Club 450" war ausgeschaltet. Und doch stand ein dunkeler Audi A 4 auf dem Hof neben zwei VW-Golfs. Stefan beschied dem Fahrer im Wagen zu bleiben und die Augen offen zu halten. Stefan und Uli steuerten auf den Eingang zu. Gerade wollten sie die Türglocke betätigen, da sahen sie, wie eine

Gruppe von Personen von der Seite des Hauses her auf den Audi zuging. Es waren ein Mann in schwarzer Lederjacke und Military-Hose und vier junge Frauen. Ihr Outfit ließ keinen Zweifel darüber aufkommen, zu welcher Berufskategorie sie gehörten. Uli konnte sich eine bissige Bemerkung nicht verkneifen:
„Na, wenn der sich mal nicht übernimmt."
Stefan aber meinte den Mann gestern im Gasthaus „Zum Löwen" gesehen zu haben. Sein: „Hallo, Sie da, warten Sie mal", verhallte ungehört. Stefan rannte auf den Wagen zu, aber die Fünf saßen bereits im Wagen. Split flog Stefan entgegen als der Audi mit einem Blitzstart vom Hof schoss.
„Der läuft uns nicht weg. Statten wir erst einmal der Frau des Hauses einen Besuch ab", bemerkte Stefan.
Die stand bereits in der offenen Türe. Eine schlanke, gepflegte Erscheinung in einem grauen Hosenanzug. Stefan schätzte sie auf 60 Jahre. Ihr Gruß war die erstaunte Frage:
„Was will denn die Polizei von uns? Guten Tag und kommen Sie rein. Eigentlich haben Frauen hier keinen Zutritt, es sei denn sie arbeiten hier, aber bei der Polizei muss ich wohl eine Ausnahme machen."
Stefan zeigte seinen Ausweis, stellte sich und Ulrike Seifert vor und schloss mit der unheilvollen Bemerkung:
„Wir sind von der Kriminalpolizei, genauer von der Mordkommission."
„Hätt' ich mir denken können. Sie kommen wegen meines Neffen. Hab' ich Recht?"
„Sie haben Recht."
In der Bar wurde ihnen an einem Tischchen Platz angeboten. Die Chefin setzte sich zu ihnen.
„Was möchten Sie trinken. Geht auf das Haus?"
Stefan war für Kaffee und Mineralwasser, Uli für Orangensaft. Nach zwei Minuten wurden die Getränke von einer jungen Frau in hautenger silbrig glänzender Latexhose

und einem Minibikini, in der gleichen Farbe, der ihrer Körbchengröße in keiner Weise gerecht wurde, gebracht.
„Frau Hertinghausen, wir möchten gerne etwas mehr über Ihren Neffen Reinhard erfahren." Stefan wollte sofort zur Sache kommen.
„Was soll ich Ihnen sagen. Ich war so etwas wie die Beichttante für ihn. Wenn er Probleme hatte, kam er zu mir, nicht zu seiner Mutter und nicht was Sie denken, also nicht wegen der Mädchen wollte ich sagen."
„Seine Eltern sagen, er hätte Sie nicht gemocht. Warum? Hatte er denn in der letzten Zeit Probleme?"
„Ich weiß nicht, warum die so etwas behaupten. Von Problemen weiß ich nichts, aber er kam mir bei unserem letzten Treffen reichlich nervös vor, als ob er vor etwas Angst haben würde."
„Wann war denn das letzte Treffen?"
„Vor drei Wochen. Den genauen Tag müsste ich nachsehen."
„Eine Idee, wovor er Angst gehabt haben könnte? War er hier bei Ihnen? Was wollte er?"
„Er war hier. Er brauchte wieder mal Geld. Er hätte Spielschulden, sagte er mir. Aber ob und wovor er Angst gehabt haben könnte, keine Ahnung."
„Er hat versucht eine wertvolle antike Spange zu versetzten", stelle Stefan wie beiläufig fest. Dabei beobachtete er Annegret Hertinghausen genau. Ihre weit aufgerissenen Augen und der halboffene Mund signalisierten Stefan, dass sie von der Spange gewusst haben musste.
„So ein Idiot", stieß sie schließlich hervor.
„Sie wussten also von der Spange?"
„Wie ich schon sagte, er hat mir vieles anvertraut. Auch wenn's den Eltern nicht passte. Aber wenn er die Spange versetzen wollte, hatte er ganz sicher riesige Probleme. Das hätte er nie tun sollen. Die Spange ist seit vielen

Generationen im Besitz unserer Familie. Es bringt nur Unglück, wenn die anderen gezeigt wird, hat mein Vater immer gesagt. Er hatte Recht, wie Sie sehen."
„Also waren es offensichtlich nicht nur Spielschulden, wofür er Geld brauchte. Wussten Sie, dass er sich für Chile interessierte?"
„Was? Chile. Er scheint doch Geheimnisse vor mir gehabt zu haben." Ihre Stimme klang weniger erstaunt als vielmehr enttäuscht.
Stefan stellte die unumgängliche Frage nach dem Alibi. Frau Hertinghausen war natürlich in der Nacht von Samstag auf Sonntag in ihrem Etablissement.
„Hochbetrieb, da kann ich nicht weg. Das können viele bezeugen."
Stefan glaubte ihr. Seine nächste Frage kam überraschend für die Frau.
„Wer war der Mann, der vorhin, als wir kamen, mit vier Damen das Haus verlassen hat?"
Wenn ihr die Frage Sorge bereitete, so ließ sie sich das nicht anmerken. Nach einigem Zögern, für Stefan ein Zeichen, dass sie nicht die ganze Wahrheit sagen würde, antwortete sie:
„Unser Hausmeister, unser Nachtwächter, einfach unser Mädchen für alles. Die sind einkaufen nach Bad Wildungen gefahren."
Uli Seifert musste innerlich lachen, bei der Vorstellung, das ein bulliger Mann in einem Bordell das „Mädchen für alles" sein sollte. Von wegen einkaufen, anschaffen würde wohl eher als Grund für die Fahrt nach Bad Wildungen zutreffen.
Auf der Rückfahrt bat Stefan seine Sekretärin daran zu denken, bei der Sitte im Kommissariat 11 wegen des Etablissements nachzufragen und vor allen Dingen, was „Die Löwen" damit zu tun hätten. Das Konto dieses Vorsitzenden sollte mal überprüft werden.

„Finden Sie mal raus, bei welcher Bank er ein Konto hat. Ich besorge einen richterlichen Beschluss. Sollte bei Mordverdacht kein Problem sein“, und nach einer kurzen Pause, „Warum habe ich das nicht eher dran gedacht; wir müssen uns die Kontounterlagen des Toten geben lassen. Das können Sie tun, Uli.“
Der Fahrer meldete sich: „Herr Helwich, falls Sie die Autonummer des Audi haben wollen und der anderen Wagen, ich habe sie notiert.“ Damit reichte er Stefan einen Zettel mit Nummern und den dazugehörenden Wagentypen. Den Rest des Weges legten sie schweigend zurück. Für Stefan war klar, die Brosche war der Schlüssel in diesem Fall. Wenn man die finden würde, war man der Lösung ganz nahe. Wer immer die hatte, würde sie veräußern wollen, an Hehler, Museen, Liebhaber. Es müsste doch von und für Antiquitätenhändler so etwas wie eine Internet-Zeitschrift geben. Er würde sich bei Herrn Christmann kundig machen und ihn bitten, die Zeichnung der Spange ins Internet zu geben, sie als Beute eines Kunstdiebstahls zu bezeichnen. Wer Kenntnis von der Spange besitzt und das nicht anzeigt, würde sich strafbar machen. Ob's was nützen wird? Stefan hatte da so seine Zweifel, aber einen Versuch sollte es wert sein. In Präsidium angekommen, machten sich beide an die Erledigung der abgesprochenen Aufgaben.

6

Zurzeit, in der Stefan Frau Annegret Hertinghausen befragte, hatte sich Frieder Soltan in einem unauffälligen Opel Astra mit auswechselbarem Nummernschild vor dem Haus des Hartwig Lorenzen postiert. Sein Kollege von der Bereitschaft saß neben ihm. Dieser hatte Stefan aber schon in Kassel zu verstehen geben, dass er nur bis 21.00 Uhr mitmachen könne. „Das dürfte kein Problem sein“, entgegnete Kommissar Soltan daraufhin, „bis dahin müsste die Ablösung vom Wolfhagener Revier da sein.“
Lorenzens Motorrad stand vor dem Haus. Also musste er selbst zu Hause sein. Aber nichts rührte sich, bis so gegen 18.00 Uhr sich zwei Motorräder dem Haus näherten. Die beiden Männer, Fieder meinte sie im Lokal „Zum Löwen“ gesehen zu haben, stellten ihre Maschinen neben Lorenzens Krad ab und gingen durch das Gartentor ums Haus herum. In der oberen Etage ging das Licht an. Kurz darauf war eine Gestalt war am Fenster zu sehen, die die Vorhänge zuzog. Nach etwa einer Stunde kamen die Männer wieder heraus, schwangen sich auf ihre Maschinen und fuhren in verschiedene Richtungen davon. Dann kehrte wieder Ruhe ein, sofern es das Haus betraf. Die Zeiger der Uhr im Polizeiwagen näherten sich dem Zeitpunkt, an dem die Ablösung kommen sollte.
„Ich muss los“, drängte Frieders Kollege, „ich nehm' mir ein Taxi.“
Mit dem Handy bestellte er das Taxi in die nächste Querstraße. Dann stieg er aus und Frieder war allein im Wagen.
„Ich warte noch fünfzehn Minuten, dann frage ich im Revier nach, wo die Ablösung bleibt“, dachte Frieder. Im Rückspiegel sah er das Taxi kommen und um die nächste Ecke biegen. Frieder wollte gerade Hauptkommissar Helwich informieren, er würde sich ab jetzt alle dreißig

Minuten melden, wenn es die Situation erlaubte, als sich die Haustüre öffnete und Lorenzen heraus kam und wenige Augenblicke später mit dem Motorrad davon brauste. Was blieb dem Kommissar anderes übrig, als zu wenden und hinterher zu fahren. Die Fahrt ging durch die Stadtmitte. Hier und da gesellten sich weitere Motorradfahrer hinzu. Als sie sich dem westlichen Stadtrand näherten, waren es sieben. Kurz hinter dem Ortsausgangsschild verlangsamten sie ihre Fahrt. Es war ganz offensichtlich, dass die Autoreparaturwerkstatt Klotz ihr Ziel war. Frieder wollte nicht zu nahe heran fahren, deshalb stellte er seinen Wagen in einen abzweigenden Feldweg ab und näherte sich zu Fuß der Werkstatt. Da es bereits dämmerte, nahm Frieder seine Taschenlampe und sein Handy mit, das er aber vorsichtshalber auf Vibration stellte. Vorher aber wollte er noch seinen Standort an seinen Chef durchgeben. Stefan Helwichs Handy war besetzt. Er verzichtete darauf, sich zurückrufen zu lassen, sobald der Gesprächspartner frei sein würde. Frieder musste näher ran. Es gab keine andere Möglichkeit, er musste der Bundesstraße bis kurz vor die Einfahrt zur Werksatt folgen. Dann aber gab es eine Möglichkeit sich über eine Wiese von hinten zu nähern. Er stieß dort aber unversehens auf einen Zaun, auf einen Bauzaun, wie er bald feststellte. Die einzelnen Segmente steckten in Betonschuhen und waren oben ineinander verhakt. Es blieb keine andere Möglichkeit um auf das Gelände zu kommen, als den Zaun zur Straße hin zu umgehen. Er schlich geräuschlos am Zaum entlang. An dessen Ende angekommen, sah er vor dem Gebäude die Motorräder und einem Mann, der höchstwahrscheinlich als Wache dort auf und ab ging. Bewaffnet war er mit einem Baseballschläger. Als dieser Frieder mal wieder den Rücken zukehrte huschte dieser um das Ende des Zaunes, um jetzt innen entlang auf die Rückseite des Hauses zugelangen. Es waren noch etwa zehn Meter zurückzulegen, da hörte er im

Inneren des Gebäudes heftige Stimmen. Allerdings konnte er nicht erkennen, was gesprochen wurde. Nach hinten raus gab es auch nur eine Türe und zwei kleine Fenster, die waren aber alle geschlossen. Frieder wollte sich unter die Fenster stellen, um verstehen zu können, um was es bei dem Streit da drinnen ging. Er richtete sich gerade aus der Hocke auf, als er ein Geräusch hinter sich wahrnahm. Er drehte sich hastig um, wich einen Schritt seitwärts aus und hob seine Taschenlampe. Aus den Augenwinkeln sah er undeutlich eine Gestalt. Dann sah er ein kurzes, heftiges Feuerwerk und dann war Nacht um ihn. Kommissar Soltan wurde von einem Baseballschläger zwischen Schulter und Hals getroffen. Die Taschenlampe verhinderte das Schlimmste.

Wie lange er bewusstlos war, konnte er hinterher nicht mehr sagen. Es war stockdunkel, als er erwachte. Er versuchte sich zu orientieren, war jedoch nicht in der Lage, den Kopf zu bewegen. Er stellte gleichzeitig drei Dinge fest: Er saß in einem Auto, er konnte seinen linken Arm nicht bewegen und es war ihm völlig schleierhaft, wie er in diese Lage gekommen war. Da er auf dem Fahrersitz saß, war es ihm nur unter Aufbietung aller Konzentration und Kräfte und unter erheblichen Schmerzen möglich, mit der rechten Hand an den Türgriff zu greifen. Alle Anstrengen sie zu öffnen, waren vergeblich. Auf den Beifahrersitz zu gelangen, machte ihm ebenfallsgroße Schwierigkeiten. Erst einmal musste er den Schalthebel so stellen, dass er seinen Beinen nicht im Wege war. Bei dieser Aktion stellte sich heraus, dass er sein rechtes Bein nicht anheben konnte. Was hatten die mit ihm gemacht - und wer waren die? Erst einmal raus. Aber auch die rechte Tür ließ sich nicht öffnen. Im fahlen Licht des Mondes konnte Frieder erkennen, dass das Auto in dem er saß, ziemlich demoliert war. Die Frontscheibe war milchig, offensichtlich zersprungen. Aber das könnte die Chance sein, raus zu kommen. Mit dem rechten Arm

aufstützen, das linke Bein anziehen, Knie auf den Sitz und mit der rechten Faust die Frontscheibe hinaus stoßen und nur ja nicht den Kopf bewegen. So schaffte er es allmählich, oft kurz davor vor Schmerzen das Bewusstsein zu verlieren, sich bäuchlings auf die Motorhaube zu zwängen. Dann rutschte er vorsichtig seitlich hinunter, stand mit dem Oberkörper über die Motorhaube gebeugt und sich mit dem rechten Arm abstützend ziemlich benommen da. Was war mit seinen Beinen los? Links hatte er kein Gefühl. Ein Griff ans Bein zeigte ihm: Es war taub. Jetzt, da er etwas mehr Bewegungsfreiheit hatte, suchte er in seiner Jacke nach seinem Handy. Es war nicht da. Man hatte es ihm offensichtlich abgenommen. Er schaute sich um. Es war der Hof der Autowerkstatt. Ein Feuer auf dem Feld, kurz hinter dem Zaun erhellte die Szenerie gespenstig. Es war ein Geländewagen der da brannte. Und nur etwa fünf Meter entfernt zur Straße hin stand sein Wagen. Scheiben eingeschlagen, Reifen platt, Nummernschild entfernt. War er mit dem hierher gefahren? Er meinte sich zu erinnern, dass er ihn vorher abgestellt hatte. Vielleicht war das Funkgerät noch in Ordnung. Damit würde er Hilfe holen können. Aber wie dahin kommen? Er machte einen Schritt von der stützenden Motorhaube weg. Das misslang gründlich. Sein linkes Bein knickte ein. Frieder fiel zu Boden. Noch im Fallen hörte er mehrere Autos auf den Hof fahren, der plötzlich in helles Licht getaucht war.
„Frieder, wo bist du? Frieder!“ Bevor dieser das Bewusstsein verlor, erkannte er die Stimme seiner Frau Ann-Katrin. Sie war hinter Hauptkommissar Stefan Helwich hergefahren, der gefolgt von einem Streifenwagen die Suche aufgenommen hatte.
Stefan hatte sich zwar gewundert, dass er Frieders Berichte nicht mehr erhielt. Er war davon ausgegangen, dass die Wolfhagener Kollegen jetzt vor Lorenzens Haus stehen würden. Dann aber kamen kurz hintereinander zwei

Anrufe. Der erste von der Ablösung, die Stefan mitteilte, dass die Kasseler Kollegen nicht mehr da seien und der zweite kam von Ann-Katrin, die Stefan fragte, wo denn ihr Mann bliebe; der wollte um 22.00 Uhr zu Hause sein. Auf seinem Handy stellte Stefan dann fest, dass ihm ein Anruf von seinem Kollegen um 21.30 Uhr entgangen war. Ann-Katrin bestand darauf sich mit Stefan auf die Suche zu machen. Natürlich ging dass nicht. Aber wer konnte sie daran hindern, hinter der Polizei her zu fahren? Kurz nach dem Gespräch mit Ann-Karin, erhielt Stefan einen zweiten Anruf von Hauptkommissar Proll aus Wolfhagen.
„Wir stehen hier vor Lorenzens Haus und bekamen gerade einen Anruf von einem Bewohner, der am Rande der Stadt, in einem der letzten Häuser an der B 450 wohnt. Der hat bei der Autowerkstatt Lärm gehört und eine Rauchsäule gesehen, vermutlich Vandalen, die Autos zertrümmern und Autoreifen verbrennen. Was sollen wir machen, sollen wir hin?"
Das war die Frage. Stefan wusste es nicht. Die Frage, die er den beiden dann stellte, mehr Bitte als Frage, war gegen alle Vorschrift, aber das Einzige, was jetzt zu machen war. Wenn das schief gehen würde, hätte Stefan ein Problem.
„Kann nicht der eine von Ihnen mit dem Wagen mal hinfahren und die Lage sondieren, nicht eingreifen, nur kurz beobachten, und der andere beim Haus bleiben, wenn's nicht länger als fünfzehn Minuten dauert?"
„Herr Hauptkommissar, Sie wissen hoffentlich, was Sie da vorschlagen. Auf Ihre Verantwortung."
„Klar. Ich habe das Gespräch aufgezeichnet. Sie sind auf der sicheren Seite, wenn Sie nicht eingreifen."
Wo sollten sie nach Kommissar Soltan suchen. Auf jeden Fall in Wolfhagen. Also erst einmal nach Wolfhagen fahren. Unterwegs würde sich aus den Berichten der Kollegen vor Ort das eine oder andere ergeben. So war es dann auch.

Der erste Anruf kam von dem Polizisten, der vor dem Haus stand:
„Herr, Helwich, gerade sind drei Motorradfahrer angekommen. Einer davon sicherlich der Lorenzen."
Der zweite Anruf kam vom motorisierten Polizisten:
„Herr, Hauptkommissar, hier waren Vandalen am Werk. Ich habe niemanden mehr gesehen. Ein brennendes Fahrzeug haben wir löschen können. Dann sind da noch zwei weitere demolierte Autos, möglicherweise auch das des Kommissars Soltan. Sicher bin ich nicht, waren keine Nummernschilder mehr dran und drin war auch niemand. Ich fahre jetzt zurück zu meinem Kollegen."
„O.K., danke. Dort sind inzwischen drei der Skinheads ins Haus gegangen. Wenn die das Haus verlassen wollen, verhindern Sie das. Wir wollen alle drei vernehmen. Viel Glück."
„Stefan schaltete Blaulicht an, der Streifenwagen ebenfalls und mit Martinshorn und überhöhter Geschwindigkeit ging es durch Bad Wilhelmshöhe, auf die A 44 und dann über die B 251 und 450 nach Wolfhagen zu der bekannten Autoreparaturwerkstatt vor den Ortseingang.
Da waren sie nun. Ann-Katrin hatte alle Verkehrsvorschriften übertreten, als sie den dahinbrausenden Polizeiwagen gefolgt war. Die Folgen dieser Aktion waren ihr im Augenblick auch egal. Sie beugte sich über ihren Mann, fühlte seinen Puls und stellte erleichtert fest, dass er lebte. An Stefan gewandt, sagte sie:
„Ruf einen Krankenwagen. Frieder braucht einen Arzt. Schnell. Oh, Gott, was ist bloß mit ihm? Warum hast du ihn allein gehen lasse? Du Idiot, wenn wir nicht Freunde wären, würde ich dich anzeigen."
Dass er einen Fehler gemacht hatte, war Stefan durchaus klar und natürlich auch, dass sein Freund und Kollege Frieder Soltan dringend einen Arzt brauchte.

Der kam in weniger als zehn Minuten und weitere fünf Minuten dauerte es, bis sich die Türen des Krankenwagens hinter dem Notarzt und Frieder Soltan schlossen. Stefan fragte den Arzt, wohin sie seinen Kollegen bringen würden.
„Ins Kreiskrankenhaus erst einmal."
„Ich möchte mitfahren." Ann-Katrins Stimme war bestimmt und ließ keinen Zweifel daran aufkommen, dass ihr das irgendjemand ausreden könnte.
„Und dein Wagen?" fragte Stefan.
„Den kann ich immer noch holen."
Stefan sah noch, wie einer der Sanitäter die Türe wieder öffnete und Ann-Katrin hineinließ.
Wo war eigentlich der Besitzer der Werkstatt?
„Hat denn noch niemand den Klotz informiert?" rief er in die Runde.
„Wer ist Klotz?" fragte einer der Uniformierten.
Klar, den konnten die ja nicht kennen, waren ja nicht von hier. Stefan gab Anweisung Herrn Klotz zu benachrichtigen und herzubestellen. Sein Handy meldete sich. Es war Polizeiobermeister Proll, der mit einem Kollegen Lorenzens Haus bewachte.
„Die drei kommen gerade raus. Lorenzen ist dabei. Wie sollen wir vorgehen?"
Stefan war nahe daran eine bissige Bemerkung als Antwort zu geben. Stattdessen sagte er: „Vorläufig festnehmen wegen grober Sachbeschädigung und grober Körperverletzung. Schaffen Sie die aufs Revier. Ich komme gleich vorbei."
Dann bestellte er die Spurensicherung und einen Autotransporter für die demolierten Autos. Es würde noch einige Zeit dauern, bis alle aus Kassel eintreffen würden. Bis Klotz kam, musste er noch warten. Den wollte er hier vor Ort befragen. Es dauerte keine zehn Minuten bis dieser auf den Hof fahren wollte. Er wurde gebeten, seinen Wagen auf der Straße abzustellen. Stefan ging auf ihn zu.

„Was ist denn hier passiert?“ war die erstaunte und wie Stefan festzustellen meinte, weniger entsetzte Frage.
„Guten Abend, Herr Klotz, wir kennen uns. Hier hat jemand kräftig zugelangt, wie Sie sehen. Und ich möchte von Ihnen wissen, ob Sie sich vorstellen können, wer das war.“
„Bestimmt die Skins. Die machen mir öfter Ärger, wohl weil ich Ausländer beschäftige.“
„Gehen wir mal rum und stellen den Schaden fest“, schlug Stefan vor.
Im Licht der Autoscheinwerfer konnten Sie sehen, dass eine Frontscheibe der Werkstatt eingeschlagen war. Im Hof fanden sie einen demolierten Golf, den nicht ganz ausgebrannten Toyota-Geländewagen und den Astra des Kommissars Soltan. Als sie sich diesem näherten, stellte Klotz fest:
„Der ist aber nicht von uns oder unseren Kunden. Der war gestern noch nicht da.“
Stefan ging darauf nicht ein und fragte stattdessen:
„Wann haben Sie die Werkstatt verlassen?“
„So gegen halb neun.“
„Wohin sind Sie danach gegangen?“
„Nach Hause, zu Abend gegessen.“
„Kann das jemand bezeugen? War Ihre Frau da?“
„Sie verlangen von mir ein Alibi. Das hier ist meine Werkstatt und das sind die Autos meiner Kunden. Ich glaub's wohl.“
„Kann jemand bezeugen, dass Sie ab 20.40 Uhr zu Hause waren?“ Stefan blieb hartnäckig.
„War keiner zu Hause. Meine Frau war zur Gymnastik, beginnt um acht. Stellt mir dann immer das Abendbrot in die Mikro.“
Sie traten in das Licht eines Autoscheinwerfers, wo Stefan sich Notizen machen wollte. Jetzt erst konnte er sehen, dass Klotz erhebliche Verletzungen im Gesicht hatte. Unter dem

linken Auge ein großes Pflaster, das rechte blau-grün unterlaufen ebenso die linke untere Gesichtshälfte.
„Was ist denn mit Ihnen passiert“, wollte Stefan wissen.
„Mir ist der Schraubenschlüssel aus der Hand gefallen, als ich unterm Auto stand. Beim Wegdrehen habe ich dann das Kinn ans Gestänge geschlagen.“
„Wollen Sie Anzeige erstatten?“
„Gegen wen? Gegen die Skins? Gibt es Beweise, dass die das waren? Und wenn, ich will Ruhe vor denen. Den Schaden wird die Versicherung zahlen.“
„Haben Sie eine Erklärung, wie der Opel hierher kommt?“
„Nee, nie gesehen. Gehört vielleicht den Vandalen, die das hier gemacht haben.“
Dabei wollte es Stefan erst einmal belassen. Die Spurensicherung war immer noch nicht gekommen. Deshalb bat er die Kollegen, die im Streifenwagen mitgekommen waren, den Ort abzusperren und solange am Tatort zu bleiben, bis die Spurensicherung fertig und die Autos verladen sein würden. Er selbst fuhr ins Wolfhagener Polizeirevier, um die Skinheads zu vernehmen.
„Hallo, gab's Schwierigkeiten bei der Festnahme?“ fragte Stefan als er in den Empfangsraum trat.
„Eigentlich nicht. Als sie die Pistolen sahen, ließen sie sich Handschellen anlegen. Leider hatten wir nur zwei.“
Als Stefan kurze Zeit später die drei auf der Bank im Nachbarraum sah, wusste er, was es mit der Bemerkung des Polizisten auf sich hatte. Alle drei waren aneinander gefesselt, Lorenzen in der Mitte. Einen der Kollegen bat er, Lorenzen die Handschellen abzunehmen und die andren wieder aneinander zu fesseln. Stefan wollte mit jedem einzeln reden. Ein richtiges Verhörzimmer gab es nicht, also musste die Vernehmung im Büro des Revierchefs stattfinden. Stefan bat um ein Aufnahmegerät, das er auf den Schreibtisch stellte. Er war äußerlich die Ruhe selbst, innerlich aber schäumte er vor Wut. Am liebsten hätte er

sein Gegenüber angebrüllt und massiv bedroht. Er wusste, dass das nichts bringen würde, deshalb startete er das Aufnahmegerät und eröffnete die Vernehmung, indem er Datum, Uhrzeit, seinen Namen und den Namen des anderen nannte.

„Herr Lorenzen, Sie wissen, weshalb Sie festgenommen wurden?"

„Nee, die anderen Bullen haben was von Sachbeschädigung und Körperverletzung gequasselt."

„Grobe Sachbeschädigung und gefährliche Körperverletzung gegenüber meinem Kollegen Kommissar Soltan. Er wird jetzt gerade im Krankenhaus behandelt."

„Geil, dass es auch mal einen Bullen erwischt hat."

„Sehr schlecht für den, der das getan hat. Und das war einer von Ihrer Clique."

„Beweise, he?"

„Sie persönlich und einige andere sind gesehen worden, wie Sie in die Autowerkstatt Klotz gegangen sind und mit jemandem dort gestritten haben. Dabei hat sie Kommissar Soltan überrascht. Was wollten Sie bei Klotz?"

„Reklamieren, er hat an meine Maschine kaputtes Bremskabel gemacht."

Diese Sprache, fürchterlich, dachte Stefan. Laut sagte er:

„Was haben Sie gemacht, nachdem mein Kollege zusammen geschlagen wurde?"

„Keiner von uns hat den zusammengeschlagen. Nachdem wir mit Klotz fertig waren, sind wir in den „Löwen". Sie können da fragen."

„Bringt nichts für euch. Mein Kollege wurde zusammengeschlagen, als ihr noch im Gebäude wart. Also, was wolltet ihr von Klotz?"

„Hab' ich schon gesagt."

„Und die Autos, weshalb habt ihr die demoliert und eins abgefackelt?"

„Nur eins demoliert, aus Rache. Nur einen, so'n alten Golf."

„Und den Astra, der war auch demoliert ...“
„Da war kein Astra, eh, blöder Trick.“
„Und was ist mit dem brennenden Toyota-Geländewagen?“
„Wir haben keinen Toyota gesehen.“
Stefan war es vorerst Leid. Er würde sich Lorenzen später noch einmal vornehmen. Abschließend stellte er fest:
„Fürs Protokoll: Sie geben zu, heute zwischen ab 21.15 Uhr in der Autowerkstatt Klotz wegen einer Reklamation gewesen zu sein und aus Rache bei einem VW-Golf die Scheiben, die Motorhaube und die Türen demoliert zu haben. Wie lange waren Sie eigentlich bei Klotz?“
„Höchstens bis viertel vor zehn.“
„Die erste Vernehmung von Herrn Lorenzen ist beendet. Herr Lorenzen, bis Sie morgen dem Haftrichter vorgeführt werden, bleiben Sie in Haft.“
Stefan bat, einen der beiden anderen hereinzubringen.
„Name, Adresse, Geburtsdatum“, begann Stefan die Vernehmung. Er erfuhr, dass es Georg, genannt Schorsche, Albers war. Schorsche wurde darüber informiert, weshalb er festgenommen wurde. Er tat sehr erstaunt:
„Gefährliche Körperverletzung. Wir haben dem Klotz nichts getan.“
„Aber einen VW-Golf und einen Opel-Astra demoliert und einen Geländewagen in Flammen aufgehen lassen.“
„Nee, nur VW. Da war kein Astra, auch kein Geländewagen.“
„Was wolltet ihr von Klotz?“
„Dampf machen, wegen der Kanaken und Polaken.“
„Wie, wegen der Kanaken und Polaken?“
„Na, der hat nur Ausländer in seiner Werkstatt und unsereins kriegt keine Stelle.“
Stefan dachte, dass das wohl der wahre Grund des Besuchs der „Löwen“ bei Klotz gewesen sein könnte, nach dem was er von Lorenzen vor kurzem selbst gehört hatte. Alle weiteren Fragen brachten keine weiteren Erkenntnisse. Die

Vernehmung des dritten Mannes war eine Farce. Lorenzen schien ihm genau gesagt zu haben, was er antworten sollte. Da sich Lorenzen und Albers offensichtlich nicht abgesprochen hatten, stand erst einmal eins fest, dass Frieder Soltan seinen Wagen nicht auf dem Werkstattgelände abgestellt hatte. Er musste Frieder fragen, wo er geparkt hatte. Da es in Wolfhagen nicht ausreichend Platz für die drei Arrestanten gab, bestellte Stefan einen Gefangenentransport, der sie nach Kassel schaffte. Dass Klotz aus Angst keine Anzeige erstatten wollte, ärgerte Stefan. Dennoch, der Sachbeschädigung, Brandstiftung und Körperverletzung musste nachgegangen werden, auch ohne Anzeige. Aber was hatte dieser Vorfall mit dem Mord an Reinhard Hertinghausen zu tun? Wenn sie da keinen Zusammenhang nachweisen konnten, würden die weiteren Nachforschungen einem anderen Kommissariat zugewiesen. Bis jetzt konnte er keinen Zusammenhang feststellen, lediglich, dass der Ermordete bei Klotz gearbeitet hatte. Dass der Mord wegen der wertvollen Spange begangen wurde, konnte angenommen werden, aber die mussten sie erst einmal finden. Es deutete absolut nichts darauf hin, dass „Die Löwen“ wegen der Brosche als Täter in Frage kamen, weil sie davon nichts wissen konnten. Oder doch? Da gab es doch eine Verbindung zwischen der Clubmanagerin Hertinghausen, der Vertrauten des Ermordeten und den Skins, die da im Bordell offensichtlich als Hausmeister und Rausschmeißer tätig waren. Es könnte doch sein, dass die Frau in dieser Hinsicht sich verplappert hatte, zumal die Skins die Geschichte, die da vor 600 Jahren passiert war kennen mussten. Seinem Chef dürfte er aber wohl nicht mit einem Mord im Jahr 1400 kommen, um einen Zusammenhang zwischen dem Mord und dem Überfall auf die Autowerkstatt herzustellen. Und weshalb wollte Reinhard Hertinghausen nach Chile? Als erstes sollte er wohl nach seinem Kollegen Frieder Soltan sehen.

Ausgerechnet jetzt könnte er ihn bei seinen Überlegungen gut gebrauchen. Wen sollte er als Vertretung anfordern? Er war müde, das merkte Stefan. Seine Fähigkeit, einen Gedanken konsequent bis zum Ende zu verfolgen, war ihm nach abhanden gekommen. Also erst einmal nach Frieder sehen, dann schlafen und morgen; man wird sehen.
Überraschenderweise wurde Stefan sofort zu Frieder Soltan durchgelassen. Als Stefan ihn mit einer Halskrause flach im Bett liegen sah, war er doch erleichtert. Frieder war bei Bewusstsein, keine Schläuche, keine Infusionen, nur etwas bläulich war er unter den Augen. Ann-Katrin saß neben dem Bett auf einem Stuhl und hielt die rechte Hand ihres Mannes. Sie begrüßte Stefan mit einem vorwurfsvollen Blick.
„Hallo, Frieder, tut mir leid, was da passiert ist“, begrüßte Stefan seinen Freund. „Wie geht es dir? Was sagt er Arzt?“
Die Antwort gab Ann-Katrin: „Schlag seitwärts gegen den Hals. Scheint einen wichtigen Nerv getroffen zu haben. Der linke Arm, den kann er nicht bewegen. Frieder kommt gleich in die Röhre, erst dann können die Genaueres sagen.“
„Mir tut alles weh“, ließ sich Frieder vernehmen, „Kopf, Hals, Schulter, Rücken, linkes Bein.“
„Ich muss dich etwas fragen, Frieder“, Stefan war nicht ganz wohl dabei, jetzt dienstlich werden zu müssen. „Erstens, wieso warst du allein dort und zweitens, wo hattest du deinen Wagen geparkt? Entschuldige bitte, Ann-Katrin, aber es muss sein.“
„Klar doch“, war die unwillige Antwort.
Als Frieder seinem Chef und Freund den Abend schilderte, war Stefan klar, dass Klotz' Aussagen falsch waren und es tauchte die Frage auf, wie Frieders Wagen auf den Hof kam und weshalb.
„O.K., das war's erst einmal. Du musst das noch alles zu Protokoll geben. Ich schicke dir Uli dafür vorbei. Gute

Besserung und sorg dafür, dass du bald wieder in die Ermittlungen eingreifen kannst."
„Das könnte dir so passen. Ich fürchte, das wird noch etwas dauern", bemerkte Ann-Katrin.
Stefan verabschiedete sich, ließ sich zu Hause absetzen, genehmigte sich zur frühen Abendstunde ein Hefeweizen, dass ihm helfen sollte, bald einzuschlafen.

Stefan wachte kurz vor neun nach einem traumlosen Schlaf erst wieder auf. Das konnte er sich zu Gute halten; zu Hause konnte er abschalten und seine Fälle verfolgten ihn selten im Schlaf. Zum Joggen war es schon zu spät, dennoch zum Frühstück ließ er sich Zeit. Bevor er sein Müsli anrührte, die Kiwi schälte, die Kaffeemaschine in Gang setzte, bevor er also in aller Ruhe frühstücken wollte, rief er Uli Seifert an, bat sie einen Termin mit dem Haftrichter zu vereinbaren, nicht zu früh, erst wollte er die Skins noch einmal verhören, Herrn Klotz für den Nachmittag vorladen, die Kontenprüfung des Toten und das des Herrn Lorenzen in die Wege leiten und dann Kommissar Soltan besuchen und dort ein Protokoll aufnehmen.
Kurz nach zehn radelte Stefan auf den Hof des Präsidiums. Auf dem Weg zu seinem Büro begegnete er seiner Sekretärin. Er selber nannte sie lieber „seine Mitarbeiterin".
„Guten Morgen, Chef", begrüßte sie ihn, „alles erledigt, 11.30 Uhr beim Haftrichter, 14.00 Uhr kommt Klotz, Antrag auf Konteneinsicht ist gestellt. Die Sitte hat bisher nichts gegen den Nachtclub an der 450 vorliegen. Die fragen, ob sie sich den Club mal näher ansehen sollen."
„Lieber nicht, stört nur unsere Ermittlungen", antwortete Stefan.
„Und", fuhr Uli fort, „der Bericht der Spurensicherung ist noch nicht hier. Ich fahr' dann mal ins Krankenhaus. Soll ich noch Blumen von Ihnen besorgen?"
„Danke, Uli, machen Sie das."

Bevor Stefan Lorenzen in den Verhörraum bestellen konnte, erschien sein Chef, Kriminalrat Jörgensen.
„Morgen, Herr Helwich. Ich bin im Groben über die Vorfälle gestern in Wolfhagen unterrichtet. Wie konnten Sie zulassen, dass Kommissar Soltan alleine dahin fuhr? Das wird ein Nachspiel haben; Sie haben den Kollegen ins Messer laufen lassen."
Stefan versuchte erst gar nicht sich zu rechtfertigen, stattdessen sagte er nur:
„Sie erhalten einen ausführlichen Bericht im Laufe des Tages, wenn wir einige Beteiligte vernommen haben."
„Gibt es schon Hinweise auf eine mögliche Täterschaft im Mordfall Hertinghausen?"
„Es gibt möglicherweise einen Zusammenhang zwischen den Ereignissen gestern Nacht und dem Mord."
„Sie vertreten diese Theorie doch nur, weil Sie nicht wollen, dass sich andere um den Überfall auf Kommissar Soltan kümmern, sehe ich das richtig?"
„Ganz richtig, denn die Fälle lassen sich nicht trennen."
„Hoffentlich können Sie das beweisen. Aber was anderes, Kommissar Soltan fällt ja nun eine Zeit lang aus. Ich schicke Ihnen gleich eine Vertretung, eine Kollegin aus dem Raubdezernat, Kommissarin Paulinski. Das wär's. Vergessen Sie nicht den Bericht, mit dem Sie beweisen wollen, dass die beiden Fälle zusammenhängen."
Raus war er. Kommissarin Paulinski? Unbekannt. Er konnte natürlich jede Hilfe brauchen, aber lieber wäre ihm, Frieder würde bald wieder kommen, oder Uli Seifert würde eine Aufwertung erfahren. Sie kannte sich aus. Vielleicht sollte er das mal dem Polizeirat Jörgensen vorschlagen.
Es klopfte. Ohne, dass Stefan darauf reagiert hatte, trat eine junge Dame herein, eine durch und durch schwarze Erscheinung, abgesehen von dem rötlichen, kurzen, glattem Haar. Schwarze, langärmelige Bluse, schwarze Jeans, schwarze Lederschuhe mit flachen Absätzen.

Einsfünfundsiebzig, dreißig bis dreiunddreißig, schätzte Stefan, schlank, sportlich, kleiner Busen, das konnte er objektiv sehen. Sie schien seinen abschätzenden Blick bemerkt und seine Gedanken erahnt zu haben, denn nach einigen Sekunden Schweigen sagte sie:
„Den schwarzen Gürtel habe ich auch. Sie müssen Hauptkommissar Helwich sein. Ich bin Helga Paulinski, Kommissarin vom Raubdezernat. Ich soll Kommissar Soltan vertreten."
Hoffentlich nicht lange, dachte Stefan und laut sagte er:
„Willkommen im Morddezernat. Sie kommen gerade richtig. Ich wollte gerade einige Kerle vernehmen. Kommen Sie mit."
Stefan griff zum Telefon und gab Abweisung, Lorenzen in den Verhörraum zu bringen. Als sie diesen betraten, saß dieser bereits am Tisch. Stefan setzte das Aufnahmegerät in Gang, gab die üblichen Daten und Personalien ein. Dann begann er:
„Herr Lorenzen, Sie haben uns gestern angelogen. Sagen Sie uns doch, weshalb Sie sich mit Klotz gestritten haben."
„Ich sage gar nichts. Ich will meinen Anwalt sprechen."
„Können Sie, beantworten Sie mir nur erst die Frage."
„Hab's Ihnen gestern schon gesagt. Schlechte Arbeit an meiner Maschine."
„Stimmt nicht, Ihr Kumpel behauptet, Sie hätten Dampf gemacht wegen der Ausländer, die Klotz beschäftigt."
„Der ist echt blöd."
„Wer, Ihr Kumpel oder Klotz?"
„Alle. Ende der Durchsage."
Die Wache klopfte an die Türe.
„Entschuldigen Sie, dass ich störe. Hier ist ein Herr, der seinen Mandanten sprechen will."
Ohne lange auf eine Aufforderung zu warten, trat ein untersetzter Mann in Grau mit offenem Hemdkragen herein.

„Gestatten Sie, Dr. Alois Drewes, Rechtsanwalt aus Marburg, ich vertrete Herrn Lorenzen und die anderen beiden, die Sie gestern festgenommen haben."
„Das ging ja schnell. Die braunen Buschtrommeln funktionieren, wie ich sehe", bemerkte Stefan.
„Vorsicht mit dem was Sie sagen. Ich möchte mit meinem Mandanten alleine sprechen und auch mit den anderen."
Das musste wohl oder übel gestattet werden. Es dauerte über eine halbe Stunde, der Zeiger rückte auf 11.30 Uhr zu, dem Termin mit dem Haftrichter. Dr. Drewes kam in den Vorraum und informierte Stefan, dass er fertig sei, und dass er in seiner Gegenwart mit dem Verhör fortfahren könne.
„Sparen wir uns das. Wir haben einen Termin beim Haftrichter", und zur Wache sagte er: „Lassen Sie alle Drei ins Büro des Haftrichters bringen."
„Da komme ich doch direkt mit. Ist ein Aufwaschen", stellte Dr. Drewes fest. Und dann folgte er den beiden Kommissaren.
Im Büro des Haftrichters setzten sich Stefan und Frau Paulinski auf die eine Seite des Tisches. Ihnen gegenüber nahmen Dr. Drewes und die drei Skins Platz.
Stefan stellte den Antrag auf Untersuchungshaft wegen Beteiligung am Mord an Reinhard Hertinghausen, gefährliche Körperverletzung gegenüber einem Polizisten und grober Sachbeschädigung. Dann schilderte er die Ereignisse der vergangenen Nacht und begründete die mögliche Verbindung des Überfalls mit dem Mord mit folgenden Worten:
„Es besteht der Verdacht, dass der Mord an Reinhard Hertinghausen einen rassistischen Hintergrund hat. Die rassistischen Ansichten der Mitglieder des so genannten Heimatvereins „Die Löwen" sind mir bekannt. Herr Lorenzen hat sie mir selbst vorgetragen. Der Hass richtet sich gegen die Mechaniker der Autowerkstatt Klotz.

Reinhard Hertinghausen hat dort gearbeitet. Das Motiv des Mordes muss in dieser Verbindung liegen."
Der Haftrichter gab Dr. Drewes das Wort. Zu Stefans Überraschung sagte dieser:
„Ich leugne gar nicht, dass meine Mandanten Herrn Klotz verprügelt und ein Auto demoliert haben. Ich leugne auch nicht, dass der Zorn meiner Mandanten sich gegen diesen Klotz richtet, weil er Ausländern Arbeit gibt, den Einheimischen aber eine Einstellung verweigert. Angesichts der miserablen Lage der jungen Männer in Wolfhagen ist das doch wohl verständlich. Meine Mandanten haben einen festen Wohnsitz. Wegen Sachbeschädigung gibt es keine Haftbegründung. Die Verbindung zum Mordfall ist konstruiert. Ich beantrage Haftverschonung."
Der Richter wandte sich an den Hauptkommissar: „Herr Helwich, haben sie eindeutige Beweise für ihre Behauptung, dass der Vorfall bei der Werkstatt mit dem Mordfall in Verbindung steht?"
„Bedauere, Euer Ehren, ich werde diese sicher erst im Laufe des Tages erhalten."
„Es ergeht folgender Beschluss: Die Herren Lorenzen, Albers und Latalla werden wegen Sachbeschädigung, Körperverletzung und Hausfriedensbruch angeklagt. Sie dürfen den Landkreis nicht verlassen und müssen sich täglich bei der Polizei in Wolfhagen bis zum Prozessbeginn melden. Dr. Drewes, nehmen Sie Ihre Leute mit. Auf Wiedersehen."
Als die vier draußen waren, wandte sich der Richter an Stefan: „Herr Helwich, das hätten wir uns ersparen können. Ohne Beweise, Herr Hauptkommissar! Warum haben Sie nicht um einen Termin für heute Abend gebeten, wenn Sie bis dahin Beweise vorliegen haben, wie Sie sagten."
Stefan war wütend auf sich selbst, ob er heute Abend Beweise haben würde, war noch gar nicht ausgemacht. Und dann diese Blamage ausgerechnet vor der neuen Kollegin.

Dumm gelaufen. Damit war für die Mordkommission die Spur erst einmal kalt. Es würde nicht einfach sein, sie wieder anzuwärmen. Schon gar nicht bei Rechtsanwalt Dr. Drewes, der bekannte Rechtsbeistand der rechten Szene. Der Kollege Ölvermann würde sich nun darum kümmern, es sei denn, die Mordkommission würde wirklich einen Zusammenhang beweisen können. Stefan war noch nicht dazu gekommen, seine Pinwand zu vervollständigen. Er schrieb einige neue Zettel, auf die er Stichworte der letzten Untersuchungsergebnissee schrieb. Kommissarin Paulinski sah ihm erstaunt zu.
„Was wird denn das?“ fragte sie.
„Fakten notieren, ordnen und Schlüsse ziehen“, war die knappe Antwort, „eine Gelegenheit, sich mit dem Fall vertraut zu machen. Kommen Sie. Wir gehen mal alle Einzelheiten durch, vielleicht habe ich etwas übersehen. Die Berichte der Spurensicherung müssten auch inzwischen da sein.“
Unausgesprochen blieb das Versprechen, dass er sich gab, denjenigen fertig zu machen, der Kommissar Soltan so zugerichtet hatte. Er war sich durchaus darüber im Klaren, dass dies in seinen Gedanken den eigentlichen Mordfall in den Hintergrund drängte.

Ann-Katrin Soltan wollte die Sache ebenfalls nicht auf sich beruhen lassen. Sie wollte nicht nur wissen, wer ihren Mann so übel mitgespielt hatte, sondern diesen in aller Öffentlichkeit fertig machen. Dazu hatte sie als Journalisten alle Möglichkeiten. So nebenbei sollte auch noch eine tolle Story dabei herauskommen, die sich sicher gut verkaufen ließe.
Als sie von Stefan Helwich erfuhr, dass die drei Skins auf freiem Fuß waren und nicht wegen gefährlicher Körperverletzung an einem Polizisten angeklagt würden, weil es dafür vorläufig keine Beweise gab, stand ihr

Entschluss fest. Sie würde in Zusammenarbeit mit einem Privatdetektiv den Verein rund um die Uhr beobachten. Als frühere Mitarbeiterin der Lokalzeitung hatte sie so ihre Verbindungen. Sie wusste, mit wem sie das würde durchziehen können. Die Detektei Simmen wurde von einem ehemaligen Polizisten geleitet, nicht mehr der Jüngste, kein Draufgänger, eher besonnen, aber konsequent, so kannte Ann-Katrin ihn. Sie brauchte auch keinen Draufgänger, sondern eben so einen unauffälligen Typ wie Simmen. Aber wie sich bei einem Anruf herausstellte, war Waldemar Simmen der derzeit einzige Angestellte der Detektei. Dennoch, Waldemar Simmen war gerne bereit den Auftrag anzunehmen.
„Wann soll's denn losgehen?" fragte dieser, nachdem die Honorarfrage geklärt war.
„Sofort", war die Antwort, „Die Beschattung Lorenzens für die kommende Nacht ab 21.00 Uhr übernehmen Sie. Ich löse Sie um fünf ab. Rufen Sie mich auf meinem Handy an, wenn sich was tut."
So wurde es gemacht. Simmen machte sich die Nachtverpflegung mit viel Kaffee fertig und begab sich nach Wolfhagen, um sich mit den Adressen vertraut zu machen. Noch vor 21.00 Uhr bekam Ann-Katrin im Krankenhaus einen Anruf von Simmen, der ihr mitteilte, dass Lorenzen, eine Frau aus dessen Haus und fünf andere Männer sich im Löwen treffen würden. Um 23.00 Uhr, als sie schon zu Hause war, meldete sich Simmen wieder und teilte ihr mit, dass alle wieder nach Hause gefahren seien.
„Danke, bleiben Sie vor dem Haus Lorenzen. Jetzt will ich schlafen. Gute Wacht." Ann-Katrin befürchtete allerdings, dass sie wohl kaum einen ruhigen Schlaf haben würde, nach all diesen Ereignissen. Ihre Befürchtungen waren unbegründet. Sie hatte einiges an Schlaf nachzuholen. Als der Wecker um 4.00 Uhr rappelte, hatte sie Mühe sich zu erinnern, weshalb sie schon um vier aufstehen sollte.

Innerhalb einer halben Stunde hatte sie geduscht, während der Kaffee durchlief, Wasser und Obst und ein paar Müsliriegel eingepackt und hastig gefrühstückt. Fünf Minuten nach fünf war sie vor Lorenzens Haus.
Simmen hatte nichts weiter zu berichten. Sie verabredeten sich für 14.00 Uhr.
„Wenn wir uns nicht hier treffen sollten, rufe ich Sie an. Und, Herr Simmen, nehmen Sie sich für heute Nachmittag einen anderen Wagen. Mieten sie einen", bat Ann-Katrin zum Abschied.
Sie beobachtete ihre Umgebung. Eine ruhige Straße, abseits der Bundesstraße, Zweifamilienhäuser mit Vorgärten und unterschiedlichen Zäunen oder Hecken, rechts und links Bürgersteige an deren Rand Linden oder Platanen standen und, wie Ann-Katrin feststellte, wertvollen Parkplatz wegnahmen, denn nur hier und da passte ein Wagen zwischen die Bäume. Aber vielleicht haben die auch alle Garagen. So verging die Zeit bis die ersten Berufstätigen sich mit ihren Autos auf den Weg machten. Bis kurz vor acht war dann richtig was los. Kinder mit Schulranzen rannten aus den Häusern; es musste wohl eine Schule in der Nähe sein. Sie sah aber auch Mütter, die ihre älteren Kinder zur Schule fuhren. Im Haus Lorenzen tat sich nichts - bis kurz nach zehn. Das Garagentor der Garage links neben dem Haus öffnete sich automatisch und dann sah Ann-Katrin, wie Lorenzen mit seinem Motorrad herauskam, rechts auf die Straße einbog und in der nächsten Seitengasse verschwand. Ann-Katrin startete ihren Wagen, um die Verfolgung aufzunehmen, befürchtete aber, dass sie Lorenzen verloren hatte. Sie wollte dennoch ihr Glück versuchen und auf die Bundesstraße fahren. Sie musste jedoch erst einmal einem Konvoi von mehreren Motorrädern die Vorfahrt lassen. Wenn sie sich nicht täuschte, waren das die „Löwen". Glück gehabt! Mit einigem Abstand folgte sie den fünf Motorrädern. Die verließen noch im Ort die Bundesstraße

und fuhren gen Süden Richtung Ippinghausen. Dort fuhren sie einige hundert Meter über die B 251 Richtung Westen und bogen dann über eine Nebenstraße auf den Basaltkegel zu, auf dem die Weidelsburg stand. Jetzt war an eine weitere Verfolgung mit dem Auto nicht zu denken. Auf diesem einsamen Weg würde das auffallen. Auf die Gefahr hin, die Spur zu verlieren, stellte sie ihren Wagen auf einem Rasensteifen neben der Straße ab und machte sich zu Fuß auf den Weg. Eine Spaziergängerin würde hier bestimmt niemandem auffallen Die Motoren waren nicht zu überhören. Plötzlich ein Aufbrüllen der Motoren, dann war Stille. Die Motorradfahrer müssten ihr Ziel erreicht haben, das sicherlich nicht allzu schwierig zu finden sein würde. Sie ging weiter, kam an einen Bach, dann an ein Gehöft, das wohl jetzt ein Fuhrunternehmen war. Weiter führte ihr Weg über eine asphaltierte Straße bis an eine Gabelung. Sie entschied sich für den rechten Weg. Nach vielleicht 500 Metern bemerkte sie einen breiten Streifen niedergedrückten Grases, links am Weg. Die Spur führte durch ein Gebüsch zu einer Hütte. Die, wenn man nicht genau hinsah, sicher übersehnen würde. Jetzt aber standen dort die Maschinen der Männer, die sie verfolgt hatte. Einer der Männer stand bei den Motorrädern, bestimmt nicht, um auf diese aufzupassen, bestimmt aber um vor unliebsamen Besuchern zu warnen, vermutete Ann-Katrin. Das also war das wirkliche Vereinshaus der „Löwen“. Hier war nicht viel zu machen. Sie müsste mal hier nachforschen, wenn die Hütte verlassen sein würde. Ann-Katrin ging noch ein Stück weiter und kehrte dann um. Die Männer waren immer noch in der Hütte. Kurz bevor sie ihren Wagen erreichte, kam Ann-Katrin an einem Haus am Hang vorbei. Dort sah sie eine Frau im Garten Unkraut jäten. Sie wünschte einen guten Morgen und bemerkte:

„So ein großer Garten macht doch eine Menge Arbeit.“

„Schon, aber es lohnt sich“, war die Antwort und sie fuhr fort: „Wochentags kommen hier selten Spaziergänger vorbei. Wer zur Burg will, geht den anderen Weg.“
„Ich gehe gerne einsamere Wege, dabei gibt es viel zu entdecken.“ Und nach einer kurzen Pause fuhr sie fort:
„Ich habe da hinten eine Hütte gesehen und einige Motorräder. Ist das ein Clubhaus?“
„Weiß auch nicht so recht. Scheint ein Schießstand zu sein. Kein richtiger, so einer, wo man mit so kleinen Farbbeuteln schießt. Haben Sie nicht die Farbkleckse an den Bäumen gesehen?“
„Habe nicht darauf geachtet. Und die Motorradfahrer beschießen sich da mit Farbbeuteln? Kommen die eigentlich oft her?“
„Einmal die Woche, eigentlich nur Samstags, mit gelegentlichen Ausnahmen, wie heute.“
„Schönen Tag noch“, damit verabschiedete sich Ann-Katrin, stieg in ihren Wagen und wartete auf die Motorradfahrer. Die kamen auch bald zurück, aber nicht wie erwartet im Konvoi, sondern einzeln im Abstand von einigen Minuten. Drei passierten Ann-Katrin, die respektvoll zur Seite trat. Zwei bogen an der Weggabelung schon vorher auf den Weg zur Weidelsburg ab. Einer von den beiden war wohl Lorenzen, denn eine Maschine mit seinem Kennzeichen kam nicht an ihr vorbei. Sie wartete noch eine halbe Stunde und fuhr dann bis Richtung Hütte. Sie musste die letzten paar hundert Meter zu Fuß gehen. Sie folgte der Spur, die die Kradfahrer hinterlassen hatten, musste aber feststellen, dass die Hütte und das ganze Gelände mit einem zwei Meter hohen Eisengitterzaun umgeben waren. Sie ging am Zaun entlang, um das Gelände einsehen zu können. Dass erwies sich als recht schwierig, weil Büsche oft bis an den Zaun reichten und Klettergewächse am Zaun entlang rankten. Das Gelände hinter der Hütte könnte tatsächlich ein Schießstand

sein. Sie schloss das aus dem hohen Wall, der das Gelände nach hinten, in den Wald hinein begrenzte.
„Gut getarnt und vielleicht völlig legal“, dachte Ann-Katrin, „würde viel darum geben, mal in die Hütte reinsehen zu können.“
Das war aber so nicht möglich. Zwei solide Vorhängeschlösser sicherten das Tor im Zaun. Auf dem Weg zurück zu ihrem Wagen schaute sie sich mehrere Male um, ob nicht doch jemand von den Skins zurückkommen würde. Aber weit und breit war niemand zu sehen, außer einem Mann, der sich an einem Truck zu schaffen machte.
Sie informierte Simmen über ihre Beobachtungen. Dabei überlegte Sie, ob es Sinn machen würde, die Rundum-Beobachtung aufrecht zu erhalten, oder ob es nicht besser sei, zu erfahren, was in der Hütte war und was die einzelnen Mitglieder der „Löwen“ so trieben.
„Frau Soltan, ich kann unmöglich in die Ermittlungen der Polizei reinpfuschen. Ich bin sicher, die versuchen ebenfalls alles über die Mitglieder herauszufinden. Und in die Hütte, ohne mich des Einbruchs schuldig zu machen, komme ich auch nicht rein. Ich werde mich mal in Wolfhagen und bei den Bewohnern in der Nähe der Hütte genauer umsehen. Einem Privatdetektiv erzählen die schon mal mehr, als der Polizei.“
„O.K., einverstanden. Schauen Sie sich aber auch noch einmal in der Werkstatt um. Geben Sie mir bitte ab jetzt immer um 15.00 Uhr einen Bericht. Danach gehe ich ins Krankenhaus.“
Ob das was bringen würde, was sie da in die Wege leitete? Gut, die Polizei, das heißt, das Morddezernat konnte vorerst bei den Löwen nicht weiter ermitteln. Es ging in diesem Fall ja nur um Sachbeschädigung. Sie aber wollte beweisen, dass es einer dieser Typen war, der ihren Mann so übel zugerichtet hatte.

Als Stefan mit seiner neuen Mitarbeiterin nach dem Haftprüfungstermin wieder im Büro war, lag der Bericht der Spurensicherung vor. Frau Paulinski bat er, sich um die Kontenüberprüfung zu kümmern. Nach dem Lesen der Berichte würden sie mit Uli Seifert das übliche Brainstorming machen.
Was Stefan im Bericht las, erweckte bei ihm vorerst keine Begeisterungsstürme. Dennoch, er versuchte erneut eine Verbindung mit den Ereignissen in der Werkstatt und dem Toten in der Weidelsburg herzustellen. Er hatte die Gewohnheit beim Lesen Selbstgespräche zu führen. Sie halfen ihm oft auf die richtigen Fragen zu kommen. Je mehr er aber zum Ende hin las, desto aufgeregter wurde er. Stefan schaute auf seine Pinwand. Was hatten sie bisher?

1. Die Autos waren mit einem hölzernen Baseballschläger zertrümmert worden. („Das war vielleicht doch eine Spur. Das deckte sich mit dem Bericht des Arztes, der Stefan mitgeteilt hatte, dass Frieder höchstwahrscheinlich mit einem Baseballschläger zusammengeschlagen wurde. Auch beim Mord an Reinhard Hertinghausen war ein Baseballschläger höchstwahrscheinlich die Tatwaffe.“)
2. Der Wagen des Kommissars Soltan war aufgebrochen und kurzgeschlossen worden.
3. Außer den Fingerabdrücken der Polizisten, die den Wagen in den letzten Tagen gefahren hatten, waren keine Fingerabdrücke zu finden. Allerdings waren die an den Türgriffen am Schalthebel und am Lenkrad verwischt. Folglich hatte derjenige, der den Wagen auf den Hof gefahren hatte, Handschuhe getragen.
4. Im Wagen war ein kleiner Zipfel Plastikfolie gefunden worden, was bedeuten würde, dass

derjenige, der das Auto bewegt hatte, den Sitz mit Plastikfolie abgedeckt hatte. („Das ist doch in Autowerkstätten so üblich. Deutet dieser Fund vielleicht auf einen Täter aus dem Umfeld der Werkstatt hin?")

5. Der zertrümmerte Golf, in dem Kommissar Soltan gesessen hatte, gehörte einem Kunden aus Istha.
6. Der Toyota-Geländewagen war auf den Meister Klotz zugelassen. Das wies nun wieder auf die Skins hin.
7. Das Reifenprofil des Geländewagens passt zum Reifenprofil, das auf dem Zufahrtsweg zur Weidelsburg am Sonntag sichergestellt wurde. Endlich eine Spur! Die Frage war zu klären, wie die Skins dadurch ins Spiel kommen.
8. Im Geländewagen waren Blutspuren entdeckt worden, die aber noch nicht zugeordnet werden konnten. Blut? Weder der Tote noch Frieder hatten Blut verloren. Hier musste geklärt werden, wessen Blut das war.
9. Es waren Profile von Schuhsohlen sichergestellt worden. Es gab jedoch keine Vergleichsmöglichkeiten. Die an der Weidelsburg aufgenommenen waren durch das nasse Gras zu undeutlich, um eine Übereinstimmung feststellen zu können, bis auf einen, direkt am Fundort der Leiche. Dieser war aber nicht unter den an der Werkstatt sichergestellten. Klarheit könnte Hausdurchsuchung bei den drei Skins und bei den Arbeitern der Werkstatt bringen. Schuhe mussten sichergestellt und Abdrücke davon gemacht werden. Bei den Skins war das Morddezernat aus dem Spiel. Man sollte den Kollegen einen Tipp geben.

Inzwischen war Helga Paulinski zurückgekommen. Sie hatte tatsächlich einige Ausdrucke von Kontoauszügen dabei.
„Bevor wir uns die Berichte und Auszüge vornehmen, rufe ich den Juwelier Christmann an, ob er die Suchmeldung in diese Internetzeitung gestellt hat."
Dieser teilte Stefan mit, dass dies gestern geschehen sei, und dass eine Belohnung für Hinweise in Höhe von 5000 Euro ausgeschrieben worden sei.
„Fünftausend Euro, wer soll die denn zahlen?"
„Die Polizei natürlich. Sonst kriegen Sie die nie."
„Das war aber nicht abgesprochen. Das kriege ich nie durch."
„Sie kennen die Branche nicht. Fünftausend ist das Minimum, für das jemand sich ein Geschäft durch die Lappen gehen lässt."
„Ich habe übrigens meine Adresse angegeben, nicht die der Polizei, wegen der Diskretion. Sie verstehen? Wenn sich jemand meldet, erfahren Sie das sofort."
Nun, es war die einzige Möglichkeit, an eine heiße Spur zu kommen. Deshalb akzeptierte Stefan, was sowieso nicht mehr zu ändern war. Inzwischen war auch Uli Seifert wieder eingetroffen. Sie berichtete, dass sich das Gefühl in Frieders Bein verbessert hatte, demnach die Ursache für den zeitweisen Ausfall keine ernsthafte Verletzung der Nerven war, dass der lahme Arm aber die Folge einer Verletzung an einem Nackenwirbel sein könnte, wie die Kernspintomographie gezeigt hatte. Das würde Operation bedeuten. Während Uli berichtete überlegte Stefan, wie er den Kollegen Soltan dennoch in diesen Fall einspannen könne. Ob er die nächste Runde Brainstorming ins Krankenhaus verlegen sollte, nach der Operation, versteht sich. Die Frage rutschte ihm so raus: „Wann wird er denn operiert?"
„Morgen Nachmittag", war die Antwort, „aber im Klinikum Kassel."

„Um so besser. Also, dann mal los. Wir schauen uns erst einmal die Kontoauszüge an. Was erkennen wir?"
„Dass Reinhard Hertinghausen ein sehr guter Mechaniker gewesen sein muss, bei dem Gehalt. Viertausendachthundert Euro monatlich, unglaublich." Es war Helga Paulinski, die das feststellte. Und Uli Seifert ergänzte:
„Das war aber nicht immer so. Bis vor einem Jahr hat er nur eintausendachthundert bekommen. Und seit zwei Monaten ist gar nichts mehr auf seinem Konto eingegangen."
„Seltsam", bemerkte Stefan, „dafür muss es einen Grund geben. Aber um im bescheidenen Luxus leben zu können, hätte er die Spange nicht versetzen müssen. Wir müssen Klotz danach fragen. Besondere Ausgaben sind nicht auszumachen. Oder?"
Keine konnte da was Auffälliges entdecken.
„Nun zu Lorenzen. Wie sieht es da aus?"
„Für einen Arbeitslosen ein ganz schön dickes Konto", bemerkte Kommissarin Paulinski.
„Bemerkenswerte Einzahlungen", stellte Uli Seifert fest, „mal 3000 Euro vom Hertinghausen-Puff, mal 5000 von Klotz."
„Wieso von Klotz? Vom Nachtclub kann ich verstehen, ist sicher für den so genannten Hausmeister. Aber wieso kriegt das Geld Lorenzen, und nicht der so genannte Hausmeister selbst?"
Auf Stefans Frage folgten einige Sekunden Nachdenken. Dann meldete sich Frau Paulinski: „Das sieht beim Nachtclub nach Schutzgeld aus. Ich habe da schon mal Ähnliches gehabt. Wieso zahlt Klotz an Lorenzen? Das muss geklärt werden."
„Ist aber nicht regelmäßig, die Zahlung von Klotz meine ich", ließ sich Uli Seifert vernehmen, „ mal 3000 dann länger mal gar nichts, dann mal wieder 5000, aber auch mal nur 2000. Auszahlungen immer nur Bargeldabhebungen."

„Auch in diesem Fall Schutzgeld?" fragte Stefan, „Oder kann es einen anderen Grund für die Zahlungen geben?"
„Erpressung vielleicht?" bemerkte Uli.
„Erpressung? Wie könnte Klotz erpressbar sein?" entgegnete Helga Paulinski.
„Ja, was könnte der Grund für eine Erpressung sein? Und vor allen Dingen, was hat das mit dem Mord an Reinhard Hertinghausen zu tun? Was bedeuten die Spuren am Fundort. Der des Heimatvereins, könnte eine mit Absicht gelegte falsche Spur sein. Der Zettel im Mund es Toten *Rache hat einen langen Atem,* auch eine falsche Spur?"
„Wie, wenn der Mörder will, dass wir denken, der Mord hätte was mit dem rechten und verschrobenen germanischen Gedankengut des so genannten Heimatvereins „Die Löwen" zu tun?" gab Frau Paulinski zu bedenken. Stefan stellte die entscheidende Frage:
„Wohin weist die Spur dann, angenommen Sie haben recht?"
„Auf jemanden, der an der Brosche interessiert war, der dafür gemordet hat und es so arrangiert hat, dass wir annehmen sollen, es hätte was mit den ewig Gestrigen im rechten Lager zu tun."
„Und wie passt dann der Niederschlag auf unseren Kollegen ins Bild?"
„Genau sogar, Kommissar Soltan ist angeblich von den Skinheads zusammengeschlagen worden, ein weiterer Hinweis auf die Täterschaft dieser Männer."
Inzwischen waren die Überlegungen auf ein Zwiegespräch zwischen Stefan und seiner neuen Kollegin übergegangen. Uli Seifert suchte nach weiteren Auffälligkeiten in den Kontoauszügen und im den Berichten. Ihr kam ein Gedanke.
„Könnte es sein, dass es eine Dreiecksverbindung zwischen Klotz, dem Puff und den Skinheads gibt, in dessen Mittelpunkt Reinhard Hertinghausen das störende Element war?"

„Uli, sie sind genial, das könnte tatsächlich sein. Aber welche Verbindungen sind das?“
„Das müssen wir eben ermitteln“, meinte Frau Paulinski.
Stefan beendete die Austauschphase, indem er den Ermittlungen eine neue Richtung gab.
„O.K., Priorität hat von nun an, herauszufinden, ob und welche Verbindungen zwischen den drei Punkten bestehen. Die Kontoauszüge können uns dabei helfen. Schluss für heute. Ich mache mich auf ins Krankenhaus. Bin gespannt, was Kollege Soltan zu der Theorie sagt.“
„He, Chef, Kommissar Soltan ist krank, gerade frisch operiert worden. Der ist draußen. Ich bin die neue Kollegin.“ Stefan überhörte geflissentlich den Vorwurf in Helga Paulinskis Stimme.
„Natürlich, aber sie können doch nichts dagegen haben, wenn ich mich mit meinem Kollegen über den Fall austausche.“
Uli Seifert konnte ein verstehendes Grinsen nicht unterdrücken. Das bemerkte Kommissarin Paulinski. Ihre Reaktion zeigte, dass sie nicht so ganz einverstanden war mit der Art und Weise, war, wie Stefan seine Mitarbeiterin in die Überlegungen bei den Ermittlungen einbezog.
„Grinsen Sie nur, Frau Seifert, Sie sind doch die Sekretärin hier in der Abteilung, oder täusche ich mich da?“
Auch das noch, dachte Stefan, Eifersucht unter Weibern, Eifersucht um Einfluss. Laut entgegnete er:
„Meine Damen, hier in der Abteilung herrscht Kollegialität, unabhängig vom Rang. Mir ist jeder Gedanke willkommen, der uns weiterbringt, ob der nun von einem Hauptkommissar, von einer Sekretärin, von einem verletzten Kollegen oder von einem Streifenpolizisten kommt, oder von Ihnen Frau Kommissarin Paulinski. Damit das ein für alle Mal klar ist. - Uli, sie müssen noch die Verhörprotokolle schreiben“, und an Kommissarin Paulinski gewandt bemerkte er: „Wir besuchen jetzt mal die Kollegen,

die den Überfall auf die Werkstatt untersuchen, bevor ich ins Krankenhaus fahre. Mal sehen, ob wir bei dem komischen Verein nicht wieder ins Spiel kommen."
Kommissar Ölvermann war der verantwortliche Beamte im Kommissariat Sachbeschädigungen. Ein junger Mann, in dem man, seiner Kleidung nach zu urteilen, eher einen Kundenberater einer Bank vermutet hätte als einen Polizisten. Er kannte Stefan und seine neue Mitarbeiterin, wie sich herausstellte. Sie hatte in dieser Abteilung mal gearbeitet. Es war ihre erste Stelle bei der Kripo. Nach der üblichen Begrüßung kam Stefan zur Sache.
„Kollege Ölvermann, Sie ermitteln doch im Fall des Überfalls auf die Werkstatt in Wolfhagen wegen Sachbeschädigung und Brandstiftung. Ich habe da interessante Details, die Ihnen helfen könnten, die Skinheads wegen eines gröberen Vergehens dranzukriegen."
„Na, dann lassen Sie mal hören."
„Ich habe hier Kopien von Kontoauszügen, die den Verdacht nahe legen, dass es sich bei dem Überfall, nicht um eine Empörung rechter Deutscher wegen der Beschäftigung von Ausländern handelt, sondern und Schutzgelderpressung."
Ölvermann sah sich die Kopien an. Nach einer Weile legte er sie mit einem Seufzer der Erleichterung auf seinen Schreibtisch mit dem Kommentar:
„Das sieht ganz danach aus. Dann bin ich die Sache endlich los. Ich werde mich mit den Kollegen beraten."
„Tun Sie uns den Gefallen", warf Helga Paulinski ein, „und informieren Sie uns, wie es weitergeht."
Damit war der Besuch bei Ölvermann beendet und die Kugel ins Rollen gebracht worden.

Privatdetektiv Simmen hatte so seine eigenen Methoden und die Mentalität eines Jagdhundes. Hatte er erst einmal eine Fährte entdeckt, folgte er ihr ohne Zögern. Hindernisse

waren seiner Meinung nur dafür da, um überwunden zu werden. Und Vorschriften galten für Polizisten, nicht für ihn, solange niemand dabei zu Schaden kam. Die Hauptsache war der Erfolg seiner Ermittlungen. Das hatte auch seinerzeit zu seinem Ausscheiden aus dem Polizeidienst geführt. Seine Ausrüstung an größeren und kleineren Werkzeugen hätte den Neid professioneller Einbrecher erregt. Als er von der Existenz der Hütte hinter der Weidelsburg erfuhr, wusste er auch schon, dass er versuchen würde, da rein zu kommen.
Er überlegte, wenn die Typen gestern am Vormittag in der Hütte waren, dann würden sie, um nicht allzu große Aufmerksamkeit zu erregen, so schnell nicht wieder dahin kommen. Also wäre heute, am Donnerstag, eine günstige Gelegenheit, es zu versuchen. Er wollte dazu die frühen Morgenstunden wählen, weil er annahm, dass dann kaum Wanderer in dieser Gegend unterwegs sein würden. Simmen verstaute seine Zauberkiste, wie er sie nannte, zu der auch eine Strickleiter, wie sie die Bergsteiger benutzen, gehörte, im Kofferraum seines Wagens und machte sich auf den Weg. Er konnte nicht bis zur Hütte vorfahren, wenn er nicht die Aufmerksamkeit von Waldarbeitern erregen wollte. Deshalb parkte er in der Nähe des Fuhrunternehmens, packte seine Ausrüstung aus der Kiste in einen Rucksack und machte sich auf den Weg. Er musste eine geeignete Stelle finden, wo er über den Zaun gelangen konnte, ohne vom Weg aus gesehen zu werden. Nachdem er fast dreiviertel das Grundstück umrundet hatte, entdeckte er einen Baum, der einen starken Ast über den Zaun streckte. Er warf ein Seil über den Ast, zog die Strickleiter hinauf, befestigte das Seil am Baum und stieg auf den Ast. Dort löste er die Strickleiter und band sie auf der anderen Seite des Zaunes wieder am Ast fest. Auf dem Grundstück war er nun. Als Fluchtweg hatte er die Leiter hängen lassen. Ihm fielen sofort die vielen Farbkleckse an den Bäumen auf.

Einige davon hatte er auch schon außerhalb des Zaunes bemerkt. Die Typen scheinen tatsächlich Paintballspiele zu lieben. Den hinteren Teil des Grundstücks begrenzte ein hoher mit spärlichem Gras bewachsener Wall. So ein Wall ist eigentlich für einen Schießstand mit scharfer Munition Vorschrift, nicht für Paintballschießereien. Den Wall wollte sich Simmen mal näher ansehen. Und tatsächlich entdeckte er nach einigem Suchen Einschusslöcher in der Erde.
„Die schießen scharf. Davon hat Frau Soltan aber nichts erwähnt. Die hat sich doch erkundigt, was hier so los ist", dachte Simmen laut.
Er ging auf die Hütte zu. Eine typische Waldhütte, ganz aus Holz, etwa zehn Meter lang und sechs Meter tief. Die mit zwei Eisenriegeln und Vorhängeschlössern verbarrikadierte Türe befand sich im rechten Drittel zum Gelände hin. Rechts davon befand sich ein Fenster, drei auf der anderen Seite. Die Schlagläden waren wie die Türe gesichert. An den Schmalseiten waren keine Fenster, wohl aber je ein keiner Verschlag im Giebel, möglicherweise von innen verschlossen. Simmen prüfte die Vorhängeschlösser. Er könnte die Riegel mit seinem Bolzenschneider zerschneiden, aber er wollte ja keine Spuren hinterlassen. Am ehesten würde er durch die Luke hinein gelangen können, wenn er denn da rauf käme. Er schätze die Höhe auf 3,00 Meter. Mit einem Baumstamm von drei Metern fünfzig, oder etwas länger, müsste das zu schaffen sein. Er hatte doch hinter dem Wall Baumstämme gesehen, die, so hatte er da gedacht, den Wall nach hinten hin abstützen sollen. Lang genug müssten die sein, überlegte Simmen. Es stellte sich heraus, dass die Fichtenstämme noch nicht geschält, also zum Klettern durchaus geeignet waren und heben konnte er sie ohne sich dabei zu übernehmen. Mit seinem Bund Dietriche und der Stablampe am Gürtel kletterte er den Baumstamm hinauf. Er war jedoch kaum auf zwei Meter gelangt, da drehte sich der Stamm und Simmen hing unter dem Stamm.

Eine unbequeme Stellung, dazu noch erschwertes Klettern. Aber es gab keine Möglichkeit, den Stamm so fixieren, dass Simmen oben auf ihm klettern konnte. Er erreichte den Fenstersims der Luke, stützte sich mit einem Ellenbogen dort ab. Er stellte befriedigt fest, dass die Luke durch einen einfachen Hebel verschlossen war. Sie zu öffnen, dafür war nur ein stärkerer Inbusschlüssel nötig. Er drückte den Verschlag noch innen, schwang sich vom Baumstamm in die Öffnung. Im spärlichen Licht, das durch die Luke hereinfiel, erkannte Simmen, dass er sich auf einem niedrigen Dachboden befand, der nach knapp der Hälfte des Hauses endete. Unter den Dachschrägen waren einige Umzugkartons abgestellt. Simmen interessierte sich dafür erst einmal nicht. Er wollte in den Raum darunter. Dort, wo der Dachboden endete, führte eine Stiege nach unten. Im Schein der Taschenlampe erkannte Simmen zwei Dinge gleichzeitig: Die Hütte bestand nur aus einem Raum und in der rechten Ecke, die vom Dachboden aus zu sehen war, stand jemand in brauner Uniform und Hakenkreuzarmbinde. Dieser Jemand entpuppte sich als Schaufensterpuppe, aber mit der originalgetreuen Uniform, wie sie Hitler getragen hatte. Auch die Schirmmütze fehlte nicht. Simmen stieg die Leiter hinab, um sich genauer umzusehen. Was er nach und nach entdeckte, ließ ihn mehr und mehr erstaunen. Einmal wegen der Menge an nationalistischen Postern mit vorwärts stürmenden und schwarz uniformierten Totenkopfsoldaten, Fahnen schwenkenden Braunhemden, auf einen Tisch ausgelegtes Uniformzubehör, wie Koppel, Schulterriemen und Bajonett und einer Reichskriegsflagge neben einem kleineren Hakenkreuzwimpel an der hinteren Wand. Zum anderen wunderte Simmen sich darüber, dass das Zeug so offen in der Hütte zur Schau gestellt wurde und dass das noch niemand entdeckt hatte. Schnell machte Simmen ein paar Fotos von den Sachen an den Wänden und auf dem Tisch.

Er hatte genug gesehen. Er wollte keine Spuren hinterlassen. Deshalb trat er den Rückzug an. Es war leichter aus dem Haus zu kommen als hinein. Nur es gelang ihm nicht, den Schlagladen der Giebelluke wieder ordnungsgemäß zu verschließen. Zuerst musste er den Baumstamm wieder an seinen Platz bringen. Das Zurückschleppen des Stammes hinterließ natürlich Spuren, die mindestens bis zum nächsten Regen zu sehen sein würden. Wenn die Neonazis, das waren die nach seiner Entdeckung jetzt, die Spuren entdecken würden, würden sie den Laden leer räumen. Jetzt ging es darum, dass Grundstück zu verlassen und unentdeckt zum Wagen zu gelangen. Er hatte gerade den Boden auf der anderen Seite des Zaunes erreicht und die Leiter losgebunden, als er Motorengeräusch hörte. Das mussten mindestens zwei Motorräder sein, die sich dem Grundstück näherten. Simmen verstaute schnell die Leiter und das Seil im Rucksack und wollte sich durch den Wald im großen Bogen absetzten, als das Motorengeräusch vor der Hütte erstarb. Jetzt kam es darauf an sich möglichst leise und gut durch Büsche und Bäume abgeschirmt, aus dem Staub zu machen. Er hörte noch, wie das Tor geöffnet wurde und kurze Zeit später die Eisenriegel, die die Tür verschlossen herunterfielen. Simmen hatte sich gerade mal fünfzehn Meter vom Grundstück entfernen können, da hörte er ein Fester klappern. Das musste die nicht verschlossene Dachluke sein, die durch das Öffnen der Türe nun Zugluft bekam. Dann vernahm er aufgeregte Stimmen.
„He, Latalla, warst du an der Luke, da oben?"
„Ne. He, verdammt, hier war jemand."
„Lorenzen, komm mal her, hier draußen."
Die mussten die Schleifspuren des Baumstammes gesehen haben. Was weiter gesprochen, geflüstert, geschrieen und möglicherweise telefoniert wurde, konnte Simmen nicht mehr verstehen. Klar war nur, dass jetzt die Suche nach dem Eindringling losging. Sollte er seinen Rucksack verstecken

und als harmloser Spaziergänger auf die Straße treten oder versuchen, Richtung Weidelsburg zu entkommen. Simmen befürchtete, egal wie er es anstellte, sie würden ihn finden. Dann schon besser ohne Rucksack. Er entnahm dem Rucksack einen Leinenbeutel. Er konnte sich immer noch als Pilzsammler ausgeben, obwohl die ja mit einem Korb auf die Suche gehen würden. Simmen rief erst seine Auftraggeberin an und erklärte ihr in groben Zügen, was er gesehen und in welcher Situation er steckte. Dann informierte er die Polizei in Wolfhagen und sagte ihr, dass die Mitglieder des so genannten Heimatvereins gerade dabei wären, Nazi-Propagandamaterial aus der Hütte verschwinden zu lassen. Dann löschte er vorsichtshalber beide Nummern auf seinem Handy. Simmen war sich klar darüber, dass er erst noch einige zig Meter weiter weg musste, um seinen Rucksack verstecken zu können. Er bewegte sich den Hang hinauf, fand ein dichtes Brombeergestüpp, das ihm geeignet genug für ein Versteck erschien. Die Kratzer an den Unterarmen und Handrücken bemerkte er kaum. Nachdem der Rucksack im Gebüsch verschwunden war, schlich Simmen im rechten Winkel nach links, in der Hoffnung so auf den Weg zu kommen, der von der Weidelsburg herunter kam. Gleichzeitig hörte er das typische knatternde Geräusch von herannahenden Motorrädern. Seiner Schätzung nach mussten es zwei sein. Er sollte ein paar Pilze finden und hoffte, dass seine Verfolger genau so wenig Ahnung von Pilzen hatten, wie er. Was er fand, schnitt er ab und tat es in den Beutel. Weiße, graue, gelbe, gesprenkelte, allerdings keine Fliegenpilze, das wusste nun jeder, dass die giftig waren.

Simmen gelangte tatsächlich unbemerkt auf den Weg, der hinunter zu der Stelle führte, auf der er sein Auto geparkt hatte. Als er aus dem Wald heraustrat, sah er sein Auto, sah aber auch, dass davor zwei Männer standen, die Motorräder vor und hinter dem Wagen geparkt. Sollte er unauffällig

einen anderen Weg nehmen und nicht zu seinem Wagen gehen? Oder sollte er den völlig ahnungslosen Pilzsammler spielen und so zu seinem Auto gelangen? Simmen entschied sich für die zweite Alternative. Die zwei Männer lehnten, die nackten Arme vor der Brust verschränkt, lässig an Simmens Auto und schauten ihm entgegen. In einem der beiden erkannte er Lorenzen. Simmen ging betont langsam, in der Hoffnung, dass bald die Polizei auftauchen würde. Noch drei Meter von seinem Ziel entfernt, lächelte Simmen die beiden an und sagte:
„Tach, die Herren, ist was mit meinem Auto?"
„Klar doch, Opa, guck mal deine Reifen sind platt."
Und tatsächlich, die drei, die er sehen konnte, waren zerstochen.
„Versteh' ich nicht. Haben Sie eine Ahnung, wer das getan hat?" fragte Simmen, bemüht, seiner Stimme eine gewisse Festigkeit zu verleihen.
„Na klar, wissen wir. Wir sagen's aber nicht."
„Dann will ich mal den Abschleppdienst anrufen." Simmen erkannte seine Chance, konnte sie aber nicht ausspielen. Denn kaum hatte er die erste Zahl eingetippt, wurde ihm das Handy aus der Hand gerissen. Empört schrie er:
„Was erlauben Sie sich. Geben sie mein Handy zurück. Oder sind Sie auf eine Anzeige scharf?"
„Wir erlauben uns noch mehr. Zeig mal den Beutel", wurde Simmen aufgefordert. Es war nur immer nur Lorenzen, der redete.
„Pilze, dass ich nicht lache. Pilze, wie Kraut und Rüben durcheinander. Glaubst wohl, uns für dumm verkaufen zu können, he. Von Pilzen verstehen wir was."
Pech gehabt! Es war klar, die beiden vermuteten in ihm denjenigen, der in ihre Hütte eingedrungen war. Was das bedeutete, daran wollte Simmen nicht denken. Er sann fieberhaft auf einen Ausweg.

„Ich wollte die Pilze zu einem Experten bringen. Die habe ich nur für eine Bestimmung gesammelt.“
„Schluss mit dem Gequatsche. Brieftasche, Portmonee, los her damit.“
„Ich denk nicht dran“, erwiderte Simmen trotzig.
„Macht nichts. Los, hol's dir“, forderte Lorenzen den anderen auf.
Bevor Simmen eine Entgegnung einfiel, erhielt er einen kräftigen Faustschlag ins Gesicht und einen zweiten in den Magen. Dann wurde ihm die Weste von Lorenzen nach hinten über die Arme gezogen und der andere kramte in den Taschen, bis er das Portmonee gefunden hatte. Er interessierte sich besonders für die vielen Karten, die in den Fächern steckten.
„He, ein Schnüffler“, stellte der andere fest, „ein verdammter Schnüffler.“
„Was suchst du hier?“ fragte Lorenzen. „Hast dich wohl für unser Vereinsheim interessiert, was?“
„Was für'n Heim meinen Sie?“
Statt einer Antwort erhielt er einen Schlag auf die Milz und einen Tritt von hinten gegen die Achillessehne. Simmen knickte ein. Ein Schlag seitwärts ins Gesicht schleuderte ihn zu Boden.
Lorenzen fauchte ihn an: „Du elender Schnüffler. Egal, wie du da reingekommen bist. Du warst da drin. Das ist Hausfriedensbruch. Leider können wir dich nicht anzeigen. Wir regeln das selber.“
Bei jeden Satz versetzte Lorenzen den am Boden liegenden Simmern einen Tritt in die Nierengegend. Simmen war sich völlig klar darüber, dass er was sagen musste. Unter Stöhnen presste er hervor: „Ich hab', ich …“
„Was, was, noch nicht genug. Was willste sagen?“
„Ich hab' die Polizei informiert“, brachte er mühsam hervor.
„Die Polizei?“ entgegnete Lorenzen, „Billiger Trick. He, Lattalla, check mal das Handy.“

„Da is nix", entgegnete der.
„Komm hoch du Zwerg", forderte Lorenzen den am Boden Liegenden auf. Simmen bemühte sich; es gelang ihm nicht. Dann fühlte er sich empor gerissen und dann explodierte sein Schädel. Ein gezielter Faustschlag an die entsprechende Stelle am Kinn beförderte Simmen in das Reich der Bewusstlosigkeit. Die beiden packten den Bewusstlosen in seinen Wagen, klemmten ihn hinter das Steuer, schnallten ihn an und verklebten den Entriegelungsmechanismus mit einem Kaugummi. Latalla entzündete einen mit Öl getränkten Lappen und warf den auf die hinteren Sitze des Autos.
Eine Frau, die in ihrem Garten beim Haus am Hang gearbeitet hatte, berichtete der Presse später, dass sie, als sie die Rauchsäule entdeckt hatte, die ihr verdächtig nach verbrennendem Gummi roch, die Polizei benachrichtigen wollte, als sie die auch schon mit Martinshorn und Blaulicht ankommen sah und fünf Minuten später dann auch die Feuerwehr anrückte. Da hätte sie erst gemerkt, dass es weiter hinten im Wald gebrannt hatte, vermutlich wäre es die Hütte gewesen. Motorradfahrer hätte sie nicht wegfahren sehen, wohl aber etwa eine Stunde vorher drei und dann später noch einmal zwei. Die seien jedoch in die Richtung zu ihrer Hütte gefahren.

Als Ann-Kartin Soltan den Anruf von Simmen erhielt, informiert sie nach einigem Überlegen Hauptkommissar Helwich über ihre Aktion und die Simmens. Stefan war alles andere als begeistert über Ann-Katrins Alleingang. Aber statt ihr Vorwürfe zu machen, fragte er nur:
„Hast du die Polizei in Wolfhagen benachrichtigt? Das ist deren Sache; ich bin da raus."
„Hab' ich. Die sagten mir, dass auch sie einen merkwürdigen Anruf von einem Simmen erhalten hätten, den Anruf aber nicht besonders ernst genommen hätten. Sie

würden bald mal dort vorbeischauen", hörte Stefan Ann-Katrin sagen.
Stefan Helwich schüttelte den Kopf über so viel Trägheit.
„O.K., ich hake da mal nach", entgegnete er, „ich melde mich wieder."
Stefan wusste, dass er sich Ärger einhandeln würde, wenn er sich in diesen Fall einmischte. Deshalb gab er vor, als er mit den Kollegen vom Revier Wolfhaben sprach, dass sich neue Verdachtsmomente im Mordfall Hertinghausen, was die Beteiligung der Skinheads betraf, auf dem Hintergrund rechtsextremistischer Aktivitäten ergeben hätten, und dass unverzügliches Handeln angesagt sei, bevor das Beweismaterial vernichtet sein würde.
Dann machte er sich selbst auf den Weg nach Ippinghausen.
„Es gibt Arbeit für uns, Mordversuch bei der Weidelsburg. Besorgen Sie einen Wagen", forderte er Paulinski auf. „Sie fahren."
„Wie großzügig", war die spitze Antwort.
Unterwegs musste Stefan feststellen, dass die neue Kollegin nicht schlecht fuhr. Als sie am Ort des Geschehens ankamen, erfuhr Stefan, was seit seinem Gespräch mit den Kollegen aus Wolfhagen geschehen war. Die hatten ihre Kollegen in Korbach um Unterstützung gebeten. Die waren sogar eher vor Ort, als die Wolfhagener, weil sie gerade mit einem Streifenwagen im östlichen Teil ihres Reviers zu tun hatten. Die hatten ein brennendes Fahrzeug und auf dem Fahrersitz eine bewusstlose Person vorgefunden. Das Feuer war mit dem Bordfeuerlöscher schnell gelöscht. Es war nicht sehr heftig. Der Mann hatte Glück gehabt, dass er in einem Fahrzeug mit Dieselmotor und schwer entzündbaren Sitzen gesessen hatte. Dennoch, wegen leichter Brandwunden und ganz bestimmt wegen einer Rauchvergiftung hatten die Beamten den Rettungsdienst alarmiert. Der war aber schon wieder mit dem Verletzten abgefahren.

„Haben Sie sich schon um die Hütte gekümmert?“ fragte Stefan die Polizisten.
„Nein, ohne Hausdurchsuchungsbeschluss geht das nicht, Herr Kommissar.“
„Noch nie was von Gefahr im Verzug gehört?“ entgegnete Stefan. „Dann sichern Sie wenigstens das Objekt.“
„O.K., aber sollen wir das Tag und Nacht bewachen?“ war die erstaunte Frage eines jüngeren Kollegen aus Wolfhagen.
„Es gibt nur zwei Möglichkeiten, Beweismaterial zu sichern“, hielt Stefan entgegen, „entweder rein gehen oder dafür sorgen, dass kein anderer reingeht. Ich informiere den Staatsanwalt.“
„Eigentlich ist das ja ein Fall für das Landeskriminalamt oder des Verfassungsschutzes, ich meine die Sache mit den Rechtsextremisten“, gab einer der Korbacher Polizisten zu bedenken.
Stefan konnte seinen Unmut nicht verbergen, deshalb entgegnete er schroffer, als es der Respekt vor den uniformierten Kollegen erfordert hätte:
„Klar, immer die Verantwortung anderen zuschieben. Aber hier handelt es sich in erster Linie um ein Gewaltverbrechen, um einen Mordversuch. Also sind wir zuständig und Sie leisten uns Amtshilfe. Meine Kollegin wird Ihnen erklären, wie das geht. Klar?“
Keine Entgegnung, nur beleidigte Minen, die aussagten, dass sich der Hauptkommissar mal nicht so aufspielen solle.
„Entschuldigung, Frau Paulinski, ich hätte Sie fragen sollen, aber bitte kümmern Sie sich um das hier. Ich fahre zum Krankenhaus und hole Sie in, sagen wir, spätestens anderthalb Stunden wieder ab. Danke.“
„Wie der Chef wünschen.“ Wieder so eine süffisante Entgegnung, dachte Stefan, das kann auf Dauer ja heiter werden.

Nachdem Stefan den Staatsanwalt informiert und ihm eine Bitte um einen Haftbefehl angekündigt hatte, gegen wen würde sich in der nächsten Stunde ergeben, wollte er zurück zu seinem Wagen gehen, als Ann-Katrin vorfuhr und sich an den Polizisten zum Tatort vorbeidrängelte. Hinter ihr erschien ein junger Mann mit Kamera. Als sie Stefan sah, war ihre erste Frage:
„Was ist denn hier passiert? Wo ist Simmen?"
„Wer ist Simmen?" fragte Stefan erstaunt.
„Ein Privatdetektiv. Hat für mich gearbeitet. Erzähl ich Dir später."
„Da musst du aber einiges erklären. Hier ist nichts mehr, außer einem halb verbrannten Auto und einer halb abgefackelten Hütte", entgegnete Stefan, „Dein Simmen ist im Kreiskrankenhaus. Ich wollte gerade hin."
„Nur ein paar Fragen an die Polizisten, dann komme ich mit", sagte sie. Das war keine Bitte, das war eine Feststellung. Ihr Tonfall machte deutlich, dass jeder Widerspruch zwecklos sein würde. Zum Kameramann gewandt sagte sie:
„Schieß ein paar Bilder vom Auto und von der Hütte, oder was davon noch übrig geblieben ist. Nazisymbole wären nicht schlecht. Wenn du fertig bist, komm ins Kreiskrankenhaus."
Ann-Katrin ging zu einem der Uniformierten, um von ihm Näheres über das, was hier passiert war, zu erfahren.
„Keine Fragen, keine Antworten, kein Kommentar. Wenden Sie sich an den Hauptkommissar." Der Polizist entfernte sich und gesellte sich zu seinem Kollegen, der auf dem Weg zur Hütte war. Stefan beeilte sich, in seinen Wagen zu kommen, um so vorerst Fragen aus dem Weg gehen zu können. Er stellte befriedigt fest, dass Ann-Katrin ihm nicht folgte. Aber das würde nichts bedeuten. Stefan war sich sicher, dass er sie im Krankenhaus wieder treffen würde.

Stefan musste Simmen befragen, bevor die Kollegen vom Landeskriminalamt oder vom Verfassungsschutz auftauchen würden oder die, bei denen jetzt der Überfall auf Kommissar Soltan auf dem Tisch lag. Stefan wurde sofort zu Simmen durchgelassen, nachdem er seinen Ausweis gezeigt hatte. Simmen lag flach im Bett, Eine Sauerstoffmaske im Gesicht. Beide waren Arme bis über die Ellenbogen verbunden. Simmen war aber bei vollem Bewusstsein. Die Verständigung mit Simmen würde schwierig werden. Stefan aber musste unbedingt Antworten auf einige Fragen erhalten. Nur leider erfuhr er nicht mehr, als was er von Ann-Katrin inzwischen erfahren und vor Ort gesehen hatte. Was Simmen über die Behandlung durch Lorenzen und Latalla aussagte, interessierte ihn nicht besonders. Darum sollten sich die Kollegen kümmern. Er würde aber darauf bestehen, beim Verhör der beiden dabei sein und Fragen stellen zu dürfen. Was Simmen passiert war, war eindeutig Mordversuch. Wer wegen eines Geheimnisses einen Menschen in seinem Wagen verbrennen lassen wollte, käme natürlich auch für einen Mord, möglicherweise aus demselben Grund, in Frage. Stefan verabschiedete sich. Am Empfang sah er, wie Ann-Katrin versuchte zu erfahren wo Simmen lag. Die Schwester am Empfang blieb stur.

„Nur die engsten Familienmitglieder und die Polizei, sonst keiner", hörte Stefan sie sagen, „und erst mal recht keine Presse."

Stefan hörte, wie Ann-Katrin seinen Namen rief. Eigentlich wollte er unerkannt das Gebäude verlassen. Aber nun musste er sich einmischen. Deshalb sagte er zur Schwester:

„Diese Frau ist in erster Linie nicht von der Presse, sondern die Auftraggeberin dieses Mannes da drinnen. Die Aktion war mit der Polizei abgestimmt."

Das stimmte nicht ganz, stimmte aber die Schwester versöhnlicher. So fuhr Stefan fort:

„Wissen Sie, Schwester, der Polizei wird nicht immer die ganze Wahrheit gesagt, aber seinem Auftraggeber gegenüber ist ein Detektiv zur Wahrheit verpflichtet. Lassen Sie die Frau durch und sie erleichtern unsere Ermittlungen, bitte."
Nach einigem Zögern kam die Antwort.
„O.K., aber ohne Kamera. Der Mann bleibt auf jeden Fall hier, besser noch vor dem Haus."
Das war akzeptabel. Ann-Katrin und Stefan waren's zufrieden, der Kameramann weniger. Für Stefan war hier nicht mehr viel zu tun. Er fuhr zurück zur Hasenmühle, stellte dort fest, dass Kommissarin Paulinski die richtigen Maßnahmen eingeleitet hatte, übergab den Autoschlüssel großzügig an die Kollegin und wartete auf die fällige spitze Bemerkung. Die kam dann auch prompt:
„Sagen Sie nur, Sie hätten Vertrauen zu mir gefunden."
Auf dem Weg nach Kassel informierte Stefan seine Kollegin über das ergebnislose Gespräch mit Simmen. Helga Paulinskis Gesprächsbeitrag erschöpfte sich in dem Satz:
„Der komische, gewaltbereite Verein scheint uns der Aufklärung des Mordes keinen Schritt weiterzubringen."
Damit hatte sie durchaus Recht, sie wusste nur noch nicht weshalb. Im Präsidium angekommen, informierte Stefan als zuerst Frieder über den Vorfall und machte ihm Vorwürfe, dass er seine Frau nicht davon abgehalten hatte, auf eigene Faust zu recherchieren. Die Antwort war nur zu verständlich.
„Erstens hat sie mir das nicht gesagt. Wenn ich's gewusst hätte, hätte ich es ihr verboten, aber das hätte wenig genützt, wie du weißt."
Zu den verschiedenen Berichten von der Pathologie und den Technikern waren noch einige Nachträge von der Spurensicherung eingegangen. Stefan las da, dass die Reifenspuren des Toyotageländewagens, dem auf dem Hof die Reifen angezündet wurden, aber nicht ganz verbrannt

waren, identisch waren mit Spuren, die man am Sonntag vor der Weidelsburg und auf dem Weg zur Burg gefunden hatte. Das Überraschende aber war, dass auf der Ladefläche, auf einer feuerfesten Matte, Blutspuren unter der Quarzlampe sichtbar wurden, obwohl sich jemand bemüht hatte, die Fläche zu säubern. Um welche Art Blut es sich handelte, musste erst noch festgestellt werden.
Das war eine Überraschung und eine Enttäuschung zugleich. Hatte er bisher eine falsche Spur verfolgt? Hatte er sich täuschen lassen? Waren die ganzen Gewaltaktionen der „Löwen" tatsächlich nur ausländerfeindlicher Natur? Ging es denen lediglich nur darum, dass niemand erfuhr, welch brisantes Material sie in der Hütte gesammelt hatten? War deshalb die Hütte in Brand gesteckt worden? Warum hatten die bei der ersten Vernehmung zwar die Zerstörung des Golf zugegeben, aber vehement abgestritten, mit den anderen beiden Wagen was angestellt zu haben? Könnte das vielleicht sogar wahr sein? Der Versuch, den Toyota auszubrennen, könnte unter Umständen auch der Versuch gewesen sein, Beweismaterial zu vernichten. Fünf Tage in die falsche Richtung ermittelt und heute war Freitag.
„Kollegin Paulinski, rechtfertigt der Bericht von der Spurensicherung die Beantragung eines Durchsuchungsbeschlusses?"
„Allemal, aber das hätten Sie auch ohne meine Bestätigung gewusst."
„Dann darf ich Sie bitten, den zu besorgen."
„Heute noch?
„Noch heute, es eilt. …"
Stefan wollte noch etwas hinzufügen, wurde aber durch das Telefon unterbrochen. Jörgensen war am anderen Ende. Seine Stimme klang vorwurfsvoll.
„Herr Hauptkommissar Helwich, mir gegenüber sitzt Hauptkommissarin Sattler vom LKA. Sie ist ziemlich erzürnt über die Fortsetzung ihrer Ermittlungen gegen die

Rechtsradikalen in Wolfhagen. Das war doch nicht mehr Ihr Fall."
„Wenn ein Mordversuch begangen wird, und das mit meinen früheren Ermittlungen zu tun hat, dann ist das mein Fall. Was will die aus Wiesbaden eigentlich hier? Ich habe ordnungsgemäß Meldung gemacht."
„Sie haben deren Ermittlungen gestört. Der Verein war unter Beobachtung."
„Habe ich aber nicht gemerkt. Hätten die uns spätestens gestern mitteilen können. Und die Kripo ermittelt gegen den Verein, wie Sie ihn nennen, wegen Brandstiftung und Mordversuch, also bleibt die Sache bei uns in Kassel. Außerdem haben wir alles gefunden, wonach die gesucht haben. Sollten uns lieber dankbar sein."
Schweigen am anderen Ende, dann ließ sich Kriminalrat Jörgensen wieder hören:
„Also Sie lassen die Finger davon. Klar?"
„Noch nicht, später, Herr Kriminalrat." Damit beendete Stefan das Gespräch und zu Helga Paulinski gewandt fuhr er fort: „Versuchen Sie doch mal, sozusagen von Frau zu Frau, bei der LKA-Tante herauszufinden, wie die unsere Spezies unter Beobachtung hatten. Aber erst zum Staatsanwalt."
„Mach ich doch gerne, mit Frauen reden ist für mich sowieso einfacher."
Draußen war sie und Stefan konnte darüber nachdenken, welche Fehler ihm bei den Ermittlungen unterlaufen waren. Was hatte er übersehen?
„Alles noch mal von vorne", forderte er sich auf. Dann nahm er sich die alten und neuen Berichte und Protokollniederschriften von Befragungen und Verhören vor.
Konnte es sein, dass er den falschen Spuren am Fundort der Leiche zu große Beachtung geschenkt hatte und den wirklichen zu wenig? So musste es wohl sein. Die letzten

Untersuchungen ließen keinen anderen Schluss zu. Dem Werbeprospekt für den Weidelsburgverein und dem Zettel im Mund des Toten sollte vorerst keine Beachtung mehr geschenkt werden. Was war da noch? Seile, wie sie beim Segeln verwendet werden. Wo kann man so etwas kaufen? Gelbe Seiten, aha, Wassersportzentrum Edersee und Bootzubehör Wassersport an der Fulda, Kassel. Edersee kam wohl eher in Frage. Ölspuren waren an den Seilen gefunden worden, Getriebeöl. Lässt auf die Werkstatt Klotz schließen. Ob Klotz ein Boot am Edersee hat? Und da waren noch die Reifenspuren des Toyota-Geländewagens, die vor der Weidelsburg sichergestellt worden waren. Wie hatte er das nur übersehen können, obwohl er das mit den Reifenspuren ja erst heute erfahren hatte. Und das Blut! Konnte aber genau so gut von einem Wildbret stammen. In diesem Fall, hieß es erst einmal abwarten. Was hatte es mit der durchwühlten Wohnung des Ermordeten auf sich? Jedenfalls waren Klotz und seine Angestellten an der Reihe.
Stefan entfernte einige Zettel von der Pinwand und heftete einen roten, der immer den Namen des Hauptverdächtigen enthielt, dazu: Klotz. Er legte eine Nachricht auf den Tisch seiner neuen Kollegin mit der Mitteilung, dass er in die Kantine gegangen sei, um etwas zu essen. Sie sollte sich darauf einrichten, dass sie beide heute noch einmal nach Wolfhagen fahren würden, um Klotz zu vernehmen. Die Kollegen in Wolfhagen seien benachrichtigt. Vorsichtshalber ließ er sich noch die Privatadresse von Klotz geben, falls in der Werkstatt niemand mehr anzutreffen wäre.
Gut, dass Hauptkommissar Stefan Helwich nicht wusste, dass zur selben Zeit Beamte des Landeskriminalamtes und des Verfassungsschutzes aus Wiesbaden sich auf den Weg nach Ippinghausen machten, um den Fall des rechten Heimatvereins „Die Löwen“ zu übernehmen und die dabei eine herbe Enttäuschung erlebten, was Hauptkommissar Helwich in große Schwierigkeiten bringen würde.

7

Stanislaw Holowitz hatte mehrere gute Gründe, sich einen Job in Nordhessen zu suchen. Er war Automechaniker. Das waren viele Polen. Und wie vielen seiner Landsleute waren ihm die Diskussionen um Mindestlöhne völlig egal. Was er als Mechaniker in Deutschland verdienen würde, war ein Vielfaches vom dem, was er zu Hause im Süden Polens bekommen hatte. Aber sein Verdienst als einfacher Mechaniker war nicht der Hauptgrund, warum er sich nach intensiven Recherchen in seiner Familiengeschichte bei der Werkstadt Klotz in Wolfhagen um einen Mechanikerposten bewarb. Für sein Vorhaben kam eigentlich nur eine Firma im Landkreis Kassel oder im Werra-Meißner-Kreis infrage. Aber aus einem ganz bestimmten Grund hatte er bei Klotz in Wolfhagen angefangen. Es stand auch gar keine andere Werkstatt zur Diskussion. Und dies aus zwei gewichtigen Gründen. Es ging ihm nicht um das unter dem Mindestlohn gezahlte Gehalt; es ging ihm vielmehr um ein üppiges Zubrot durch ein besonderes Geschäft. Dafür musste er Klotz und die Kollegen, die dort arbeiteten, gewinnen. Dann konnte er selbst einen oder zwei polnische Kollegen mit einbringen, wenn das Geschäft boomte. Den anderen Grund durfte niemand, absolut niemand erfahren.

Als Stanislaw Holowitz nach Nordhessen kam, war er 28 Jahre alt. Er war der Enkel von Jakov und Ruth Holowitz und der Sohn von Daniel und Sarah Holowitz. Warum ist das erwähnenswert? Nun, Jakov und seine Frau Ruth wurden, nachdem die Reichsarmee Polen überfallen hatte und weiter nach Osten vorgerückt war und die SS als Nachhut die Bevölkerung terrorisierte, nach Deutschland verschleppt. Als Juden hatten sie großes Glück, für Jakov war es die gnädige Führung des Allmächtigen, dass sie nicht im KZ Auschwitz landeten. Das Deutsche Reich, das heißt, die Rüstungsindustrie brauchte Arbeitskräfte. Stanislaw

konnte nicht ganz klären, auf welchen Wegen seine Großeltern in die Munitionsfabriken nach Hirschhagen in Nordhessen gelangten. Aber zweifelsfrei haben sie dort Zwangsarbeit unter erbärmlichen Umständen leisten müssen. Ironischerweise mussten sie Munition herstellen, mit der die getötet wurden, die eigentlich ausgezogen waren, das grausame System zu beenden unter dem die Zwangsarbeiter zu leiden hatten. Stanislaws Großmutter starb an Entkräftung drei Jahre vor Kriegsende. Ihr Name ist nun mit vielen anderen in einer Kapsel zu finden, die in einen Laternenpfahl in Hirschhagen eingelassen wurde.
Daniel, Stanislaws Vater, wurde 1938 geboren. Bevor die Schergen der SS kamen und Jakov und Ruth verschleppt wurden, hatten die beiden eine Warnung erhalten. Daniel wurde einer befreundeten polnischen Familie übergeben und wuchs als deren Kind unter falschem Namen auf. Die Zeit war hart, sehr hart, auch für nichtjüdische Polen. Aber Daniel erlebte das Ende des Krieges bei seinen Pflegeeltern unversehrt, nahm dann seinen richtigen Namen wieder an und heiratete 1960 Sarah Lebermann, die wie Daniel selbst, durch die Hilfe mutiger Polen das Terrorregime überlebt hatte.
Jakov Holowitz, nachdem er seine Frau verloren hatte, resignierte nicht. Jetzt brauchte er keine Rücksicht mehr auf andere zu nehmen. Seinen Sohn vermutete er in relativer Sicherheit, seine Frau war tot, einen Bruder hatte er nicht. Er war allein und er war entschlossen, sein und das Schicksal der anderen Zwangsarbeiter nicht hinzunehmen, ohne die wenigen Möglichkeiten des aktiven und passiven Widersandes, die sie hatten, auszunutzen.
Die Massenquartiere boten gute Möglichkeiten, herauszufinden, auf wen man sich verlassen konnte. Jakov fand sehr bald fünf Gleichgesinnte, die an verschiedenen Stellen arbeiteten. Sie waren sich einig, dass sie tun würden was sie konnten, um die Produktion zu verzögern oder aber

fehlerhaft auszuführen. Nach Jahren der Erfahrung mit dem gefährlichen Material wussten sie, wie man das machen konnte, ohne dass es auf den ersten Blick auffiel. Die Gruppe um Jakov konnte nicht wissen, wie viele der von ihnen produzierten Granaten und anderer Munition als Blindgänger gegen den Feind des Reiches flogen oder als Rohrkrepierer endeten. Sie waren sicher, es waren einige. Später erfuhren sie es dann auch, allerdings auf recht unliebsame Weise. Nach Beschwerden der Reichswehr wurde ein Versuchsgelände für neue Geschosse in Hirschhagen eingerichtet. Stichproben führten dann tatsächlich zu der Erkenntnis, dass im Werk Sabotage getrieben wurde. Es war nur nicht eindeutig nachzuweisen, welche Personen dafür verantwortlich waren. Also wurden einige herausgegriffen, unter ihnen auch Jakov Holowitz und ein weiterer von den fünfen. Zwölf Männer wurden erst einmal in das Gestapo-Gefängnis Breitenau gebracht. Dort sollte die Gestapo herausfinden, wer für die Sabotage verantwortlich war. Sie fanden es nicht heraus. Einmal weil viele es gar nicht wussten, und zum anderen weil der Einzige, außer Jakov, der von den Eingeweihten nach Breitenau kam, nichts sagen konnte, weil er nach zwei Tagen an den Folgen der Folter starb. Um die anderen, die nichts wissen konnten zu retten, gestand Jakov, dass er alleine, ohne das Wissen anderer Sabotage betrieben hatte. Er wusste, was dieses Geständnis für ihn bedeutete. Er hatte ein Zeichen gesetzt, das allein war ihm wichtig.
Die Erschießung in einer Zelle der alten umgebauten Basilika nahm der Kommandant des Gefängnisses Kurt Hertinghausen persönlich vor. Das aber konnte Stanislaw Holowitz nicht wissen. Aber den Ort, wo seine Eltern geknechtet und umgekommen waren, den wollte er auf jeden Fall sehen und dort, wenn möglich auch weiterforschen. Ob ihm beim Aufbau seines geplanten Geschäftes dafür noch Zeit blieb, würde sich zeigen. So hatte

Holowitz einen gewichtigen Grund, in der Nähe des ehemaligen Gestapogefängnisses nach Arbeit zu suchen - der aber war zweitrangig. Dass er bei Klotz einen Mechaniker namens Hertinghausen antraf, war reiner Zufall, und sagte ihm vorerst noch gar nichts.
Die alteingesessenen Wolfhagener waren sich nicht so fremd, wie das in den heutigen Tagen mit den vielen Neuansiedlern und Menschen aus anderen Ländern und dem Umkreis der Fall ist. Man kannte sich; man kannte auch in groben Zügen die Familiengeschichten der Nachbarn und ganz besonders davon die dunklen Punkte. Man sprach nicht darüber, aber das Wissen um wenig rühmliche Ereignisse in der Geschichte der anderen war ein wertvolles Pfand, das man als Druckmittel einsetzen konnte, wenn es mal hart auf hart kommen sollte. So war eigentlich ein friedliches Miteinander garantiert.
Der Werkstattbesitzer und Kfz-Meister Klotz gehörte zu den Alteingesessenen. Es war ein Fehler, ihn unter Druck zu setzten. Dass er unter Druck geriet, hatte wiederum mit den Geschäften des Stanislaw Holowitz zu tun. Als der Druck auf Klotz immer stärker wurde, sah er sich gezwungen, sein Pfand auszuspielen.
Stanislaw Holowitz hatte allen Grund nach dem Tod Reinhard Hertinghausens Nordhessen so schnell wie möglich wieder zu verlassen, nicht weil er seine Mission als erledigt betrachtet hätte, sondern weil er ganz sicher war, in Polen ein Geschäft machen zu können, das es ihm ermöglichen würde, für den Rest seines Lebens sorgenfrei zu leben und aus dem Geschäft aussteigen zu können, denn ungefährlich war das wahrhaftig nicht mehr, zumal die Polizei angefangen hatte unangenehme Fragen zu stellen.

8

Auf der Fahrt nach Wolfhagen, den Durchsuchungsbeschluss hatte Helga Paulinski dabei, berichtete sie, was sie durch Frau Sattler vom LKA erfahren hatte. Die hatten die Beobachtung vor zwei Wochen eingestellt, um die Kerle nicht zu beunruhigen. Stefan vermutete, und diese Ansicht teilte seine Kollegin, dass sich einer der Beamten verbrannt hatte und deshalb die Sache eingestellt wurde.
An der Werkstatt wartete schon Hauptkommissar Proll mit einem Kollegen. Die Werkstatt war verschlossen. Im Hof waren keine Autos zu sehen.
„Wo ist Klotz“, fragte Stefan erstaunt. Er war davon ausgegangen, dass die Kollegen ihn direkt mitgebracht hätten.
„Zu Hause oder in seiner Stammkneipe, nehme ich an“, erwiderte Proll.
„Dann holen Sie den mal schnell her“, forderte Stefan ihn auf. „Er soll auf keinen Fall die Schlüssel vergessen. Wäre ja schade, wenn wir Schränke aufbrechen müssten.“
Es dauerte eine halbe Stunde, bis die Polizisten mit Proll zurückkamen. Stefan zeigte ihm den Durchsuchungsbeschluss. Klotz tat erstaunt und eine Spur von Empörung schwang in seinen Worten mit.
„Weshalb Durchsuchung. Haben Sie's vergessen, ich bin der Geschädigte? Schikane das.“
„Ich will's Ihnen erklären“, entgegnete Stefan. „Es gibt einen begründeten Verdacht, dass Ihr ermordeter Angestellter Hertinghausen mit Ihrem Geländewagen zur Weidelsburg transportiert wurde.“
„Unsinn“, war alles was Stefan darauf zu hören bekam.
„Dann schließen Sie mal auf, Herr Klotz“, forderte Proll ihn auf.
Stefan bat seine drei Kollegen:

„Schauen Sie sich die Auftragsbücher an. Notieren Sie sich die Nummern der Fahrzeuge. Packen Sie alle Schuhe ein, die Sie finden. Wenn Sie einen Baseballschläger, Seile, Erdnägel finden würden, wäre das sehr gut. Ich beschäftige mich mit Herrn Klotz."
„Herr Klotz", begann Stefan die Befragung, „wie erklären Sie sich, dass die Reifenspuren, die wir vor der Weidelsburg gefunden haben, identisch sind mit denen an Ihrem Toyota-Geländewagen?"
„Ich fahre öfter da mal rauf. Ich habe da eine Jagd. Manchmal fahren auch meine Angestellten am Wochenende da rauf um zu grillen."
„Wann waren Sie denn das letzte Mal dort mit dem Wagen?"
„Ist schon länger her, zwei Wochen vielleicht."
„Und wann war einer Ihrer Leute zum letzten Mal da?"
„Weiß ich nicht, da müssen Sie Stanislaw fragen, der verwaltet die Schlüssel unserer Autos."
„Stanislaw, und weiter?"
„Holowitz, Stanislaw Holowitz, so heißt er."
„Und wo ist Stanislaw?"
„Keine Ahnung, ist heute nicht zur Arbeit gekommen."
„Haben Sie ein Foto von diesem Holowitz?"
„In seinen Arbeitspapieren, klar."
„Die brauchen wir", beschied Stefan, um dann unvermittelt zu fragen, „Haben Sie ein Boot, Herr Klotz?"
„Wie kommen Sie darauf?"
„Beantworten Sie mir nur die Frage. Haben Sie ein Boot?"
„Ja, eine Jolle, am Edersee."
„Weshalb haben Sie dem Reinhard Hertinghausen ein so überaus großzügiges Gehalt gezahlt?"
Stefan merkte, dass Klotz alles erwartet hatte, aber nicht diese Frage. Eine leichte Nervosität war in seiner Antwort unverkennbar.

„War eben ein guter Mann. Ich kann jedem soviel zahlen wie ich will, oder nicht."
„Es ist nicht strafbar, jemandem doppelten Tarif zu zahlen. Es kommt immer auf den Grund an. Also, weshalb hat Hertinghausen so gut verdient?"
Keine Antwort.
Stefan schob die nächste Frage nach: „Und warum haben Sie zuletzt normales Gehalt gezahlt? Ist er faul geworden?"
„Der Vertrag war ausgelaufen."
„Den Vertrag zeigen Sie mir mal."
„War ein Vertrag per Handschlag. Da gibt es nichts Schriftliches."
„Herr Klotz, wo waren Sie in der Nacht vom letzten Samstag auf Sonntag zwischen 22.00 und 2.00 Uhr?"
„Sie verdächtigen mich wegen dem Mord? Bis kurz nach zwölf war ich in meiner Stammkneipe, danach bin ich nach Hause ins Bett."
„Kann das jemand bezeugen?"
„Klar doch, meine Kumpels, mit denen ich gesoffen habe und dann meine Frau, die sauer war, dass ich besoffen war."
„Wir werden das überprüfen. Kommen Sie bitte morgen so gegen neun hier auf die Polizeiwache. Ihre Aussagen müssen protokolliert werden. Wo wohnt übrigens Stanislaw und die anderen Angestellten", wollte Stefan abschließend wissen. Klotz nannte für Stanislaw eine Adresse in Istha. Die anderen müsste er erst nachsehen.
Inzwischen hatten die Polizisten einige Auftragskopien, ein Adress- und Telefonbuch und einige Akten eingesammelt.
„Nichts, was sonst noch interessant wäre. Keine Seile, keine Erdnägel, kein Baseballschläger, nur der Papierkram hier", meldete Kommissarin Paulinski.
„Einpacken. Wir fahren jetzt alle zusammen zu Klotz in die Wohnung. Mal sehen, was wir da finden."
Helga Paulinski wollte einwenden, dass die Durchsuchung nur für die Werkstatt genehmigt war, hielt ihren

Kommentar dann doch zurück, als sie Stefans warnenden Blick sah. Proll und sein Kollege hatten den Durchsuchungsbeschluss nicht gesehen, würden also auch keine Einwände vorbringen. Und Klotz? Der hatte nur das amtliche Papier gesehen und bestimmt nicht den ganzen Text gelesen.
Die Suche in der Wohnung verlief ergebnislos. Frau Klotz verstand überhaupt nicht, was die Durchsuchung sollte.
„Glauben Sie, mein Mann hätte was mit dem Mord an unserem Mechaniker oder dem Überfall auf den Polizisten zu tun?“ Die Empörung in ihrer Stimmen war überaus deutlich.
„Erst einmal glauben wir gar nichts. Wir sammeln Fakten“, entgegnete Stefan, um dann wie beiläufig die Frage zu stellen: „Wissen Sie wo Ihr Mann in der Nacht von Samstag auf Sonntag war, sagen wir so zwischen Mitternacht und zwei Uhr?“
„Das kann ich Ihnen genau sagen. Vollgekotzt hat er mir den Teppich im Wohnzimmer, war kurz nach Mitternacht.“
„Das mit der Kotze lässt sich überprüfen. Morgen kommt die Spurensicherung vorbei und nimmt sich Ihren Teppich vor. Und wir nehmen uns jetzt Ihre Garage vor.“
Klotz hatte zwei davon. In einer wurden sie fündig. Diese hatte Klotz in eine Werkstatt umfunktioniert. Wie es aussah, hauptsächlich für Arbeiten an seiner Jolle. Auf Rollen waren Seile für die unterschiedlichsten Verwendungszwecke aufgerollt. Stefan inspizierte alle sorgfältig. Er war sich sicher, dass ein oder zwei der Typen den Seilen entsprachen, mit denen Reinhard Hertinghausen angebunden wurde. Er bat Klotz davon jeweils ein dreißig Zentimeter langes Stück abzuschneiden. Proll entdeckte einige Paare Gummistiefel.
„Soll ich die mitnehmen?“ fragte er Stefan.
„O.K., aber nur wenn sie die Größe 44/45 haben.“ Stefan erinnerte sich, im Bericht der Spurensicherung gelesen zu

haben, dass für den Abdruck hinter der Werkstatt ein Schuh Größe 44/45 infrage kam.
Mit zwei Paar Gummistiefel und zwei Seilenden verließen die Polizisten das Haus.
„Wir besuchen jetzt noch diesen Stanislaw. Herr Proll, Sie brauchen nicht mitzukommen", meine Stefan.
Der aber wollte mit.
„Gut, dann fahren Sie vor. Sie kennen sich in Istha aus", bat Stefan.
Stefan war noch nie in Istha gewesen. Um ins Dorf zu gelangen musste man die Umgehungsstraße verlassen. Das hatte er aber nie getan. Er hatte ja auch nie einen Grund dafür. Stanislaw Holowitz' Wohnung war in einem Vier-Familienhaus am nördlichen Rand Isthas. Der Anordnung der Klingeln nach zu urteilen, wohnte Holowitz im Obergeschoss. Auf ihr wiederholtes Schellen reagierte niemand. Sie schellten bei den Bewohnern in Parterre.
„Wer ist da?" krächzte kurz darauf die Gegensprechanlage.
„Die Polizei", antwortete Proll, „wir wollen zu Herrn Holowitz."
„Der ist gestern ausgezogen, wohnt nicht mehr hier."
„Dann lassen Sie uns trotzdem rein. Wir weisen uns drinnen aus, wenn Sie wollen."
Der Türöffner summte. Die vier Polizisten traten ins Haus. Zu den Erdgeschosswohnungen ging es vier Treppenstufen hinauf. Rechts öffnete sich die Wohnungstüre um einen Spalt. Stefan war sich sicher, dass die Frau, deren Gesicht durch den Spalt lugte, die Sicherheitskette noch vorgelegt hatte. Als sie die Uniformen sah, öffnete sie die Türe und trat den Beamten entgegen.
„Ja, wie ich sagte, der ist gestern ausgezogen. Hat zum Schluss noch mächtig Ärger gegeben, weil, der hatte was im Mülleimer verbrannt."
„Wo stehen denn die Mülleimer?" wollte Paulinski wissen.
„Na, draußen hinter der Hecke."

„Herr Proll, schauen Sie doch mal mit ihrem Kollegen nach, ob da noch etwas Verwertbares in dem angebrannten Mülleimer zu finden ist“, bat Stefan.
„Wie war Herr Hollowitz denn sonst so?“ fragte die Kommissarin die Frau.
„Weiß ich nicht, eigentlich war der nur zum Schlafen hier.“
„Hat hier irgendjemand einen Schlüssel für die Wohnung?“ fragte Proll.
„Hier keiner, nur die Hausverwaltung, und die ist in Wolfhagen.“
Was sollten sie machen, wenn die Türe verschlossen und an den Schlüssel nicht so schnell zu kommen war? Stefan hätte keine Probleme damit, mit dem Werkzeug, dass er in einem Etui immer dabei hatte, die Türe zu öffnen, aber im Beisein der anderen Kollegen ging das nicht. Die beiden vom Revier waren mit dem Mülleimer beschäftigt, und seine Kollegin bat er, die anderen Nachbarn im Parterre nach Hollowitz zu befragen.
„Ich selbst frage mal die Nachbarn oben.“ Damit ging Stefan in die obere Etage und tat das, was er im Beisein der Kollegen nicht tun wollte. Es war einfach. Die Türe war nur zugezogen, nicht abgeschlossen. Schon im Flur erkannte Stefan, dass die Wohnung leer war. Die Schränke und Schubladen standen teilweise offen, waren aber offensichtlich leer. Er zog Handschuhe an und öffnete nach und nach alle Schranktüren und Schublade. Viel waren es nicht. Herr Holowitz musste spartanisch gelebt haben. Aber alles war vollkommen leer. Nichts, noch nicht einmal Toilettenpapier. Von der Türe her kamen Geräusche und die Stimme seiner Kollegin.
„Herr Helwich, sind Sie hier?“ und als sie ihn sah, kam die erstaunte Frage, „Was machen Sie denn hier? Wie sind Sie denn hier reingekommen?“

„Die Türe war nicht abgeschlossen“, entgegnete Stefan nur, und damit hatte er auch nicht gelogen, ob wohl nicht die ganze Wahrheit gesagt.
„Wie Sie sehen, Frau Kollegin, ist hier nichts zu holen. Alles leer. Hier muss die Spurensicherung ran. Rufen Sie die her und sagen Sie denen, sie sollten die Wohnung anschließend versiegeln. Reicht das für eine Fahndung nach Holowitz?“
„Ich denke ja und auch international, ganz besonders in Richtung Osteuropa. Ich veranlasse das; hab’ sowieso Bereitschaft“, war ihre Antwort.
Von der Türe her vernahmen sie Prolls Stimme:
„Herr Helwich, das müssen Sie sich anschauen. Wir haben da was gefunden.“
Stefan Helwich und Helga Paulinski folgten den Beamten nach draußen. Proll zeigte auf einen angekohlten Mülleimer, dessen Deckel durch das vorherige Feuer verzogen war. Dort waren Reste einer verbrannten, mehr verkohlten, oder wie das bei Synthetik ist, teilweise geschmolzenen Jacke und anderer Kleidungsstücke.
„Alles einpacken und ab damit ins Labor. Veranlassen Sie bitte alles Nötige, Herr Proll. Mer mache uns jetzt heeme.“
Obwohl sich Stefan immer befleißigte, ein normales Deutsch zu sprechen, passierte es ihm doch hin und wieder, wenn er müde war, dass er in die nordhessische Ausdrucksweisen verfiel.
Morgen war Sonntag, da würde Stefan es ruhig angehen lassen, vielleicht mal wieder einige Runden im Tannenwäldchen joggen, oder doch mal im Park auf der Wilhelmhöhe. Ausschlafen wäre auch nicht schlecht. Eine Woche ermittelt, möglicherweise sechs Tage in die falsche Richtung. Die echten Spuren müssten eigentlich schon kalt sein. Kaltes Nachtessen erwartete ihn auch zu Hause. Was war eigentlich zu Hause? Wer erwartete ihn da? Keiner. Die Wohnung war zwar gemütlich, aber menschenleer. Leer der Kopf, krause Gedanken, unkonzentriert. Schlafen sollte ich

mal ausgiebig. Ich muss auf jeden Fall morgen Frieder besuchen. Ob ich meine neue Kollegin mal zum Essen einladen sollte. Ich weiß nicht einmal, ob sie verheiratet ist. Muss wohl. Ja, die Frauen. Erst läuft einem die eigene Frau weg, was ich ihr eigentlich nicht verdenken kann, dann zieht die Tochter aus. Was Gabi jetzt wohl in München macht? Hat die nicht in diesen Tagen Geburtstag? Welches Datum haben wir heute? Das wäre ja schon morgen. Verdammt, aber gut dass es mit noch eingefallen ist. Da kann ich ja morgen noch anrufen und sie nach ihren Geburtstagswünschen fragen.
„Was ist mit Ihnen Herr Helwich?" hörte er die Stimme seiner Kollegin, die wie immer, souverän den Wagen nach Kassel steuerte, „es schien mir, als hätten Sie was gesagt."
„Nein, nichts, mir ist nur gerade eingefallen, dass meine Tochter Gabi morgen Geburtstag hat."
„Wie, Sie haben eine Tochter? Hätte ich Ihnen gar nicht zugetraut. Oh, Verzeihung, ist mir nur gerade so rausgerutscht."
„O.K., wir sind alle ein wenig unkonzentriert. Gut, dass ich morgen frei habe."
Damit war die Kommunikation für den Weg von Istha in den Vorderen Westen nach Kassel auch erschöpft. Als sie vor Stefans Wohnung hielten, erinnerte er seine Kollegin noch einmal daran, die internationale Fahndung nach Stanislaw Holowitz zu veranlassen. Statt darauf einzugehen, wünschte sie nur: „Gute Nacht, Herr Helwich."
Das erstaunte ihn; denn trotz seiner Müdigkeit merkte er, dass sie ihn das erste Mal mit seinem Namen ohne Titel ansprach.

Nun muss ich mich noch einmal melden und zur Ehrenrettung meines Vaters kundtun, dass Geburtstage bei ihm eine nicht so große Rolle spielen. Wie oft hatte er seinen eigenen Geburtstag vergessen. Meine Mutter war da anders, die machte immer eine Riesenparty aus ihrem Geburtstag. Die feierte überhaupt gerne, mein Vater eigentlich nicht, besonders wenn es um seine Person ging. Ich selbst bin da indifferent. Aber da mein Geburtstag auf einen Sonntag fiel, ich sowieso nicht an feste Arbeitstage gebunden bin und ein guter Bekannter von mir in Kassel im Krankenhaus lag, hatte ich mich entschlossen nach Kassel zu fahren, in der Hoffnung, mein Vater würde ein wenig Zeit für mich haben, sozusagen als Geburtstagsgeschenk und mir Anregungen für einen neuen Krimi geben können. Also ging ich in unsere frühere gemeinsame Wohnung. Er war nicht da, ich wusste aber durch einen Anruf im Präsidium, dass Krankenhaus Frieder Soltan im Krankenhaus war. und dass mein Vater am Sonntag einen freien Tag haben würde. Ich hatte etwas eingekauft und ein thailändisches Gericht zubereitet. Thailändisch liebte er, obwohl er nie in Thailand war und noch nie in einem Thairestaurant gespeist hatte. Sie können sich vorstellen, wie groß die Überraschung war, als er die Wohnungstür öffnete, herrliche Gerüche ihm entgegenschlugen und er folgerichtig daraus den Schluss zog: „Gabi, bist du hier?“
Wir umarmten uns. Dabei spürte ich, dass von seiner Seite die Begrüßung intensiver war, als sonst. So als würde eine Last von ihm abfallen. Er sah abgespannt und müde aus.
„Ich freue mich so sehr, dass du da bist“, hörte ich ihn sagen und dann nach einer Weile leiser und ein wenig niedergeschlagen, „jetzt habe ich aber gar kein Geburtstagsgeschenk für dich.“
„Papa, das schönste Geschenk wäre, wenn du mir vier Stunden deiner Zeit schenken würdest, morgen meine ich.“
In seiner Antwort konnte ich so etwas wie Erleichterung erkennen. „Soviel habe ich sonst aber nie investiert. Weißt du, was eine Stunde eines Hauptkommissars kostet? Aber für dich, na klar.“
Damit war dieses Thema erledigt. Mein Vater und ich, wir genossen das gemeinsame Essen mit einem leichten Weißwein. Ich

erzählte ihm, dass ich wieder Solo bin, fragte ihn, ob er wieder Anschluss gefunden hätte. Da schien ich einen wunden Punkt getroffen zu haben. Papa brauchte mal wieder eine feste Bindung, das war deutlich zu erkennen. Aber wie sollte ich ihm Ratschläge geben, ich die mit Männern auch nicht gerade ein glückliches Händchen gehabt hatte?
Beim Frühstück überraschte mich mein Vater mit dem Vorschlag, einen Ausflug zur Weidelsburg zu unternehmen.
„Du kannst wohl deinen Beruf nie außen vor lassen, wie?"
Es war offensichtlich, dass er dort über seinen Fall nachdenken wollte.
„Darum geht es nicht." entgegnete er, „So, wie ich dich kenne, willst du Anregungen für einen neuen Krimi. In der Weidelsburg lässt es sich wunderbar erzählen. Geschichten, die das Leben schrieb, umgarnt mit Romantik und Geschichte, gewürzt mit Verrat und Mord. Na, ist das nichts?"
„O.K., aber mit einer Wanderung. Ich brauche mal wieder Bewegung."
„Gut, und in einer Dorfkneipe essen wir was typisch Nordhessisches", war sein Vorschlag. Eigentlich ist mir das Typische immer ein bisschen zu schwer, aber mein Vater liebt es, also war ich einverstanden.
Wir fuhren also zur Weidelsburg, dieses Mal nicht über die Autobahn sondern über die Dörfer Breitenbach und Martinhagen. Als wir um Istha herumfuhren, erfuhr ich, dass dort einer der Hauptverdächtigen gewohnt und sich nun abgesetzt hatte. Wir parkten unterhalb der Weidelsburg auf dem offiziellen Parkplatz an der Landstraße 3214. Ich war erstaunt über die vielen Autos, die dort parkten.
„Ist hier immer so'n Betrieb?" fragte ich ihn.
„Sonntags immer, aber heute sind es sicher viele Neugierige, die ein bisschen Sensation und Gruseln erleben wollen, wo vorigen Sonntag ein Ermordeter gefunden wurde."
Mein Vater schlug vor, einen kleinen Rundgang über die Burg zu machen, was mir nur recht war. Dabei erfuhr ich dann, von dem Toten, der so eigenartig dort drapiert worden war, wenn man das

mal so nennen darf. Den bisherigen Verlauf der Ermittlungen, kennen Sie verehrte Leser ja. Aber nicht alles, was Sie bisher gelesen haben, habe ich an diesem Sonntag erfahren, vieles erst nach Abschluss der Ermittlungen. Kurz bevor wir die eigentliche Burg erreichten, war an einem Baum neben einem vorgeschobenen Mauerrest, noch ein Stück Absperrband zurück gelassen worden. Für meinen Vater war das Anlass, sich über die mangelnde Sorgfalt der Kollegen zu beklagen. Er machte sich daran, das Stück zu entfernen. Da näherte sich ein energischer älterer Herr und sagte mit einer nicht zu überhörenden Bestimmtheit in der Stimme:

„He, Sie da, das lassen Sie mal schön da hängen. Das ist ein Polizeiband."

„Guten Morgen, schön, dass Sie so aufmerksam sind." Und dann machte mein Vater einen Fehler, indem er sagte: „Ich bin die Polizei."

Aus war es mit einem gemütlichen Spaziergang. Sie können sich nicht vorstellen, wie neugierige, eigentlich ordentliche, aber sensationslüsterne Menschen einem mit Fragen zusetzen können. Im Nu war eine ganze Traube Menschen um uns versammelt. Fragen stürzten auf meinen Vater ein, der seelenruhig den Rest des Flatterbandes in die Tasche steckte und mehr als einmal sagte: „Ich bin nur am Rande beteiligt. Lesen Sie morgen die Zeitung."

An einen Besuch in der Burg war jetzt nicht mehr zu denken. Wir gingen zurück. Kurz vor dem Parkplatz bogen wir scharf nach rechts auf einen Weg ein, der auf den unteren Rundweg führte, in der Hoffnung nun in Ruhe den Tag genießen zu können und später noch einmal einen Versuch unternehmen zu können, von der anderen Seite zur Burg zu kommen, wenn die Neugierigen wieder abgewandert waren. Aber wer mit meinem Vater einen Spaziergang macht, kann nie sicher sein, ihn ohne Zwischenfälle auch zu beenden. So war es auch dieses Mal, abgesehen von den Ereignissen vor der Burg. Als wir uns dem Elbtal näherten (die Elbe ist ein kleiner Bach, der westlich der Weidelsburg fließt), sahen wir einige schwarze Limousinen auf der Straße, einige mit Blaulicht.

„Was ist denn das", tat mein Vater erstaunt, „die sind nicht von uns, bestimmt das LKA oder der Verfassungsschutz. Ist nicht mehr meine Sache. Sollen die ihren Job machen."
Aber weitergehen wollte er nicht, ich schon, allein aus beruflicher Neugier, zumal eine weiträumige Absperrung zu sehen war. So weit es ging näherten wir uns der Absperrung, immer noch durch den Wald gut getarnt.
„Na so was", hörte ich *meinen Vater erstaunt sagen, „ist das nicht Ann-Katrins Wagen?"*
Es war Ann-Katrins Wagen. Ich konnte nicht verstehen, warum mein Vater, der ermittelnde Kommissar, von seinen Kollegen vom LKA nicht gesehen werden wollte.
„Das ist kompliziert. Mein Chef hatte mir den Fall entzogen. Ich habe aber weiter ermittelt. Darüber sind die sauer, obwohl sie durch mich auf eine Spur gekommen sind."
Wir wissen, dass das nicht ganz stimmt, aber das habe ich ja alles erst später erfahren. Sie können sich vorstellen, dass ich ganz schön sauer war. Ich hatte mich so sehr auf einen ruhigen Sonntagsspaziergang mit meinem Vater gefreut, und nun das. Störungen und Zwischenfälle, Kennzeichen meines Vaters und ausgerechnet an **meinem** *Geburtstag. Es wurde dann doch noch ganz hübsch. Wir sind an den Edersee gefahren, weit weg von all den Tatorten und neugierigen Leuten. Auf der Terrasse des Schlosses bei Sonnenschein und mit einem herrlichen Blick auf den See haben wir dann zu Mittag gegessen.*
Was es mit dem Auftrieb in der Nähe der Hasenmühle hinter der Weidelsburg auf sich hatte, habe ich am nächsten Tag dann aus der Zeitung erfahren, die mein Vater mitbrachte, als er, wie üblich, Brötchen zum Frühstück geholt hatte. Ich hatte mir den Lokalteil vorgenommen und da stand es in dicker Aufmachung, dazu ein Bild eines PKWs, an dem Brandspuren zu sehen waren und einer verbrannten Holzhüttenruine, umgeben von Bäumen und Wald.

Neonazi-Zelle ausgehoben
HNA-Mitarbeiterin lenkt Polizei auf die Spur - Wichtige Personen flüchtig
Eine freie Mitarbeiterin unserer Zeitung, deren Mann bekanntlich bei Ermittlungen in Wolfhagen von Skinheads zusammengeschlagen und erheblich verletzt wurde, hat durch eigene Recherchen herausgefunden, dass der als *Heimatverein DIE LÖWEN* getarnte Verein in Wolfhagen, nicht zu verwechseln mit dem Weidelsburgverein, in Wirklichkeit ein Sammelbecken von Neonazis ist und die in ihrem Vereinsheim in der Nähe der Hasenmühle bei Ippinghausen ein Fülle von verfassungsfeindlicher Musik, Hitler- und SS-Poster und jede Menge anderer Devotionalien aus der Nazi-Zeit angesammelt hatten.
Ein Mitarbeiter unserer Redakteurin ist ihnen auf die Schliche gekommen und musste dies beinahe mit dem Leben bezahlen. Am Samstag, am helllichten Tag, schlugen ihn die Neonazis bewusstlos, setzten ihn in seinen Wagen und steckten diesen in Brand. Der Mitarbeiter erlitt erheblich Brandverletzungen an den Armen und auf dem Rücken. Nur der Tatsache, dass der Wagen ein Diesel war und dem besonnenen Vorgehen unserer Mitarbeiterin ist es zu verdanken, dass die Polizei rechtzeitig am Tatort eintraf und den Mitarbeiter retten konnte.
Bevor die Polizei eintraf, haben höchstwahrscheinlich die Neonazis ihr Heim selbst in Brand gesteckt, um Beweismaterial zu vernichten. Fünf von Ihnen sind auf der Flucht. Sie sind europaweit zur Fahndung ausgeschrieben. Ein Polizeisprecher, sagte gegenüber unserer Reporterin aus, dass die Festnahme nur eine Frage der zeit sei, da die Kennzeichen von drei ihrer Motorräder bekannt seien.
Noch in der Nacht von Samstag auf Sonntag wurden das Landeskriminalamt und der Verfassungsschutz aktiv. Leider war in der abgebrannten Hütte, bis auf einige Kartons mit

beschädigten CDs und eine nackte Schaufensterpuppe, nichts mehr zu finden.
Die Kriminalpolizei Kassel hatte bereits in einem Mordfall gegen die „Löwen“ ermittelt, musste jedoch wegen fehlender Beweise die Ermittlungen einstellen. Die ermittelnde Kommissarin aus Wiesbaden sieht in den Kompetenz überschreitenden und dilettantischen Ermittlungen der Kripo Kassel den Grund dafür, dass die Polizei nun mit leeren Händen dasteht.
Wir halten unsere Leser über den weiteren Verlauf der Ermittlungen auf dem Laufenden.

Wie musste solch ein Bericht auf meinen Vater wirken, dem sachlich recherchierenden und korrekt handelnden Polizisten, dem hier vom LKA Dilettantismus und Kompetenzüberschreitung vorgeworfen wurde. Nachdem er den Bericht gelesen hatte knallte er die Zeitung wütend auf den Tisch, sodass seine Kaffeetasse überschwappte, die er gerade gefüllt hatte.
„Idioten, die von LKA. Wie kann Ann-Katrin so was schreiben? Verstehst du das?“
„Sie schreibt doch nur, was die vom LKA gesagt hat. Vielleicht will sie dir damit was sagen“, überlegte ich.
„Ich erkenn's nur nicht. Oder? Ich soll mir Argumente überlegen für den Anschiss bei Jörgensen? Möglich. Jetzt frühstücken wir erst mal zu Ende.“
Nach dem gemeinsamen Kaffeetrinken haben wir uns verabschiedet und ich bin wieder nach München gefahren. Mein Vater hat sich auf sein Rad geschwungen und sich auf den Weg ins Präsidium gemacht.

Kriminalrat Jörgensen hatte natürlich den Artikel auch schon gelesen, als der Hauptkommissar ins Büro kam. Dort fand er Uli Seifert bereits an ihrem Platz.
„Guten Morgen, Herr Helwich, ich soll Ihnen sagen, dass Frau Paulinski heute nicht kommt. Sie hatte Bereitschaft“,

wurde Stefan begrüßt, und nach einer kurzen Pause fuhr sie fort, „Ich finde das gemein von Frau Soltan, uns so in die Pfanne zu hauen. Können wir doch nichts dafür, wenn die abhauen."
Stefan kam gar nicht dazu, zu antworten. Das Telefon meldete sich. Es war Kriminalrat Jörgensen. Die Pforte hatte ihm wohl Bescheid gegeben, dass Hauptkommissar Helwich jetzt auf dem Weg ins Büro sei. Kein Gruß, nur die ärgerliche Stimme des Chefs:
„Herr Helwich, kommen Sie unverzüglich in mein Büro."
Jörgensen saß in seinem bequemen Ledersessel zurückgelehnt hinter seinem Schreibtisch, seine Kompetenz bewusst zur Schau stellend. Neben dem Schreibtisch stand Kommissarin Sattler aus Wiesbaden. Stefan nickte beiden zu, ohne ein Wort zu sagen. Er wäre auch gar nicht dazu gekommen, denn Jörgensen überfiel ihn sofort mit Vorwürfen.
„Sie haben sicher schon die Zeitung gelesen. Jetzt haben wir den Salat. Sie mit Ihrer Sturheit haben alle bisherigen Ermittlungen und Erfolge des LKA und des Verfassungsschutzes in der Sache zunichte gemacht. Das wird Folgen für Sie haben. Ich hatte Sie gewarnt. Wollten Sie was sagen?"
„Wir haben in einer Mordsache ermittelt. Von Ermittlungen des LKA war mir nichts bekannt. Ihnen vielleicht?"
„Werden Sie nicht unverschämt, Helwich."
„Herr Helwich, bitte. Zum anderen wurden vor zwei Wochen die Observierungen durch das LKA eingestellt."
„Stimmt das, Frau Sattler?"
„Nicht ganz. Wir wollten die Neonazis nicht unnötig aufscheuchen."
„Unsinn", entfuhr es Stefan, „verbrannt haben sich die Beschatter, nehme ich an. Wenn hier jemand dilettantisch gearbeitet hat, dann die. Ich habe auch nicht weiter ermittelt.

Frau Soltan ist aktiv geworden. Ich kann's ihr nicht einmal verdenken."
„Sie haben doch die Frau Ihres Kollegen darauf angesetzt, weiß doch jeder."
„Nur ich nicht, komisch nicht? Und noch etwas. Ich bestehe darauf, wenn die Neonazis geschnappt werden, und das werden sie ja wohl bald, beim Verhör dabei sein zu dürfen und einige Fragen stellen zu können. Es haben sich neue Verdachtsmomente im Mordfall ergeben."
„So? Wieder ein Trick von Ihnen. Welche Verdachtsmomente?"
„Gebe ich Ihnen schriftlich, vorsichtshalber. Das mit dem Verhör, dazu habe ich ein Recht, das wissen Sie, Herr Kriminalrat. Und jetzt entschuldigen Sie mich. Wir haben zu tun."
Ohne Frau Sattler eines Blickes zu würdigen ging er aus dem Zimmer. Uli sah einen zufrieden grinsenden Chef ins Büro kommen. Sie hatte einen wütenden, oder wenigstens ärgerlich gestimmten Hauptkommissar erwartet. Stefan war im Stillen Ann-Katrin dankbar, dass Sie ihm Zeit gelassen hatte, sich auf den Auftritt bei Jörgensen vorzubereiten. Bei den Gedanken an sie, fiel ihm siedendheiß ein, dass er gestern ganz vergessen hatte, Frieder zu besuchen. Er griff zu Telefon, entschuldigte sich bei seinem Freund und Kollegen und schilderte ihm die Dinge, die seit seinem letzten Besuch geschehen waren. Stefan beendete seinen Bericht mit der Ankündigung:
„Ich komme heute am späten Nachmittag vorbei. Ich hoffe, du bist dann in der Lage mit mir einiges zu bedenken."
Dann wollte er Ann-Katrin anrufen. Das Telefon kam ihm zuvor. Am anderen Ende meldete sich Christmann, der Juwelier. Stefan fragte gespannt:

„Haben Sie was für mich, Herr Christmann?"

„Ja, und was Sensationelles, glaube ich. Die Spange ist aufgetaucht, in Frankfurt/Oder. Da wollte bestimmt jemand damit nach Polen oder Russland."
„Namen und Adresse dessen, der die Spange gesehen hat, haben Sie bestimmt. Ist es auch sicher, dass es die gesuchte Spange ist?"
„Die Stelle ist zuverlässig und in unseren Kreisen bekannt. Es ist nur so, die Adresse kann ich Ihnen nicht geben. Der Mann fungiert quasi als Doppelagent, einerseits für die Hehler, andererseits für die Fahnder unserer Branche."
„Was? Ihre Branche hat Fahnder? Wofür denn das?"
„Das ist wie bei den Museen. Irgendwo tauchen gestohlene Sachen auf, die sind aber unverkäuflich auf dem offenen Markt, nur privat. Da verschwinden die dann für immer. Oder die Museen kaufen das Diebesgut zurück. Damit das geschieht, gibt es so Leute, wie den Mann in Frankfurt."
„Hat er Ihnen gesagt, was mit der Spange geschehen ist, oder können Sie das herausfinden?"
„Der sie hatte, hat sie wieder mitgenommen und ist nicht wiedergekommen."
„Kann Ihr Mann den Besitzer der Spange beschreiben?"
„Bestimmt, so Leute haben einen guten Blick für Details."
„Ist vielleicht doch ganz einfach. Ich habe einen Verdacht. Ich maile Ihnen ein Foto. Fragen Sie den Mann in Frankfurt, ob der das ist, wenn nicht, muss ich Sie bitten, uns eine Beschreibung zu besorgen."
„Gut, aber wie ist da mit der Belohnung?"
„Wir haben die Spange ja noch nicht. Aber sie können den Mann für seine Auskünfte und Dienste einen kleinen Vorschuss geben."
„Gut, mach ich. Ich melde mich."

Stefan musste seine Pinwand wieder einmal umgestalten. Ein neuer Name kam hinzu, Holowitz, aber das Tatmotiv Spange und der rote Zettel mit Klotz blieben. Dann bat er

Uli, dem Juwelier das Fahndungsfoto von Holowitz zu mailen. Es konnte nur Stanislaw Holowitz sein, der sich mit der Spange in seine Heimat absetzen wollte.
So war es dann auch. Eine halbe Stunde später rief Christmann wieder an. Der Mittelsmann hatte Stanislaw Holowitz eindeutig und zweifelsfrei als denjenigen identifiziert, der ihm die Spange zum Kauf angeboten hatte. Allerdings wäre Holowitz nicht wieder zur verabredeten Zeit zurückgekommen, um das Angebot für den Kaufpreis entgegenzunehmen. Als Stefan erfuhr, dass Christmann dem Mann in Frankfurt eine Anerkennung in Höhe von 1000 Euro zukommen lassen würde, kamen ihm doch Bedenken wegen seines Einverständnisses für einen kleinen Vorschuss. In den Kreisen gelten sicher andere Maßstäbe, was kleine und große und größere Beträge betraf. Holowitz würde früher oder später gefasst werden, da war sich Stefan ganz sicher. Die Fahndung lief, er würde Polen nicht verlassen können, höchstens in Handschellen Richtung Kassel. Wer so ein exponiertes Stück, wie die Spange, jetzt allgemein als Welfenspange bezeichnet, anbietet, würde irgendwann auffallen. Jetzt sah es wirklich so aus, als ob Holowitz Reinhard Hertinghausen ermordet hatte, zumindest aber am Mord beteiligt gewesen war. Allein hatte er den Toten bestimmt nicht auf die Weidelsburg schaffen können. Vielleicht war ein Kollege, oder möglich wäre auch einer der Neonazis, daran beteiligt. Vielleicht ging es in dem Streit, den Frieder Soltan beobachtet hatte, genau darum. Wichtig wäre zu wissen, ob Holowitz Hertinghausens Wohnung durchsucht hatte und ob Hertinghausen die Spange in der Wohnung versteckt hatte. Dummerweise hatten sie keine Vergleichsabdrücke von Holowitz' Fingern. Oder doch? Ein Anruf bei der Spurensicherung müsste Klarheit schaffen. Stefan ließ sich mit Hartmann verbinden. Auf Stefans Frage antwortete dieser:

„Wir haben sowohl in Holowitz' als auch in Hertinghausens Wohnung Fingerabdrücke genommen. Es gibt zwei Übereinstimmungen, will sagen, dass zwei Personen in beiden Zimmern gewesen sind. Welche von den beiden, oder ob überhaupt eine der beiden zu Holowitz gehören, wissen wir nicht. Von Hertinghausen haben wir bei Holowitz keine Fingerabdrücke gefunden."
„Jeder Mechaniker hat doch in der Werkstatt seinen bestimmten Platz, vermute ich mal. Man müsste in der Werkstatt Klotz noch mal nach Fingerabdrücken suchen. Dann könnte man vergleichen und zuordnen. Können Sie das machen, Herr Hartmann?"
„Gut, Herr Helwich, ich kümmere mich drum. Sie hören morgen am frühen Nachmittag von mir."
„Was macht der Bericht von der Durchsuchung in der Werkstatt und bei Klotz?"
„Morgen, Herr Helwich. Eines kann ich Ihnen aber schon sagen, dass der Fußabdruck, den wir nach dem Überfall auf Kommissar Soltan sicherstellen konnten, nicht zu den mitgenommen Schuhen und Gummistiefeln passt."
Wieder eine Spur weniger. Aber dass einige Arbeiter der Werkstatt Klotz, wenn nicht sogar Klotz selbst, mit dem Mord an Reinhard Hertinghausen zu tun hatten, das stand so gut wie fest. Dafür gab es mehrere Hinweise:

- Die Seile, mit denen der Tote gefesselt wurde stammten aus der Garage von Klotz.
- Die Verschmutzung der Seile war Motorenöl. Das stammte mit sehr hoher Wahrscheinlichkeit aus der Werkstatt.
- Die Knoten mit denen die Fesseln verknotet waren, muss jemand gemacht haben, der was von Knoten versteht, Segler zum Beispiel.

Als Stefan Uli bat seine Überlegungen kritisch zu beurteilen, sagte sie:

„Die ersten beiden Punkte sind stichhaltig, der dritte nicht. Solche Knoten kann jeder kleine Wölfling bei den Pfadfindern und in Holland sowieso jeder."
„Müssen wir jetzt zusätzlich nach einem holländischen Pfadfinder suchen, der sich in Nordhessen rumgetrieben hat? Sollte ein Scherz sein."
„Ich wollte nur sagen", entgegnete Uli Seifert, dass Punkt drei Ihrer Überlegungen nicht gerichtsverwertbar ist."
Recht hatte sie, das wusste Stefan. Es wurde langsam Zeit für den Besuch im Krankenhaus. Stefan wollte gerade einen Wagen bestellen, da meldete sich das Telefon. Es war Jörgensen.
„Da haben Sie noch einmal Glück gehabt", meldete sich dieser. „Drei Neonazis sind am Grenzübergang Kehl - Straßburg festgenommen worden, trotz falscher Nummernschilder. Ich habe darauf bestanden, dass sie, bevor sie nach Wiesbaden überstellt werden, hier in Kassel verhört werden. Ich hoffe für Sie, dass dabei ermittlungsrelevante Ergebnisse rauskommen. Sie erhalten Bescheid, wenn es soweit ist."
„Brauchen wir die denn noch?" fragte Uli, die mitgehört hatte. „Die kommen doch als Mörder nicht mehr in Frage, oder?"
„Die wissen aber bestimmt einiges, was uns weiterhelfen könnte. Ich gehe jetzt Kommissar Soltan besuchen. Ich komme heute nicht mehr ins Büro zurück. Vergleichen Sie doch bitte noch die verschiedenen Berichte der Spurensicherung, der Pathologie und der KTU. Versuchen Sie zusammenhängende Fakten herauszuschreiben und aufzulisten nach Rubriken wie Schuhe, Fingerabdrücke, Seile, Alibis, na, Sie wissen schon, so weit Sie heute kommen. Wir reden morgen mit Frau Paulinski über das, was Sie geschafft haben."
Im Krankenhaus traf Stefan Ann-Katrin bei ihrem Mann. Stefan wollte mit Frieder den Fall durchsprechen und was

sie besprechen wollten, war nicht für andere Ohren bestimmt. Hinaus bitten konnte er Ann-Katrin schlecht. Frieder war nicht im Dienst und sie hatte ihm kürzlich einen Gefallen erwiesen. Prompt kam sie darauf zu sprechen:
„Sag mal, Stefan, wie ist denn die Audienz bei Jörgensen und dem LKA gelaufen?"
„Eins zu null für mich, danke. Übrigens warst du es, die für die Flucht der Neonazis verantwortlich ist. Die sind aber schon geschnappt worden. O.K., was du hier hörst ist noch nicht für die Öffentlichkeit geeignet. Also vergiss mal deinen Beruf, Ann-Katrin."
Nachdem Stefan berichte hatte, herrschte erst einmal Schweigen, dann meinte Frieder Soltan:
„Es ist wohl so, dass Stanislaw Holowitz mit dem Mord zu tun hat. Wenn die Welfenspange das Motiv ist, muss geklärt werden, woher er davon wusste. So viel ich weiß, war das ein großes Geheimnis, das Hertinghausen nur mit seiner Schwester teilte."
„Habt ihr mal überlegt", warf Ann-Katrin ein, „ob Erpressung im Spiel sein könnte?"
„Wer soll wen erpresst haben, und warum?"
„Na, ich dachte nur wegen der ungewöhnlichen Barein- und Auszahlungen auf den verschiedenen Konten."
„Woher weißt du von den Bewegungen auf den Konten?"
Keine Antwort.
„Solange du das für dich behältst, will ich mal nichts sagen."
„Ich speichere alles für den großen Endbericht nach Abschluss des Falles", beruhigte ihn Ann-Katrin.
„Zurück zur Erpressung", meinte Stefan. „Wenn Reinhard Hertinghausen jemanden erpresst hat, weshalb brauchte er dann Geld? Und weshalb wollte er nach Chile? Das macht keinen Sinn."
Frieder gab zu bedenken: „Vielleicht wollte der Erpresste nicht mehr zahlen und hat ihm seinerseits gedroht. Deshalb wollte er weg."

Stefan überlegte laut: „Wenn das so ist, dann musste der Erpresste sicher sein, dass Hertinghausen nicht zur Polizei gehen würde und somit selbst Dreck am Stecken hatte. Nur dafür gibt es keine Anhaltspunkte."
„Vielleicht solltet ihr euch mal um Annegret Hertinghausen kümmern. Wenn die von der Welfenspange wusste, hängt die bestimmt irgendwie mit drin."
„Genug für heute", entschied Stefan. „Wie geht es denn dem Kommissar?"
Für die nächsten Tage war mit einer Entlassung nicht zu rechnen, vielleicht Freitag, und dann würde erst einmal die Rehabilitationsphase beginnen. Stefan hatte es schon befürchtet, dass er es noch weitere drei Monate mit Kommissarin Paulinski aushalten musste. Stefan verabschiedete sich, nicht ohne Ann-Katrin daran zu erinnern, nichts von dem Gehörten in die Zeitung zu bringen.
Stefan fuhr nur zurück ins Präsidium, um sich dort auf sein Fahrrad zu schwingen und nach Hause zu fahren. Im *Dropp Inn* genehmigte er sich ein Hefeweizen. Die Frage des Kneipenwirtes Herbert: „Sie kommen wohl mit dem Mord nicht weiter?" ließ er unbeantwortet. Als Herbert dann noch meinte, dass die bisherigen Ermittlungen ja immerhin zur Aushebung eines Neonazinestes geführt hatten, stürzte er den Rest des Getränkes hinunter, legte das Geld abgezählt auf den Tresen und verließ grußlos die Kneipe. Er konnte gerade noch hören, wie Herbert sagte: „So ist das immer. Wenn er nicht weiterkommt, ist er sauer und wenn er sauer ist, ist er unhöflich."

Der Dienstag bescherte der Mordkommission zwei Resultate, die zu einer größeren Klarheit im Fall Hertinghausen führen sollten und eine Nachricht am folgenden Tag, die den Fall in einem ganz anderen Licht erscheinen lassen würde.

Uli Seifert hatte die Liste nicht mehr fertig stellen können. Helga Paulinski sollte Frau Seifert in der Sache helfen. So gegen 10.00 Uhr erhielt Stefan die Nachricht, dass Lorenzen, Latalla und Albers angekommen seien. Die Kollegen vom LKA und Verfassungsschutz würden jetzt den Lorenzen vernehmen. Stefan sah und hörte sich die Sache erst einmal von außen an. Viel war von Lorenzen nicht zu erfahren. Er nannte seinen Namen, seine Adresse und verlangte seinen Anwalt. Er gab noch zu, dass die Hütte ihr Vereinsheim sei, und dass sie dort vorzugsweise Cotcha-Spiele, also Paintball-Schießen veranstalteten. Auf die Rassistischen CDs angesprochen, meinte er, die müssten schon da gelegen haben, als sie die Hütte gekauft hätten. Im Übrigen würde er Anzeige wegen Brandstiftung gegen den Schnüffler Simmen stellen.
„Der Blödmann muss ne' Kerze umgeschmissen haben und all der Papierkram und die Farben fangen ganz schön schnell Feuer", meinte Lorenzen.
Die Sache mit dem Überfall auf den Schnüffler, hätte dieser sich selbst zuzuschreiben. Sie wollten ihm einen Denkzettel verpassen. Dass der in ihrem Heim Nazipropaganda gesehen haben will, würde der doch nur nachträglich als Rechtfertigung für seinen Einbruch und die Brandstiftung behaupten. Mehr war aus ihm nicht rauszukriegen. Stefan entnahm den Fragen der anderen, dass man bei den Festgenommenen kein verfassungsfeindliches Material gefunden hatte. Stefan bezweifelte, dass alles in der Hütte verbrannt sein sollte. Einiges war bestimmt vorher in Sicherheit gebracht worden. Nicht mein Problem, dachte Stefan.
Bevor Lorenzen abgeführt werden konnte, betrat Stefan den Verhörraum. Gleichzeitig mit ihm betrat Rechtsanwalt Dr. Drewes das Zimmer. Stefan hatte gar nicht bemerkt, dass dieser inzwischen eingetroffen war.

„Herr Dr. Drewes“, begann Stefan, „ich hoffe, Sie haben nichts dagegen, dass ich mich noch einige Minuten mit Ihrem Mandanten beschäftige.“
„Nur zu,“ sagte dieser jovial, „das kann nur zu seiner Entlastung in Ihrem Fall führen. Aber nur Fragen im Mordfall Hertinghausen, wenn ich bitten darf.“
„Mehr will ich auch nicht“, entgegnete Stefan, „aber nun zu Ihnen Herr Lorenzen. Ich bin gekommen, um zwei Sachverhalte zu klären. Erstens, wo waren Sie und Ihre Leute in der Nacht vom Samstag vor acht Tagen auf den Sonntag. Also wo waren Sie.“
„Wir waren alle zusammen in der Hütte, haben Geburtstag gefeiert.“
„Und das können alle beeiden, denke ich mal. Nur das ist nicht viel wert. Waren Sie alle die ganze Zeit zusammen?“
„Kann ich nicht sagen. Bestimmt war jeder mal draußen pinkeln.“
„Und Sie haben mit Ihrem Maschinen nicht mal einen Ausflug auf die Burg gemacht?“
„Nee, ging auch nicht, nicht von der Hütte aus. Der Weg war gesperrt.“
„Gesperrt, weshalb?“
„Baumstämme nicht weggeräumt, Fragen Sie den Förster.“
„Zur zweiten Frage: Was wollten Sie wirklich am Dienstag bei Klotz?“
„Das wissen Sie, der dicke Albers hat's ihnen ja gesteckt.“
„Und wer hat meinen Kollegen Soltan niedergeschlagen?“
Kommissarin Sattler mischte sich ein.
„Herr Helwich, die Frage steht Ihnen nicht zu. Das klären andere Kollegen.“
„Ich will trotzdem antworten“, erwiderte Lorenzen. „Keiner von uns. Keiner von uns hat den Geländewagen abgefackelt und den Polizeiwagen demoliert. Sie sollten mal Klotz und seine Kollegen fragen. Die hatten allen Grund dafür.“
„Welche Gründe?“

„Soll ich die Arbeit der Polizei machen. Ab jetzt ist Sendepause."
Die Vernehmung der anderen beiden erbrachte nicht viel mehr. Vor allen Dingen wollten sie von Nazipropaganda und verstecktem Material nichts wissen. Stefan war das auch egal. Zurück im Büro bat er Uli beim Förster wegen der Sperrung des Weges zur Weidelsburg von der Hasenmühle aus nachzufragen. Wenig später konnte sie die Angaben der Neonazis bestätigen.
„Der Förster meinte, die Waldarbeiter hätten es nicht mehr geschafft, die Stämme wegzuräumen. Es wäre sogar zu Fuß schwierig geworden, auf diesem Weg zur Burg zu kommen."
„Vergessen wir die Nazis. Konzentrieren wir uns auf die Werkstatt und die Leute dort."
Stefan und die beiden Frauen gingen die erstellten Listen durch. Es fehlten nur noch einige wenige Details, um den Verdacht zu erhärten, dass der Mord von Leuten der Werkstatt verübt worden sein musste. Die Erkenntnis, dass sie, eigentlich nur er, in die falsche Richtung ermittelt hatten, stärkte nun gerade nicht sein Selbstbewusstsein. Im Gegenteil, es erlitt einen empfindlichen Knacks. Während sie noch überlegten, was denn das Motiv sein konnte, wenn es nicht die Welfenspange war, kam Hartmann von Spurensicherung herein.
„Die gute Nachricht wollte ich Ihnen persönlich überbringen: Wir haben die Jacke, die bei Holowitz im Mülleimer brannte mit den Fasern, die wir am Fundort der Leiche gesichert haben, vergleichen lassen. Sie sind in der Struktur identisch, obwohl das Labor nicht feststellen konnte, von welcher Stelle der Jacke, die stammen. Die Jacke war ja auch verkohlt."
„Na das ist doch mal was. Kommt nur einige Tage zu spät, aber immerhin", stellte Stefan bedauernd fest.
„Also ist Holowitz der Mörder", meinte Helga Paulinski.

Stefan stellte richtig: „Ob er der Mörder ist, muss erst bewiesen werden. Er war aber dabei, als der Tote auf der Burg festgebunden wurde."
„Was das Blut angeht", fuhr Hartmann fort, „da muss ich Sie enttäuschen. Es stammt eindeutig von einen Wildschwein. Da muss jemand gewildert haben."
Es würde auch so reichen, überlegte Stefan, auch ohne Blut. Hertinghausen hatte ja keine Wunden. Jacke und Reifenspuren würden als Beweise für Holowitz' Beteiligung ausreichen.
„Und noch eins, liebe Kollegen", fuhr Hartmann fort. „Wir haben in der Werkstatt Fingerabdrücke von Werkzeugen genommen. Ein Muster ist identisch mit denen, die wir in der Wohnung Holowitz und in der Wohnung Hertinghausen gefunden haben."
„Prima! Das bedeutet, dass höchstwahrscheinlich Holowitz in der Wohnung Hertinghausen war", freute sich Stefan, „aber was hat er da gewollt? Wo ist die Verbindung?"
Hartmann dämpfte seine Euphorie: „Es war aber noch eine zweite Person in beiden Wohnungen, Sie erinnern sich?"
Was war jetzt zu tun? Holowitz war zur Fahndung ausgeschrieben. Man musste mehr über ihn erfahren. Die Werkstatt Klotz schien im Ganzen eine Schlüsselrolle einzunehmen. Die anderen Mechaniker müssten noch befragt werden. Schön wäre es, wenn ein Baseballschläger dort gefunden würde. Sie würden auch Klotz noch einmal in die Mangel nehmen müssen und zwar hier im Präsidium.
Laut sagte Stefan: „Wie passt die Welfenspange denn nun in dieses Bild?
„Gar nicht", meinte Uli.
Damit hatte sie nur zum Teil Recht. Wenn es Holowitz um die Spange gegangen sein sollte, dann kam er durchaus als Mörder in Frage. Aber dann passte die Verbindung zu den Neonazis da nicht rein.

„Holowitz kann sich nicht ewig verstecken. Wenn der die Spange zeigt, ist er geliefert“, meinte Kommissarin Paulinski.
„Es sei denn, er zeigt sie in Weißrussland oder Russland“, meinte Uli Seifert.
„Dafür braucht er ein Visum. Dabei schnappen die polnischen, litauischen oder tschechischen Kollegen ihn“, stellte Stefan zuversichtlich fest, um fortzufahren mit der Frage:
„Was hat eigentlich die Prüfung der Auftragsbücher und anderer Akten ergeben, die bei Klotz beschlagnahmt wurden?“
„Nichts gehört“, sage Uli entschuldigend, „ich kümmere mich.“
„Wir sollten die Wolfhagener Kollegen bitten, sich doch mal in der Nachbarschaft umzuhören, was sie so über Klotz und die Werkstatt wissen“, schlug Frau Paulinski vor, „in so einer Kleinstadt weiß man mehr von und übereinander, als in der Stadt.“
„Dann veranlassen Sie das. Am besten, Sie machen das mit den Kollegen zusammen und fahren morgen direkt dorthin“, schlug Stefan vor.
Er selbst nahm sich zum wiederholten Mal die Berichte vor, in der Hoffnung einen Hinweis zu finden, der die verschiedenen Enden des Falles verknüpfen würde, nämlich die Neonazis und der Streit mit Klotz, die Spuren, die auf Holowitz als Mörder hinweisen, die Absicht Hertinghausens die Spange zu versetzten und sich nach Chile abzusetzen, die Tatsache, dass es eine Verbindung zwischen den Neonazis und dem Nachtclub der Annegret Hertinghausen gab, der Zwischenfall hinter der Werkstatt, bei dem Soltan verletzt wurde, der Zettel im Mund des Ermordeten und die Art und Weise, wie der Tote angebunden war und warum überhaupt auf der Weidelsburg. Das machte alles keinen Sinn, wenn es nur um den Besitz der Spange ging.

Es war spät geworden. Seine Mitarbeiterinnen hatten das Büro bereits verlassen. Das lange, mehrmalige Lesen der Berichte hatte Stefan doch sehr ermüdet. Er war sich klar darüber, dass sie ohne Holowitz nicht weiterkommen würden. Er rief noch Klotz an und bestellte ihn für 9.00 Uhr „zur Zeugenbefragung“ wie sich Stefan ausdrückte, ins Präsidium.

Klotz kam pünktlich. Stefan informierte ihn, dass nach seinem Angestellten Stanislaw Holowitz wegen Beihilfe zum Mord an Reinhard Hertinghausen international gefahndet wurde. Klotz tat ziemlich überrascht.
„Na so was! Das hätte ich ihm aber nie zugetraut“, war sein Kommentar.
„Er kann es aber nicht alleine getan haben. Mindestens eine weitere Person hat mit ihm den Toten auf die Burg geschafft. Haben Sie eine Ahnung, wer das gewesen sein könnte?“
„Keine Ahnung. Bei den Ausländern weiß man ja nie, was die denken. Keine Ahnung.“
„Haben Sie Holowitz geholfen, den Toten auf die Burg zu schaffen?“
„Ich wieso? Warum sollte ich einem Mörder helfen?“
„Ich brauche die Namen und Adressen Ihrer übrigen Angestellten. Wenn Sie mir die sofort nennen könnten.“
Klotz nannte drei weitere Namen, einen Türken, einen Polen, einen Ukrainer. Die Adressen würde er noch heute faxen, versprach Klotz.
Stefan tat erstaunt. „Sie beschäftigen tatsächlich nur Ausländer, warum das?“
„Einen Deutschen habe, hatte ich ja auch dabei. Die Ausländer sind mehr oder weniger Saisonarbeiter. Gingen die Geschäfte schlecht, gingen die nach Hause, Hertinghausen blieb.“
„Wo sind Ihre Leute jetzt?“ fragte Stefan.

„Im Augenblick ist nur der Türke bei mir. Der Überfall der Skinheads hat mir Kunden verscheucht. Die haben Angst, ihre Autos würden auch demoliert."
Stefan wunderte sich, warum es in einer Autowerkstatt saisonbedingtes Geschäft geben sollte. Er bohrte aber da nicht weiter nach. Es müsste festgestellt werden, wer wann in seine Heimat gefahren war. Außerdem versprach er sich von den Befragungen in Wolfhagen einige wertvolle Hinweise.
„Um was ging es bei dem Streit am Dienstag mit den Skinheads", fragte Stefan unvermittelt.
„Die ärgern sich, dass ich nur Ausländer beschäftige und keinen von denen. Aber mit so Typen will ich nichts zu tun haben."
Als Stefan ihm sagte, dass mit seinem Geländewagen, die Leiche zur Weidelsburg transportiert worden sei, war Klotz gar nicht überrascht.
„Wenn der Stanislaw was mit dem Mord zu tun hat, dann hat er den Wagen benutzt, ist doch klar."
„Und warum wurde er am Dienstag in Brand gesteckt?"
„Das waren die Neonazis."
„Und wenn Stanislaw das selbst gewesen ist, um Spuren zu verwischen?"
„Kann auch sein."
„Aber dann haben nicht die Neonazis meinen Kollegen niedergeschlagen, sondern Ihre Leute und die anderen Autos demoliert, um falsche Spuren zu legen. Ich frage mich nur, warum. Haben Sie eine Ahnung?"
Klotz hatte keine. Er könne sowieso nicht mehr sagen, weil er selbst nicht wusste, was seine Angestellten damit bezwecken wollten, wenn es denn so sei, wie der Kommissar es sehen würde.
Es klopfte. Ulrike Seifert stand in der Türe. Sie hielt Stefan ein Blatt Papier entgegen und sagte: „Entschuldigen Sie die

Störung. Aber ich glaube, Sie sollten das Lesen; Chef, bevor Sie mit der Befragung weitermachen."
Stefan besah sich den Zettel. Er brauchte einige Zeit, um zu verstehen, was da aufgelistet war. Wer immer von den Kollegen diese Liste erstellt hatte, war zu dem Schluss gekommen, dass zu bestimmten Zeiten, mehr Autos in der Werkstatt waren, als man von der Zahl der Stammkunden annehmen würde.
„Herr Klotz, ich habe hier etwas sehr Interessantes", begann Stefan erneut, „Sie scheinen hin und wieder einen regelrechten Run auf Ihre Werkstatt zu erleben. Wie erklären Sie sich das?"
„Von Run kann keine Rede sein. In den Ferien kommen viele Holländer zu mir, die im Waldeckschen Urlaub machen. Meine Werkstatt ist bekannt."
„Wir werden das überprüfen. Ich nehme an, Sie haben die Aufträge alle in Ihren Büchern. Sie können gehen, Herr Klotz. Danke."
Die Erleichterung in dessen Gesicht war nicht zu übersehen. Das machte Stefan stutzig. Hatte er nicht die richtigen Fragen gestellt? Hätte er weitermachen sollen? Aber in welche Richtung? Gut, man konnte Klotz unterstellen, dass er über die Aktivitäten seiner Angestellten im Bilde war und dass er wusste, wer die Wagen demoliert und Kommissar Soltan niedergeschlagen hatte, aber noch lagen dafür keine stichhaltigen Beweise vor. Aber Stefan war sich sicher, dass Klotz was zu verbergen hatte.
Als erstes sollten mal die Kundenlisten überprüft werden. Das konnte Uli erledigen. Stefan selbst war sich nicht schlüssig, welcher Schritt als nächster folgen sollte. Die Entscheidung wurde ihm abgenommen. Sein Bildschirm meldete ihm, dass Post angekommen sei. Interpol meldete ihm, dass Stanislaw Holowitz in Krakow gesichtet worden war und zwar mehrere Male. Nähere Auskünfte könne die

Kriminalpolizei in Krakow erteilen. Die Telefonnummer und die E-Mail-Adresse waren unten in der Mail aufgeführt. Das war eine gute Nachricht. Stefan wollte sofort mit den Kollegen in Krakow sprechen. Aber wie? Deutsch, englisch? Polnisch konnte er nicht. Es käme auf einen Versuch an. Er wählte die angegebene Nummer. Eine Frauenstimme meldete sich am anderen Ende. Was sie sagte, konnte Stefan nicht verstehen. Er nannte seinen Namen und seine Dienststelle. Dann fragte er:
„Sprechen Sie Deutsch? Do you speak English?"
Die Antwort war enttäuschend: „Nix Deutsch, no English." Es folgten einige weitere, für Stefan unverständliche Worte. Stefan wusste nicht weiter, also nannte er nur einen Namen: „Stanislaw Holowitz."
„Ah, Stanislaw Holowitz! nix Helwich?"
„Ich bin Kommissar Helwich. Stanislaw Holowitz in Krakow. Wir suchen ihn."
Schweigen am anderen Ende, dann: „Hallo." Antwort: „Hallo."
Stefan gab auf. Ein Kollege oder eine Kollegin mit polnischen Sprachkenntnissen musste her.
„Uli", rief er zu Frau Seifert hinüber, „kennen Sie jemanden hier im Präsidium, der oder die polnisch spricht?"
„Klar doch, unsere neue Kollegin, Frau Paulinski. Die hat polnische Vorfahren und war auch schon öfter dort."
„Und warum weiß ich das nicht, verehrte Kollegin?"
„Weil Sie sich für sie als Person nicht interessiert haben, nehme ich an, Herr Hauptkommissar."
„Dann zitieren Sie doch Frau Paulinski als Person und unentbehrliche Kollegin schnellstens hierher. Hier zu Ihrer Information." Damit reichte Stefan ihr die ausgedruckte E-Mail.
„Was haben Sie jetzt vor, Chef?" fragte Ulrike Seifert neugierig „Es muss wohl jemand nach Polen, oder?"
„Kommissarin Paulinski, Uli, bitte."

Es dauerte doch noch nahezu fünfundvierzig Minuten bis die Kollegin ins Büro kam. Stefan informierte sie kurz über die neusten Erkenntnisse und bat sie, mit den Behörden in Krakow Kontakt aufzunehmen.
„Und was soll ich denen sagen?"
„Sie sollen Holowitz erst einmal nur beobachten. Wir suchen immer noch ein Motiv. Fragen Sie, was er so treibt, wie lange er schon in Krakow ist. Wenn er das Land verlassen will, sollen die Kollegen dort ihn weiter beschatten. Ich spreche mit Jörgensen."
Als Stefan seinem Chef den Vorschlag machte, jemanden nach Polen zu schicken und zu diesem Zweck die polnischen Kollegen zu bitten, einem Kasseler Kommissar Amtshilfe zu gewähren, tat dieser entsetzt.
„Wie, Sie wollen nach Polen? Glauben Sie denn, die polnische Polizei kann keine Verhaftung vornehmen? Der Mann ist des Mordes verdächtig, also muss er verhaftet und nach Kassel geschafft werden."
„Ich bin sicher, da steckt mehr dahinter. Und was das ist, erfahren wir nur in Polen."
Stefan wollte hinzufügen: „oder in einem der Nachbarländer", konnte es sich aber gerade noch verkneifen. Für Jörgensen würde es ein zusätzliches Argument für eine Ablehnung der Reise sein.
„Können Sie denn Polnisch?"
Aha, dachte Stefan, er wird einsichtig.
„Nein, aber Kommissarin Paulinski spricht Polnisch. Sie könnte die Sache übernehmen."
„Zu unerfahren. Wenn, dann müssen Sie das machen, ein Hauptkommissar, nur das ist angemessen. Ich kümmere mich drum, die sollen Ihnen einen Kollegen zur Seite stellen, der Deutsch spricht. Sorgen Sie dafür, dass Sie so schnell wie möglich dahin kommen."
Zurück im Büro, unterrichtete Stefan seine beiden Mitarbeiterinnen über seine Pläne. Helga Paulinski hatte

nicht viel in Erfahrung bringen können. Holowitz sei am Sonntag in Krakow eingetroffen. Er hätte im Hotel Orbis außerhalb der Altstadt eingecheckt und sich am gleichen Abend noch mit zwei Männern getroffen, die aber höchstwahrscheinlich keine Polen gewesen seien.
„Wieso, kann man den Menschen dort an der Nasenspitze ansehen, ob sie Polen sind."
„Nein, das nicht. Aber die Zivilstreife hat sie beim Rauskommen nach der Uhrzeit gefragt. Das reicht, um festzustellen, ob Polnisch die Muttersprache ist."
„Also, meine Damen. Ich fahre morgen mit dem Zug. Uli, besorgen Sie eine Fahrkarte und eine Platzreservierung und natürlich die Zugverbindungen. Frau Paulinski, Sie halten hier die Stellung. Gehen Sie der Sache mit der Werkstatt in Wolfhagen auf den Grund. Was haben Sie übrigens bis jetzt erfahren?"
„Na ja, die Nachbarn reden halt viel. Sie meinen, der Klotz sei etwas eigen, und dass er eine Vorliebe für große und teure Autos hat. Wenn das seine Kunden wüssten, wie viel der mit ihren Autos Probefahrten durch die Gegend machte, würden sie sicher kein zweites Mal zu ihm kommen."
„Die Kunden dieser Autos müssen ausfindig gemacht werden. Aber das ist Ihnen ja sowieso klar. Sobald ich in Krakow eingetroffen bin, melde ich mich. Und jetzt muss ich mich um die Vorbereitung kümmern."
„Warten Sie Chef", forderte Uli ihn auf, „ich hab's gleich."
„Was haben Sie?"
„Na, ihre Zugverbindung und die Fahrkarten. Online, geht heute alles ganz einfach." Es dauerte einige Minuten, dann fuhr sie fort:
„Früh raus, spät dort, einmal umsteigen in Berlin. Die einzige Möglichkeit ist sechs Uhr dreiundvierzig ab Wilhelmshöhe. Dann sind sie um viertel nach sieben abends in Krakow. Soll ich buchen?"

„Ja, aber mit Platzreservierung, Nichtraucher und erster Klasse."
„Glauben Sie das kriegen Sie genehmigt?"
„Zur Not zahle ich den Aufpreis selber. Für mehr als zwölf Stunden Fahrt will ich's bequem haben. Sorgen Sie bitte dafür, dass die polnischen Kollegen erfahren, wann ich ankomme."
Stefan bat, dass man die Fahrkarten an der Pforte hinterlegen sollte. Er würde sie noch im Laufe des Abends abholen. Dann bestellte er einen Wagen, der ihn am nächsten Morgen rechtzeitig zum Bahnhof fahren sollte.

9

Zwölf Stunden im Zug, Kommissar Helwich hatte sich nicht vorstellen können, dass die so lang werden sollten, trotz der bequemen Sitze. Stefan überlegte, dass er in derselben Zeit von Frankfurt bis Los Angeles hätte fliegen können. Er hatte sich natürlich Lesestoff mitgenommen. Der Fall, an dem er arbeitete und der ihm diese Reise bescherte, ließ es jedoch nicht zu, dass er sich länger als eine Stunde auf das Lesen konzentrieren konnte. Was wollte er in Krakow eigentlich. Holowitz war gefunden. Die Polnische Polizei brauchte nur den internationalen Haftbefehl umzusetzen und der mutmaßliche Mörder würde über kurz oder lang in Kassel sein. Stefan hatte aber den begründeten Verdacht, dass der Mord an Hertinghausen nur die Folge oder ein Puzzleteil in einer weitaus größeren Sache war. Und was das für eine Sache war, das musste herausgefunden werden. Vielleicht würde ja auch die Welfenspange in diesem Zusammenhang auftauchen. Stefan war ernsthaft entschlossen, die dann mit nach Kassel zu nehmen. Was tat sich in Krakow? Wieso tauchte Holowitz gerade in dieser von Touristen wimmelnden Stadt auf? Gaben Touristen vielleicht eine gute Tarnung ab für Geschäfte, die in einer Stadt, in der Fremde auffallen würden, nicht getätigt werden konnten? Das war sehr wahrscheinlich. Stefan hoffte in Krakow von den Kollegen mehr über Holowitz Verbindungen und Herkunft zu erfahren. Kurz vor Breslau begab sich Stefan in den Speisewagen. Mit Lesen, Nachdenken und kurzen Wanderungen durch den Zug verging die Zeit, zwar recht zäh, aber sie verging. Als der Zug kurz nach 19.15 Uhr in Krakow einlief, fiel ihm ein, dass gar kein Erkennungszeichen ausgemacht worden war und falls er nicht abgeholt wurde, er nicht wusste, welches Hotel für ihn reserviert war. Seine Sorge war unbegründet. Kaum war er dem Zug entstiegen, hörte er eine Lautsprecheransage im

harten Deutsch. Kommissar Helwich sollte sich im Büro des Bahnhofvorstandes melden. Kommissar Zilinski, ein schlanker, drahtiger Vierziger, so vermutete Stefan, in einem dunkelgrauen Zweireiher mit roter Krawatte, stellte sich ihm als der zuständige Polizist für die Observierung von Holowitz vor. Einen Dolmetscher brauchten sie nicht. Zilinski sprach hervorragend Deutsch. Man hatte dem deutschen Hauptkommissar ein Zimmer im Zwei-Sterne Hotel Europejski in der Nähe des Bahnhofs reserviert. Er war sich sicher, dass Jörgensen selbst aus Sparsamkeitsgründen für eine preisgünstige Reservierung gesorgt hatte. Die beiden Polizisten verabredeten sich zu einem gemeinsamen Abendessen in einem Lokal in der Altstadt. Es wäre eine gute Gelegenheit sich kennen zu lernen und die polnische Polizei über die Hintergründe zu informieren, die dazu geführt hatten, dass Holowitz zur Fahndung ausgeschrieben wurde, meinte Zilinski.
Das Lokal lag zwischen dem Markt und dem Florianska Tor, einen Block von der Marienkirche entfernt. Es war recht geschmackvoll eingerichtet, auf Alt-Polnisch, wie Stefan vermutete. Die Speisekarte war keine Offenbarung. Sie unterschied sich nicht wesentlich von den vielen in anderen Touristenstädten Europas. Er war ja auch nicht hierher gekommen, um kulinarische Erfahrungen zu sammeln, sondern zu erfahren, was Holowitz vorhatte. Stefan war lange genug unterwegs gewesen. Jetzt hatte er Hunger, da war ihm ein Sauerbraten mit Kartoffelklößen und Rotkraut schon recht.
„Herr Helwich“, meldete sich Zilinski, „ Sie müssen unbedingt die Gemüsesuppe mit Rotte Beete vorher probieren, das ist das einzig echt polnische hier im Lokal. Die ist anders als die bekannte Borschtsch, die man in Russland kennt.“
Auch Zilinski bestellte eine Suppe. Stefan fand nach den ersten beiden Löffeln, dass sie zu fettig und durch das

Gemüse ein wenig zu süßlich schmeckte. Als er aber noch nicht ganz die Hälfte ausgelöffelt hatte, war er froh, dass das zweite Bier kam, so sehr brannte inzwischen seine Zunge.
„Was ist denn da drin?“ wollte Stefan wissen, „ist ja schärfer als ich zuerst dachte.“
„Geheimnis vom Koch hier“, war die Antwort, „fördert den Bierumsatz.“
Dann war es Zeit an den Grund ihres Zusammenseins zu denken. Stefan informierte Zilinski über den Mord an Hertinghausen und über den Stand der Ermittlungen, ohne die Neonazis zu erwähnen.
„Da Holowitz von Interpol gesucht wird, können wir ihn verhaften. Die Überstellung nach Kassel dürfte dann kein Problem sein, auch wenn es etwas dauern würde“, meinte Zilinski.
„Wir vermuten mehr dahinter“, antwortete Stefan. „Uns ist das Motiv noch nicht klar. Gibt es irgendwelche Erkenntnisse über die Spange?“
„Welche Spange?“ tat Zilinski erstaunt.
Ich werde langsam alt, dachte Stefan. Er hatte in seinem Bericht, die Spange nicht erwähnt und die Internetseiten der deutschen Antiquitätenhändler würde die polnische Polizei sicher nicht lesen, aber vielleicht doch die polnischen Antiquitätenhändler. Stefan holte nach, was er versäumt hatte und schlug dann vor:
„Sie können sich die Welfenspange im Internet ansehen. Ich vermute mal, dass es auch in Polen dafür Interessenten gibt.“
„Gut, und weiter?“
„Es geht eigentlich um zwei Dinge. Erstens, wir suchen die Spange und zweitens wollen wir wissen, welch Geschäfte Holowitz betreibt.“
„Also weiter beobachten, wenn ich das recht verstehe, Herr Helwich. Das gestaltet sich etwas schwierig. Holowitz hat sich in einem Hotel auf der anderen Seite der Stadt

einquartiert. Und das Hotel liegt an einer Ausfallstrasse. Stehende Autos fallen da auf. Ich zeig's Ihnen morgen früh. Wir haben einen unserer Leute in die Rezeption eingeschleust. Wir wissen somit, wann er das Hotel verlässt, und dann folgt ihm jemand."
„Holowitz darf mich auf keinen Fall sehen. Er kennt mich."
„Sie werden ihn ja auch nicht beschatten. Das machen unsere Leute. Machen wir noch einen Bummel durch die Altstadt, Herr Helwich?"
Die Altstadt von Krakow ist ein überschaubares Areal, wenn man die Wawel, die Burg nicht einbezieht. Stefan war beeindruckt von der Fülle alter und interessanter Bauten auf so engem Raum, von dem herrlichen Ensemble der Häuser rund um den Marktplatz und natürlich von dem Platz mit der Tucherhalle, der St. Albert Kirche und dem Stadtturm. Leider war die Tucherhalle bereits geschlossen. Die anzusehen konnte nachgeholt werden. Auf Umwegen gelangte Stefan in Zilinskis Begleitung vorbei an der Heilig Kreuz Kirche zurück in sein Hotel.
Als der Hotelservice Stefan um 7.30 Uhr, wie bestellt, weckte, war er erstaunt, dass er trotz der neuen Eindrücke tief und fest durchgeschlafen hatte. Das Frühstück war eher bescheiden, Continental Breakfast nannte man das wohl.
Kurz vor neun kam Zilinski. Gemeinsam gingen sie zum Polizeirevier. In Zilinskis Büro waren bereits zwei weitere Personen anwesend. Stefan erfuhr, dass dies die beiden waren, die in der Nacht vor dem Hotel Orbis Wache geschoben hatten. Sie sahen etwas übermüdet aus. Sie berichteten, dass Holowitz in der Hotelbar um 22.45 Uhr mit einem Mann zusammengetroffen sei, mit dem er ein halbstündiges Gespräch geführt hatte. Um was es ging, konnten die beiden nicht sagen. Ihr Tisch, an dem sie sich einen Drink bestellt hatten war zu weit entfernt gewesen. Sie hätten aber beobachtet, dass Holowitz dem anderen einen dickeren Umschlag überreicht hatte, bevor sie sich

verabschiedet hatten. Ob sie den anderen Mann gekannt hätten, wollte Stefan wissen. Er sei ihnen unbekannt, aber die hätten ein Foto von den beiden in der Hotelbar mit der hochempfindlichen Digitalkamera gemacht. Mit ein bisschen Bearbeitung im Labor würde man das Gesicht des Mannes erkennbar machen können.

„Das geben wir dann in die Suchmaschine", meinte Zilinski, „Wenn der in Polen aktenkundig ist, können wir ihn identifizieren."

„Und wenn er keine Pole ist", fragte Stefan, „was dann?"

„Dann geben wir sein Bild an die Grenzpolizei und den Zoll, dann können wir ihn als Zeugen befragen, bevor er Polen verlässt. Wir werden in jedem Fall herausfinden, wer das ist." Stefan wollte wissen, was man bei der Krakower Polizei über Holowitz wusste.

„Nicht viel", war die Antwort, „Wir haben uns erkundigt. Holowitz ist Pole seit mindestens drei Generationen. Er wohnt alleine in einem Dorf im Süden, in der Gegend des Dreiländerecks. Seine Eltern sind beide Juden, demnach ist er es auch, aber er gehört keiner Synagoge an. Seine Großeltern sind von der Gestapo oder der SS in Deutschland ermordet worden. Weiter ist bekannt, dass er mehrere Male im Jahr mit drei, manchmal auch vier alten Autos nach Deutschland in Ihre Stadt fährt, Herr Helwich."

Diese Information wirkte elektrisierend auf Stefan. Sein erster Impuls war, spontan mit Vermutungen darauf zu reagieren. Die Worte konnte er zwar zurückhalten, jedoch nicht seine körperliche Reaktion, die sich im nervösen Fingerspiel äußerte und ihn kurz aufstehen ließ.

„Ist Ihnen was eingefallen, Herr Helwich?" fragte daraufhin Zilinski sofort.

„Nein, nicht. Ich habe nur zu lange gesessen. Ich muss zwischendurch aufstehen." Zum Zeichen der Notwendigkeit ging Stefan ein paar Schritte im Zimmer auf und ab. Ihm war die Bedeutung der soeben gehörten

Information sehr wohl bewusst. Wenn Holowitz der Enkel ermordeter Juden war, dann gab der Zettel im Mund des Ermordeten Hertinghausen einen Sinn. Das zweite, was Stefan interessant erschien, war der Umstand, dass Holowitz mit alten Autos nach Deutschland fuhr. In der Regel kaufen doch Polen alte Autos in Deutschland auf und bringen sie nach Polen, um daraus Fahrzeuge zu basteln, die sie für gutes Geld verkaufen. Zilinski schien Stefans Gedanken zu erraten.

„Das interessante an den Fahrten nach Deutschland ist, dass alte Autos von Polen nach Deutschland gefahren werden, nicht wahr, Herr Helwich? Und noch interessanter erscheint es uns, dass immer zwei bis drei junge Frauen aus der Ukraine mitfahren, mit gültigem Visum, für die EU versteht sich."

„Schon, Holowitz arbeitet in der Nähe von Kassel in einer Autowerkstatt. Ich versteh's auch nicht. Schrottautos bekommt man in Deutschland beinahe geschenkt. Was soll das? Ich kann mir keinen Reim darauf machen. Das müssen wir nachprüfen. Und das mit den Frauen natürlich auch."

„Alte Autos auszuführen ist nicht strafbar", entgegnete Zilinski, „und wenn sie repariert zurückkommen oder als Ersatzteillager in Deutschland dienen, dann geht uns das nichts an. Wir haben nur auf Grund des Mordverdachts Erkundigungen eingezogen."

Das Telefon meldete sich. Als Zilinski den Hörer zurücklegte, wandte er sich Stefan zu und sagte:

„Das waren die Kollegen in der Lobby des Hotels Orbis. Holowitz hat gerade das Hotel verlassen. Sie folgen ihm", um unvermittelt zu fragen: „Fliegen Sie heute noch zurück?"

Stefan traf diese Frage wie ein Faustschlag. Man wollte ihn wieder loswerden. Man hatte sich ausgetauscht, das war's! Die polnischen Kollegen warteten eigentlich nur auf die Vollstreckung des internationalen Haftbefehls, dann war für sie die Sache erledigt. Natürlich wollte Stefan nicht schon

wieder zurück nach Kassel. Er wollte mehr erfahren. Da waren noch viele Fragen offen, die eigentlich nur in Polen beantwortet werden konnten. Wo war die Welfenspange geblieben? Was hatte es mit den Schrottautos auf sich? Wenn Holowitz der Mörder war, was war dann sein Motiv? Stefan musste unbedingt noch ein paar Tage in Polen bleiben. Deshalb antwortete ganz unbefangen:
„Nein, ich war noch nie in Krakow. Und wenn ich schon mal hier bin, will ich mir auch einiges ansehen. Ich habe noch einige Überstunden abzufeiern, das passt ganz gut. Dienstlich haben wir ja wohl alles besprochen, denke ich."
„Richtig. Holowitz läuft uns nicht weg. Ich kann Ihnen eine fachkundige Begleitung für die nächsten beiden Tage besorgen, dann haben Sie mehr von Ihren Aufenthalt in unserer schönen und historisch interessanten Stadt."
Die Kerle wollen sicher gehen, dass ich mich nicht selbstständig mache, dachte Stefan. Aber wie sollte er, der polnischen Sprache nicht mächtig, Erkundigungen einziehen. Das war so gut wie unmöglich. Es war das erste Mal, dass er wünschte, Helga Paulinski wäre in seiner Nähe. Sollte er sie vielleicht bitten, seine Stelle hier einzunehmen? Das dürfte aber nur auf inoffizieller Basis möglich sein. Stefan nahm sich vor, noch bevor Kommissarin Paulinski Feierabend machte, mit ihr darüber zu reden. Er selbst würde für den morgigen Vormittag das Angebot Zilinskis annehmen. Besser mit offenen Karten spielen, dachte Stefan und so entgegnete er: „Herzlichen Dank Kommissar Zilinski. Ihr Angebot ist verlockend. Für morgen Vormittag nehme ich es gerne in Anspruch." Diese Antwort zauberte ein zufriedenes Lächeln auf Zilinskis Gesicht, das aber nicht zu übersehendem Unmut wich, als Stefan fortfuhr: „Der Vollstreckung des Haftbefehls wird noch etwas auf sich warten lassen. Mit der Festnahme ist es aber nicht getan. Mord ist die eine Sache. Ich meine, Sie sollten Ihre Ermittlungen seine mysteriösen Verbindungen und

Geschäfte ausdehnen und die Transporte mit einbeziehen. Und ich möchte gerne als Beobachter dabei sein."
„Wir ermitteln natürlich weiter", entgegnete Zilinski, „aber das ist eine rein polnische Angelegenheit."
„Darüber bin ich mir völlig im Klaren. Ich will auch nur in der Nähe sein, wenn Sie wichtige Erkenntnisse erlangen. Ich meinerseits kann mit meiner Dienststelle in Kassel Verbindung aufnehmen und sie über deren Ermittlungen auf dem Laufenden halten. Ich werde mich ganz und gar im Hintergrund halten."
„Ich werde mit meinem Chef sprechen. Ich rufe Sie morgen früh im Hotel an. Auf Wiedersehen, Herr Helwich."
Stefan ging zurück ins Hotel und führte ein ausführliches Gespräch mit Kriminalrat Jörgensen, in dem er diesem von weitergehenden Verdachtsmomenten berichtete, die auf internationale Schieberbanden hindeuteten und eine Verbindung Wolfhagen - Krakow nahe legten, kurz, dass seine Anwesenheit hier dringend erforderlich sei. Er möge doch mit seinem Kollegen in Krakow darüber reden. Das zweite Gespräch führte Stefan mit Kommissarin Paulinski. Er bat sie nicht, seine Stelle in Polen einzunehmen, sondern in ihre Ermittlungen den Transfer alter Autos von Polen nach Deutschland einzubeziehen.
„Finden Sie raus, wohin die Autos kommen und was damit geschieht, wer sie steuert, und was es mit den ukrainischen Frauen auf sich hat."
„Wo Sie's erwähnen, Herr Helwich", antwortete sie. „Die Leute in der Nachbarschaft der Werkstatt sagen, dass Klotz und seine Mechaniker ausgesprochene Liebhaber schneller und vornehmer Autos seinen. Von Schrottlauben war aber nicht die Rede."
„Bleiben Sie dran. Ich melde mich morgen wieder um die gleiche Zeit."
Nach einer im Stehen eingenommenen Mahlzeit in einem Schnellimbiss in der Nähe seines Hotels, begab sich Stefan

auf einen Stadtbummel. Er wollte sich in aller Ruhe in der Tucherhalle umsehen. Morgen würde er mit dem Stadtführer sicher auch dadurch gehen, aber um sich in Ruhe dort umzusehen, dafür würde bestimmt keine Zeit sein. Stefan war beeindruckt von der Fülle des Angebots und dem Gedränge im Mittelgang, an dem rechts und links die Verkaufstände aufgereiht waren. Die Zeiten, in denen hier ausschließlich Textilien verkauft wurden, waren längst Geschichte. Hier gab es alles, was das Touristenherz begehrt. Es gab auch noch Stoffe im Angebot, aber auffällig war die Vielzahl an Läden, die Bernstein in allen möglichen Formen, als Rohbernstein, als Schmuck, oft mit interessanten Einschlüssen oder als Tierfiguren anboten. Bernstein aus Krakow, ein bisschen weit weg von der Ostsee, dachte Stefan, und ich weiß keinen, dem oder der ich damit eine Freude machen könnte. In einem Kaffe am Rande des Marktes bestellte er einen Kaffee. Wann hatte er das letzte Mal die Muße, sich in oder vor ein Kaffee zu setzten und Leute zu beobachten? Stefan konnte sich nicht erinnern. Nur so ganz vollkommen war seine Muße nicht. Er war hier, um seinen Fall voranzubringen, und er musste äußerst diplomatisch vorgehen, um einerseits den polnischen Kollegen keinen Anlass zu geben, ihn kaltzustellen, auf der anderen Seite aber doch zu erfahren, was er erfahren musste, um in seinem Fall weiterzukommen. Erst mal Zilinskis Antwort morgen früh abwarten. Es wäre auch bestimmt nützlich, noch vorher das Hotel zu kennen in dem Holowitz wohnt.
Plötzlich hallte ein uriger Ton über den Marktplatz, der Stefan aus seinen Gedanken riss. Der kam von einem der ungleichen Türme der Marienbasilika. Er hatte sich schon gewundert, dass die sonst so umher gehetzten Touristengruppen seit einigen Minuten wartend auf dem Marktplatz herumstranden. Sie hatten bestimmt auf dieses Signal gewartet. Stefan hätte gerne die Bedeutung dieses

urtümlichen Hornsignals gewusst. Er wollte seinen Fremdenführer morgen danach fragen. Stefans Interesse war geweckt. Wenn er schon einmal hier war, dann konnte er auch mal einen Blick in die Kirche werfen. Ein wenig Zeit hatte er noch. Er war überrascht, dass er dafür Eintritt zahlen musste. Den Touristenströmen nach zu urteilen, die in die Kirche geschleust wurden, musste sich der Besuch, trotz des Eintritts wohl lohnen. Stefan war überrascht, wie dunkel es in der Kirche war, abgesehen von zwei Scheinwerfern, die den Hochaltar anstrahlten. Dorthin drängten die Besucherströme. Stefan folgte dem Strom. Aus Wortfetzen der Touristenführer konnte er entnehmen, dass dieser gotische Altar von dem berühmten Wit Stwosz, dem polnischen Riemenschneider, stammte. Stefan gelang es, sich bis zur Absperrung vorzuarbeiten, um Details besser erkennen zu können. Die vielen Details des Hauptbildes und der sechs Flügelbilder verwirrten ihn. Die vielen, ihm weithin nicht bekannten Figuren gestatteten es ihm nicht, seinen Blick länger auf einer Darstellung verweilen zu lassen und deren Bedeutung zu erkennen. Das Stimmengewirr der Touristenführer drang wie das Summen eines Bienenschwarmes an sein Ohr. Keine Konzentration möglich! Stefan vermutete, dass der Hochaltar die Menschen der damaligen Zeit zu andächtigem Betrachten und Bedenken der dargestellten Szenen anregen sollte. Ob das ohne erklärende Hinweise möglich gewesen war? Dann müssten die Menschen erheblich mehr Kenntnis von biblischen Geschichten und Symbolen gehabt haben, als das heute der Fall ist. Trotz des Trubels um ihn herum, schaffte es Stefan seinen Blick länger auf dem rechten oberen Flügelbild verweilen zu lassen. Das war übersichtlicher. Eine im Lichtglanz dargestellte Figur saß auf einem Sarkophag, so vermutete Stefan, und vier kleine, bewaffnete, aber schlafende Gestalten gruppierten sich darum. Seine Vermutung, dass es sich dabei um den auferstandenen

Christus handelte, wurde ihm durch die Erklärungen um ihn herum bestätigt. Er dachte gerade über die Ironie dieser Darstellung nach, die deutlich zu machen schien, dass die, die auf den gekreuzigten und begrabenen Jesus aufpassen sollten, die ihn für erledigt hielten, das Wichtigste nun verschlafen hatten. Ob sich daran was geändert hat? Stefan wurde jäh aus seinen Gedanken gerissen, als er unsanft von einem in Boxershorts und T-Shirt bekleideten und beleibten Touristen auf Seite gedrängt wurde. Der betrachtete das Kunstwerk ausschließlich über das Display seiner Kamera. Stefan hatte genug von dem Rummel. Befreit trat er hinaus in das Licht des Tages. „Seltsam", dachte er, „eigentlich sollte ja da drinnen das Licht der Freiheit leuchten."
In der Touristinformation an der Nordseite des Marktes holte Stefan sich einen Übersichtsplan. Die al. Puszkina, an der das Hotel Orbis lag, war schnell gefunden und sicher in 20 Minuten zu Fuß zu erreichen. Stefan hoffte nur, dass keiner der Polizisten Dienst dort hatte, die er bereits kennen gelernt hatte. Die Wahrscheinlichkeit, dass das der Fall sein würde, war sehr gering. Holowitz durfte ihn auf kein Fall sehen. Stefan kaufte sich eine Schirmmütze mit einem besonders großem Schirm, auf dem deutlich zu lesen war, in welcher Stadt die Mütze gekauft wurde, aber sie würde ihren Zweck, sein Gesicht im Bedarfsfall zu verdecken, erfüllen. Nachdem er den äußeren Ring überquert hatte, stand Stefan unmittelbar vor dem Hotel. Zilinski hatte Recht, der Hoteleingang ließ sich nur schwer unauffällig observieren. Dem Hotel gegenüber gab es ein kleines Museum polnischer Kunst, von dem aus er das Hotel beobachten konnte. Ob ihm das helfen würde, musste sich erst noch herausstellen, denn während der Öffnungszeiten der Museen hielt man sich gewöhnlich nicht im Hotel auf, egal, ob man Geschäfte zu erledigen hatte oder als Tourist die Stadt erkunden wollte. Jetzt war das Museum bereits geschlossen. Deshalb überlegte Stefan, ob er sich der

Hotelbar einen Drink genehmigen sollte, auch wenn das Risiko, von Holowitz entdeckt zu werden, vorhanden war. Kurzerhand entschloss er sich dazu. Es war schlichtweg unmöglich, ohne den Übergang an der Fußgängerampel zu nutzen, auf die andere Straßenseite zu gelangen. Zu diesem Zweck musste Stefan ein paar Meter zurückgehen, also dem Hotel den Rücken zukehren. Deshalb konnte er nicht bemerken, dass in diesem Augenblick Holowitz und ein weiterer Mann das Hotel verließen und in einen Wagen stiegen, der vor dem Hoteleingang vorgefahren war. Erst als die Ampel die stadteinwärts fahrenden Autos stoppte, um den Fußgängern eine Chance zu geben, die Fahrbahn zu überqueren und Stefan, wie es seine Art war, die Umgebung und die Menschen um ihn herum beobachtete und einen Blick auf die Insassen des Autos warf, entdeckte er Holowitz auf dem Sitz hinter dem Fahrer. Holowitz beugte sich in diesem Augenblick glücklicherweise zu seinem Nachbarn hinüber, sodass dieser Stefan nicht sehen konnte. 50 Meter stadtauswärts wendete ein Auto und setzte sich hinter den Wagen, in dem Holowitz saß. Die Polizei, vermutete Stefan. Er entschied sich, neben einem sehr korpulenten Herrn die Straße zu überqueren, der ihn mit seiner Körperfülle vor Holowitz Blicken abdeckte. Jetzt war die Gelegenheit günstig, sich das Hotel anzusehen und vielleicht die Zimmernummer von Holowitz Zimmer zu erfahren. Stefan versuchte es an der Rezeption mit Englisch:
„I am looking for Mister Holowitz. Could you please tell me, whether he is in his room?“
Stefan hatte Glück. "Just a moment, Sir", war die Antwort.
Stefan sah, wie die angesprochene Dame auf ihrem Bildschirm die Zimmernummer ermittelte und dann mit dem Finger entlang der Schlüsselfächer fuhr. Als sie bei Nummer 316 angelangt war, kam die bedauernde Antwort:
„Sorry, Sir, Mister Hollowitz is not in his room. Do you want to leave a message for him?"

Das wollte Stefan nun doch nicht. Er bedanke sich und begab sich in die Lobby, wo er einen Tisch wählte, von dem aus er den Eingang und die Rezeption im Auge behalten konnte. Was Stefan damit bezwecken wollte, wusste er selbst nicht zu sagen. Unerkannt in Holowitz Zimmer zu gelangen, war nahezu unmöglich. Und wenn, was wollte er da? Konnte Holowitz so unvorsichtig sein, belastendes Material im Zimmer zu lassen? Wohl kaum. Und wenn doch? Stefan freundete sich mehr und mehr mit dem Gedanken an, doch nach oben zu fahren und zu sehen, was sich daraus entwickeln könnte. Fünfzehn Minuten gab er sich noch. Dann nahm er den Aufzug. Ein Hinweisschild zeigte an, dass es zu Zimmer 316 nach links ging. Stefan ging zuerst nach rechts. Keine Menschenseele war auf dem Gang zu sehen. Er wandte sich um in die Richtung Zimmer 316. Ein Klingelzeichen des Aufzugs sagte ihm an, dass dieser wieder im dritten Stock angekommen war. Ihm entstieg nur ein Mann. Stefan wollte auf keinen Fall, dass der andere sein Gesicht sah, deshalb wandte sich wieder den hinteren Zimmern im rechten Gang zu. Der andere aber musste wohl nach links gegangen sein. Stefan sah sich vorsichtig um. Er sah, wie der andere vor einem Zimmer rechts im Gang stehen blieb, einen Schlüssel aus der Tasche nahm und in Stefans Richtung blickte. Dieser nahm seinen Hotelschlüssel und machte sich an dem Schloss der Türe zu schaffen, vor der er gerade stand. Als er aufsah, war der andere schon im Zimmer verschwunden. Stefan hatte nicht die Zeit gehabt, die Türen zu zählen, die zwischen 304 und der Türe waren, in der der Fremde verschwunden war, deshalb war er doch mehr als überrascht, zu entdecken, dass der andere im Zimmer 316 verschwunden war. Holowitz war es nicht gewesen, darin war sich Stefan absolut sicher. Als er die angelehnte Türe sah, vergaß er, dass er in Krakow war, hier keinerlei polizeiliche Befugnis hatte, sich nicht in der Landessprache verständigen konnte und sich mächtig viel Ärger einhandeln würde, wenn er jetzt da hineinging. Aber die Sache mit Holowitz war sein Fall und er hatte das Gefühl, der Lösung hier ganz nahe zu sein. Der Hautkommissar witterte eine Spur, also musste er ihr folgen. Er wollte ja nur beobachten. Die Beobachtungsphase entpuppte sich jedoch als eine sehr kurze. Stefan drückte mit dem Fuß die Türe soweit auf, dass er gerade so durchschlüpfen konnte. Er befand sich in einem kleinen Vorraum, einer Art Garderobe. Sie war leer, links die Türe zum Bad, vermutlich. Die war geschlossen. Um ins Zimmer sehen zu können, musste er etwas weiter in den Raum gehen. Was er sah, war ein gewöhnliches Zimmer mit Doppelbett. Stefan sah niemanden. Die Balkontüre gegenüber war geöffnet, die Vorhänge zurückgezogen. Warum Stefan nicht umgehend den Raum verlassen hatte, sondern mit zwei weiteren Schritten in das Zimmer trat, wusste er später nicht zu sagen. Sobald Stefan das ganze Zimmer überblicken konnte, sah er den Fremden links und er sah auch, dass dieser mit der linken Hand eine Pistole auf seinen Kopf richtete. Stefan hörte den anderen etwas sagen, was wohl „Hände hoch" heißen sollte. Dabei machte dieser eine entsprechende Bewegung mit der Pistole. Das war sein Fehler. Stefans Bewegungen liefen automatisch ab, unzählige Male im Training geübt, den Überraschungseffekt ausnutzend. Als der Andere die Bewegung von unten nach oben mit der Pistole wiederholte, hob Stefan blitzschnell die Arme, den rechten schlug er gegen das linke Handgelenk des Gegners. Dessen Hand krachte an die Schrankkante, mit der linken Hand stieß er kräftig gegen das Brustbein und mit dem linken Fuß trat er schwungvoll seitwärts gegen den Unterschenkel des Mannes. Ein Schuss löste sich. Der ging in die Decke. Der andere verlor sein Gleichgewicht, taumelte nach hinten und fiel mit dem Hinterkopf auf die Bettkante, verlor die Pistole, rappelte sich doch wieder auf, bevor Stefan ihm die Arme auf den Rücken drehen konnte. Als

Stefan sich nach der Pistole bückte, erhielt er einen Fußtritt ins Gesicht. Stefan hatte noch die Geistesgegenwart, die Pistole unter das Bett zu stoßen. Bevor er das Bewusstsein verlor, konnte er noch schemenhaft wahrnehmen, dass zwei weitere Gestalten in Schwarz das Zimmer betraten.
Stefan hatte erhebliche Schwierigkeiten, sich zu orientieren als er mit Mühe die Augen aufschlug. Er sah eine weiße Decke. Er lag zwar bequem, hatte aber fürchterliche Kopfschmerzen. Er lag auf einem Bett. Es war nicht sein Zimmer. Es war kein Krankenhauszimmer. Es war ein Zimmer, in dem Menschen umher gingen. Einer davon beuget sich über Stefan.
„Kommissar Zilinski", brachte Stefan mühsam hervor.
„Herr Helwich", kam die Antwort, „da haben Sie sich aber in Schwierigkeiten gebracht. Was wollten Sie hier?"
Stefan antwortete nicht. Zilinski fuhr fort:
„Sie brauchen nicht zu antworten. Ich weiß es, Sie wollten uns helfen vermutlich. In gewisser Weise haben Sie das dummerweise auch getan."
Stefan schaffte es, sich auf die Bettkante zu setzen. Der Schmerz im Kopf wurde schlimmer. Der strahlte von der Nasenwurzel aus. Vorsichtig betastete er die schmerzhafte Stelle. Dabei hörte er Zilinskis Kommentar:
„Ihre Nase ist zu Bruch gegangen, Herr Helwich. Ein Arzt kommt gleich."
Stefan sah sich um. Außer Zilinski befanden sich noch drei Männer im Zimmer. Einen erkannte er als einen der Beschatter und die anderen beiden in weißen Overalls mussten von der Spurensicherung sein.
„Kommissar Zilinski", begann Stefan, „ich weiß, dass ich Mist gemacht habe, aber können Sie mir erklären, was hier abgelaufen ist."
„Richtig, Sie haben Mist gemacht. Aber dazu später. Was hier los war? Den ersten Akt haben Sie ja gestaltet. Sie müssen mir erst erklären, was hier passiert ist."

Stefan schilderte wahrheitsgemäß was sich seit seinem Aufbruch in der Lobby bis zu seiner Kampfunfähigkeit zugetragen hatte.
„Sie hatten Glück, Herr Helwich", begann Zilinski, „dass zwei Sicherheitsleute gerade aus dem Aufzug stiegen als der Schuss fiel. Die kamen gerade ins Zimmer, als Sie umfielen und der andere sich die Pistole holen wollte. Dem wurden Handschellen angelegt, Sie auf Bett gelegt. Handschellen waren bei Ihnen unnötig. Dann wurden wir benachrichtigt."
„Dann waren Sie aber sehr schnell hier."
„Wir waren schon unterwegs hierher, als der Anruf kam. So das reicht erst einmal. Da kommt der Doktor, der verarztet Sie jetzt. Danach gehen wir aufs Revier, fürs Protokoll. Na, Sie kennen das ja."
Stefan bekam ein Schmerzmittel, mehr konnte der Arzt nicht tun. Die Nase musste im Krankenhaus gerichtet werden.
Das Röntgenbild zeigte, dass Stefan Glück gehabt hatte. Das Nasenbein war zwar gebrochen, aber keine Knochensplitter waren nach innen gedrungen. Nach lokaler Betäubung konnte der Arzt die gebrochenen Knochen wieder an die ursprüngliche Stelle setzen und mit einer Pflasterschiene fixieren. Der Arzt sprach leidlich Deutsch und riet Stefan so schnell wie möglich seinen HNO-Arzt aufzusuchen, der würde ihm die weiteren Verhaltensweisen mitteilen.
„Nase putzen wird schmerzhaft", meinte der Arzt zum Schluss, „lassen Sie es lieber. Lassen Sie's laufen. Nur Tuch drunter halten. Zahlen können Sie unten an der Kasse. Gute Besserung."
Umgerechnet 85,00 Euro hatte die Behandlung gekostet. Vor dem Krankenhaus wartete ein uniformierter Polizist, der Stefan auf das Revier brachte, wo Zilinksi auf ihn wartete.
„Sie sehen ja toll aus", wurde Stefan begrüßt. „Sie hätten ihre Nase besser nicht in unsere Angelegenheiten gesteckt. Jetzt berichten Sie bitte genau was passiert ist und warum Sie in das Zimmer gegangen sind."

Stefan wiederholte wahrheitsgetreu den Hergang, so wie er ihn schon vor weniger als zwei Stunden berichtet hatte. „Ich hatte keine bestimmte Absicht dorthin zu gehen“, gab Stefan an. „Reine Neugier, vielleicht hätte ich etwas gefunden, was uns auf das Motiv für den Mord hingewiesen hätte. Vielleicht hätte ich etwas beobachtet, was wichtig hätte sein können. Ihre Leute sind ja hinter Holowitz hergefahren, denke ich mal.“
Zilinski ließ seinen Blick zur Zimmerdecke schweifen und sagte kaum hörbar:
„Ja, aber leider nicht lange genug. Verloren haben sie Holowitz. Sie gehen am besten jetzt ins Hotel. Trotz Ihres eigenmächtigen Handelns haben Sie keine Straftat begangen, wenn es stimmt, dass die Zimmertüre geöffnet war. Dummheit und Unhöflichkeit sind keine Strafbestände. Morgen fahren Sie zurück nach Kassel.“
„Gut, ich nehme den Nachtzug. Da wird die Zeit nicht so lang. Die versprochene Stadtbesichtigung will ich mir nicht entgehen lassen.“
„O.K., morgen um neun Uhr dreißig. Dann können wir uns bei der Gelegenheit verabschieden.“
Die Nase schmerzte doch mehr, als ihm lieb war. Mit der Gesichtsmaske konnte er sich auch schlecht in den Kneipen unter die Touristen mischen. Er entschied sich für ein Essen im Hotel. Es war keine schlechte Entscheidung. Das Salatbuffet war reichlich und die Auswahl an italienischen Pastagerichten vielfältig. Italienische Woche. Auch der Rotwein war italienisch, teuer und doch nicht so, wie Stefan ihn gerne trank. Nach dem Essen telefonierte er mit Frieder Soltan, schilderte ihm die Ereignisse der letzten Stunden und kündigte sein Kommen für Freitagvormittag an. Die restlichen Stunden des Tages nutzte Stefan seinen Bericht zu schreiben. Als er kurz vor Mitternacht in die waagerechte Lage ging, meldete sich seine Nase vehement mit schmerzhaftem Klopfen bis in die Stirnhöhle hinein. Das

würde eine Nacht. Stefan meinte, er müsse wohl den Kopf etwas höher halten und es tunlichst vermeiden, sich auf die Seite zu drehen. Er, der er immer nur auf der Seite schlief. Vorsichtshalber nahm er noch eine Schmerztablette. Sein Schlaf war unruhig und von beinahe stündlichen Unterbrechungen begleitet. Um acht hatte er seine Reisetasche gepackt. Nach einem ausgiebigen Frühstück ließ er sich ein Taxi kommen. Um neun war er in Zilinskis Büro. Zilinski war nicht da. Man teilte Stefan mit, dass er den Mann verhörte, der im Zimmer von Holowitz gefasst worden war. Stefan kam sich ziemlich fehl am Platze vor. Mit keinem der Polizisten konnte er sich unterhalten. Was sollte er also hier. Er war eigentlich deshalb etwas früher gekommen, um einiges zu erfahren. So wartete er sehnsüchtig auf die Dame, die ihm die Stadt zeigen sollte. Kurz vor 9.30 Uhr bemerkte Stefan eine zunehmende Unruhe bei den Polizisten, die mit Zilinski arbeiteten. Dann kam der Kommissar selbst ins Büro gestürmt.

Ein schnelles „Guten Morgen.“ Dann: „So ein Mist. Holowitz ist tot, ermordet. Was sagen Sie nun, Herr Helwich?“

Stefan erwiderte nichts. Was sollte er auch sagen? Er musste sich erst einmal klar darüber werden, was das für seine Ermittlungen bedeutete. Zilinski kam ihm zuvor:

„Wenn Holowitz Ihren Hertinghausen ermordet hat, dann ist der Fall für Sie gelöst und wir haben einen neuen am Hals.“

„Wenn, Herr Zilinski“, erwiderte Stefan, „wenn. Mich aber interessiert das Motiv für die beiden Morde. Dass die zusammenhängen, ist ja nicht von der Hand zu weisen.“

„Interessiert mich auch. Vielleicht kann uns der Kerl von gestern da weiterhelfen. Wenn Sie wollen, können Sie zuhören. Zuhören, nicht reden. Also kommen Sie. Ach Sie verstehen ja kein Polnisch. Will sehen ob ich jemanden finde, der Ihnen das Wichtigste übersetzen kann.“

„Seien Sie doch so nett, und sagen die Stadtführung ab. Besser noch, verschieben Sie die auf heute fünfzehn Uhr", bat Stefan.
Vor dem Verhörraum mit der großen Glasscheibe, die ermöglichte das Geschehen da drinnen zu verfolgen, von innen aber ein Spiegel war, gesellte sich ein junger Polizist zu Stefan.
„Herr Helwich, ich soll Ihnen das Wichtigste übersetzen. Ich bin Polizeianwärter Zakopek", stelle dieser sich vor.
Zilinski nahm gegenüber dem gestern Festgenommen Platz, stellte das Tonband an. Eine Beamtin hatte etwas abseits vom Tisch Platz genommen.
„Das ist unsere Verhörspezialistin Leikowa", informierte Zakopek Stefan. „Die macht zuerst nicht viel. Sie werden sehen."
Was Stefan erfuhr, brachte einiges ans Licht, was seinen Fall betraf und Antworten auf bisher ungelöste Fragen.
Der Mann war den Behörden in Krakow kein Unbekannter. Er war bereits einmal wegen Einbruchs verurteilt worden. Er hatte bisher im Verhör behauptet, er sei von einem ihm unbekannten Mann angesprochen worden, er sollte in dem Zimmer 316 im besagten Hotel das Adressbuch und die Akten holen. Das sei vergessen worden. Der Unbekannte hätte ihm den Schlüssel gegeben. Mehr wisse er nicht. Beschreiben könnte er den Mann durchaus. Als Zilinski das Verhör erneut aufnahm, erschrak der Mann heftig und wurde ganz offensichtlich nervös. Einbruch sei die eine Sache. Verwicklung in einen Mordfall eine andere. Natürlich leugnete der Mann, damit zu tun zu haben. Er kenne Holowitz nicht. Den Einbruch gebe er ja zu.
In diesem Augenblick schaltete sich Leikowa ein. Zakopek übersetzte wörtlich:
„Sie lügen. Unsere Leute haben Sie in das Auto einsteigen sehen, mit dem Holowitz fortgefahren ist. Sie kennen

Holowitz. Sie haben ihn getötet und den Schlüssel an sich gebracht."
„Nein, das war der andere", war die schnelle unvorsichtige Antwort.
„Welcher andere? Unsere Leute haben keinen anderen gesehen", hielt Leikowa dagegen.
Stefan wusste, dass im Auto drei Personen gesessen hatten. Er selbst hatte sie gesehen.
„Mit Mord will ich nichts zu tun haben. Ich gebe zu, ich bin mit Holowitz und dem anderen Mann weggefahren.
„Wer ist der andere", fragte Zilinski.
„Ein Ukrainer. Den Namen kenne ich nicht. Wir nennen ihn nur den Ukrainer."
„Wir? Wer noch?" fragte Leikowa.
„Alle. Alle von der Gruppe."
„Eine Gruppe? Sie gehören zu einer Gruppe? Was ist das für eine Gruppe?" Das war wieder Zilinski.
„Hören Sie, ich will Ihnen das gerne alles erzählen. Aber was springt für mich dabei raus?"
Der Verhörte wollte also verhandeln. Zilinski und Leikowa verließen den Verhörraum. Ein Uniformierter trat ein. Nach etwa einer Minute betraten beide wieder den Raum. Zilinski begann:
„Hier wird nicht verhandelt. Sie sind mit dem Ermordeten gesehen worden, Sie hatten seinen Zimmerschlüssel. Der Fall ist klar: Sie sind beteiligt. Das reicht dem Staatsanwalt für eine Anklage."
Stefan war natürlich klar, dass das nicht reichen würde. Aber offensichtlich wusste das der Mann nicht. Leikowa schaltete sich ein:
„Was können Sie uns denn sagen? Ich denke, der Staatsanwalt wird eine für Sie günstige Anklage formulieren, wenn Sie uns behilflich sind. Was also ist das für eine Gruppe?"
„Eine Gruppe Schmuggler, Zigaretten."

„Von wo nach wo?“ wollte Zilinski wissen.
„Ukraine, Polen, Deutschland, Litauen.“
„Namen sollten Sie schon nennen, sonst ist Ihre Aussage nichts wert“, stelle Zilinski fest.
Stefan kam ein Gedanke. Er bat Zokopek Zilinski zu bitten, mal raus zu kommen. Als Zilinski vor Stefan auftauchte, sagte dieser:
„Herr Zilinski, es ist möglich, dass die keine Zigaretten schmuggeln, sondern Menschen nach Deutschland schleusen. Denken Sie an die Frauen, die die alten Autos nach Deutschland fahren.“
„Hm“, war alles, was Zilinski erwiderte. Dann betrat er wieder den Verhörraum. Nach einem geflüsterten Gespräch mit Leikowa wandte sich Zilinski wieder dem Mann zu.
„Sie lügen uns an. Von wegen Zigarettenschmuggel. Ihr besorgt Nachschub für die deutschen Bordelle.“
Leikowa ließ beiläufig die Bemerkung fallen: „Das war's wohl mit dem Entgegenkommen unsererseits.“
„Nein, nein, warten Sie. Sie haben Recht. Aber mit dem Mord an Holowitz habe ich nichts zu tun.“
„Und wie können Sie uns das glaubhaft machen?“
„Das war so“, begann der Mann, „Holowitz kam aus Deutschland. Er musste da weg. Er hatte dort Schwierigkeiten mit der Polizei. Gestern sollte er vorerst in der Ukraine untertauchen. Wir haben kein Gepäck mitgenommen, damit die Polizei nicht auf den Gedanken kommen sollte, wir wollten abhauen. Als wir aus Krakow raus waren, hatten wir die Polizei abgehängt. Ein anderer Wagen unserer Gruppe hat uns dabei geholfen. Ich habe von Holowitz den Schlüssel bekommen. Ich sollte zurückfahren und seine Sachen aus dem Hotel holen. Die Polizei war ja nicht mehr da. Ich sollte dann nachkommen. In Lemberg wollten wir uns treffen. Das ist alles.“

„Wo wollten Sie sich treffen?“ fragte Leikowa. „Versuchen Sie nicht uns zu belügen. Unsere Kollegen in der Ukraine checken das. Wenn da nichts ist, …“
Der Mann nannte ein Hotel in Lemberg.
„Damit ist aber noch nicht gesagt, dass Sie mit dem Mord an Holowitz nichts zu tun haben“, stellte Leikowa fest.
„Als ich aus dem Auto stieg, lebte Holowitz noch. Aber es ist so, wenn einer mal mit der Polizei zu tun hat, kann er nicht mehr für die Gruppe arbeiten und verraten sollte er uns auch nicht mehr können. Holowitz wäre an der Grenze geschnappt worden. Das wollte der Boss sicher vermeiden.“
„Also war der Boss mit im Auto?“
„Nicht bei uns, in dem anderen.“
„Wie heißt der Boss?“ wollte Zilinski wissen.
„Einfach Boss, den Namen kenne ich nicht. Er ist Litauer.“
„Und wo ist die neue Lieferung unterwegs?“ fragte Leikowa.
Stefan hätte zu gerne gewusst, wo die Welfenspange geblieben war. Er sagte Zakopek, dass er Zilinski sprechen müsse.
„Tun Sie mir bitte einen Gefallen“, bat Stefan, „fragen Sie den mal nach der Welfenspange.“
„Muss das sein?“
„Wäre vielleicht eine Spur, die zum Mörder führt.“
Tatsächlich erinnerte sich der Mann, dass Holowitz einmal eine Goldbrosche rumgezeigt und geprahlt hatte, dafür würde er eine Menge Geld kriegen, mehr als bei einer Lieferung für ihn rausspringen würde. Weil er die geklaut habe, hätte er Deutschland verlassen müssen. Stefan hatte genug gehört. Mit an Sicherheit grenzender Wahrscheinlichkeit war Holowitz der Mörder von Hertinghausen. Das Motiv könnte sowohl die Spange gewesen sein, als auch in der Familiengeschichte der Holowitz liegen. Dazu könnte der Zettel im Mund des Ermordeten passen. Bestimmt würde der Verhörte sich jetzt

die Verbrecherkartei ansehen müssen, unter Umständen würde nach seinen Angaben ein Phantombild angefertigt werden. Der Boss und der Ukrainer und vielleicht auch andere würden früher oder später von der Polizei identifiziert und geschnappt werden - oder auch nicht. Das war nicht mehr Sache der Kasseler Kripo. Zu Hause musste die Sache mit dem Motiv und eventueller Beteiligung anderer am Hertinghausen-Mord geklärt werden. Stefan bat seinen polnischen Kollegen, ihm in den nächsten Tagen einen übersetzten Bericht zuzuschicken, damit sie den Fall in Kassel würden abschließen können.
Die Stadtführung am Nachmittag hatte ihre besonderen erfreulichen Aspekte. Beim Anblick seiner ganz privaten Stadtführerin bedauerte er zutiefst, dass er bereits in wenigen Stunden Krakow verlassen würde. Sie begrüßte ihn mit einem strahlenden Lächeln. Stefan hatte den Eindruck, als könne dieses Gesicht gar nicht anders als strahlen. Aus großen dunklen Augen blickte sie ihn an. Das Make-up war dezent, betonte aber die Dominanz der dunklen Augen. Das Haar war kurz gehalten und durchsetzt mit helleren verschiedenfarbigen Streifen. Er solle sie Svenja nennen, sagte sie. Ihre Mutter sei eine Schwedin gewesen, fügte sie zur Erklärung hinzu. Stefan konnte nicht umhin festzustellen, dass eine schwedisch-polnische Liaison ein überaus liebreizendes Geschöpf hervorgebracht hatte. Ihr Outfit erinnerte ihn an die Uniformen der Stewardessen, nur dass sie unter dem Jackett offenbar keine Bluse trug. Ganz nebenbei stellte Stefan fest, dass sie keinen Ehering trug. Ihre Gesellschaft und natürlich die wunderschöne Altstadt, deren Sehenswürdigkeiten und Geschichte Svenja kompetent in Szene zu setzten verstand, brachten ihm Krakow wirklich nahe. Bei der Gelegenheit erfuhr er auch die Bedeutung des Hornsignals, das jede volle Stunde vom Turm der Marienkathedrale erklang. Es erinnerte an einen heldenhaften Turmwächter, der die Stadt vor den

herannahenden Feinden solange warnte, bis ein Pfeil seine Kehle durchbohrte. Stefan war geneigt zu bedauern, dass er nicht in Krakow lebte. Die interessanten Erklärungen ließen ihn den Grund seiner Polenreise im Augenblick völlig vergessen. Und die Tatsache, dass aus Zeitmangel die Wawel mit all ihren Kunstschätzen nicht besichtigt werden konnte, war für Stefan weniger ein Grund darüber betrübt zu sein, als vielmehr ein Zeichen für die Möglichkeit, dieses zu einer anderen Zeit mit Svenja nachholen zu können.
Der Grund seines Aufenthaltes in Krakow kam ihm dann wieder in Erinnerung, als er am späten Abend seinen Platz im Schlafabteil gefunden hatte und vergeblich versuchte einzuschlafen. Der Hertinghausenmörder war offensichtlich identifiziert, konnte aber nicht mehr zur Rechenschaft gezogen werden. Stefan bezweifelte, dass der Mörder von Holowitz darüber irgendetwas preisgeben würde, wenn er denn geschnappt würde. Die Welfenspange musste wohl als verschollen gelten. Jörgensen würde den Fall als abgeschlossen betrachten. Kommissar Helwich würde damit durchaus nicht einverstanden sein. Da waren noch zu viele Fragen offen. Was hatte die Art und Weise, wie der Tote in der Weidelsburg in Szene gesetzt wurde, zu bedeuten? Welche Rolle spielten die ungeklärten Einzahlungen auf die Konten von Lorenzen und Hertinghausen? Bestand ein Zusammenhang zwischen den Fahrten von Gebrauchtwagen, mit denen Frauen nach Deutschland fuhren und der Werkstatt Klotz, dessen Mechaniker eine Vorliebe für Limousinen der gehobenen Klasse hatten, oder vielleicht mit dem Nachtclub im Kellerwald? Das wäre doch immerhin eine mögliche Erklärung: Klotz tauschte die alten Schrottkisten aus Polen gegen geklaute Neuwagen aus Deutschland aus, übernahm deren Nummernschilder. Die Fälschung von Papieren, das wusste Stefan von Kollegen, war heute kein großes Problem mehr. Und die Frauen, die „arbeiteten" dann bestimmt im Nachtclub der Annegret

Hertinghausen und das bestimmt über das Verfallsdatum ihres Touristenvisums hinaus und d an der Steuer vorbei. Klotz und Annegret Hertinghausen wurden erpresst, das schien klar zu sein, unter Umständen von zwei Seiten, bestimmt aber von Reinhard Hertinghausen. Weshalb aber wollte er sich nach Chile aus dem Staub machen? Waren die Zahlungen an ihn nicht vor einiger Zeit eingestellt worden? Klotz hatte nicht mehr gezahlt. Dafür musste es einen Grund geben. War etwa Reinhard Hertinghausen selbst erpressbar geworden? Morgen würde er die Fragen mit seinen Kollegen und Kolleginnen durchsprechen. Er würde Jörgensen bitten, eine Konferenz aller Ermittler aus den beteiligten Dezernaten an diesem Fall einzuberufen. Das war eine gute Idee. Kommissar Helwichs Gedanken kamen zur Ruhe. Er besorgte sich beim Schaffner ein Dosenbier. Weil er es verabscheute aus der Dose zu trinken, bat er noch um ein Glas. Er bekam einen Plastikbecher, was die Sachlage nur unwesentlich verbesserte. Aber das Bier würde ihm beim Einschlafen helfen. Die richtigen Fragen waren formuliert. Stefan konnte sich beruhigt zurücklegen. Das Letzte, was vor seinen schläfrigen inneren Augen auftauchte, war Svenjas Gestalt, die ihn auch durch die nächsten Momente des ersten Schlafes begleitete. Da war aber von ihrem Stewart-Outfit nicht mehr viel übrig geblieben.

10

So richtig ausgeschlafen war der Hauptkommissar nicht, als er in Kassel-Bad-Wilhelmshöhe aus dem Zug stieg. Die kaputte Nase machte ihm doch mehr zu schaffen, als ihm lieb sein konnte. Er kaufte sich auf dem Bahnhof zwei Körnerbrötchen, ein Stück Käse und ließ sich mit dem Taxi nach Hause bringen. Stefan wollte in Ruhe frühstücken, musste erst seine innere Unruhe loswerden, deshalb rief er als erstes Jörgensen an, trug ihm kurz seine Gedanken zu den Zusammenhängen der anstehenden Fälle vor und bat ihn, eine Gesamtkonferenz aller beteiligten Abteilungen einzuberufen, nicht zu spät, um eventuell noch am Nachmittag Maßnahmen einleiten zu können und nicht zu früh, um ihm die Möglichkeit zu geben, sich noch mit seinen Leuten abstimmen zu können. Es fiel Stefan gerade noch ein, darauf hinzuweisen, dass solange nicht eindeutig bewiesen sei, dass Stanislaw Holowitz der Mörder von Reinhard Hertinghausen ist, der Mörder immer noch frei herumlaufen würde.
„Ist vierzehn Uhr Recht, Kollege Helwich?"
Stefan war über Jörgensens Entgegenkommen erstaunt, aber 14.00 Uhr sei ihm Recht. Dann rief er Uli an, sagte ihr, dass er so gegen 10.00 Uhr im Büro sein würde. Sie solle doch bitte dafür sorgen, dass sie alle drei und Frieder Soltan, eine Leitung für eine Telefonkonferenz zur Verfügung gestellt bekamen. Die würde dann kurz nach seinem Eintreffen stattfinden.
Uli Seifert musste wohl das Telefon auf Lautsprecher gestellt haben, denn Stefan hörte die tadelnde Stimme von Kommissarin Paulinski:
„Mit Verlaub, Herr Hauptkommissar, Kommissar Soltan ist krank geschrieben. Ich bin an seiner Stelle hier."
„Schon wieder!" dachte Stefan. „diesen Satz habe ich doch schon einmal gehört." Und laut sagte er:

„Natürlich! Sie ermitteln hier für ihn. Aber wen ich zusätzlich um Rat in diesem Fall frage, müssen Sie schon mir überlassen. Also, Uli, sorgen Sie dafür dass das klar geht."
Wieder kam Paulinskis Stimme: „Sie, bevor Sie kommen, sollten Sie noch die Zeitung lesen, Seite drei und im Lokalteil."
„Habe mir heute keine gekauft. Ich hoffe, Sie haben eine."
Nachdem das erledigt war, hatte er Ruhe sein Frühstück zu genießen. Dann fuhr er mit dem Rad ins Präsidium. Auf dem Weg in sein Büro hatte er die ungeteilte, wenn auch versteckte, Aufmerksamkeit der ihm begegnenden Kollegen. Die Bemerkung der Kommissarin Paulinski: „Das kommt davon, wenn man seine Nase in Dinge steckt, die einen nichts angehen", fand er allerdings nicht witzig, auch wenn sie so gemeint sein sollte.
„Wie uns die Dinge angehen, werden Sie gleich merken", entgegnete er, „Uli, geben Sie mir die Zeitung, die ich lesen soll."
„Auf Ihrem Schreibtisch, Herr Helwich."
Stefan fand auf der ersten Seite eine kurze Notiz mit der Überschrift:
Neonazis geständig - Material sichergestellt.
Stefan mache sich erst gar nicht die Mühe, die Ankündigung des Hauptartikels auf den Seiten des Lokalteils zu lesen. Er nahm sich den Lokalteil direkt vor. Ann-Katrin hatte den Artikel geschrieben. Hatte Sie nicht gesagt, sogar versprochen, nichts zu schreiben, bis der Fall endgültig geklärt sei? Nun, er war zu neunzig Prozent geklärt, aber das konnte sie nicht wissen. Was also sollte dieser Artikel? Stefan begann zu lesen.

Neo-Nazis geständig - Rechter Anwalt verhaftet

Kein Fortschritt im Mordfall Hertinghausen

Wir berichteten bereits vom Mordversuch an einem Privatdetektiv, der den Neonazis im Auftrag einer unserer Mitarbeiterinnen auf die Schliche gekommen war. Zwei von ihnen sitzen in Untersuchungshaft, andere Mitglieder sind unter Auflagen auf freiem Fuß. Als die Staatsanwaltschaft eine Mordanklage gegen sie vorbereitete, waren die beiden Festgenommenen bereit, wahrheitsgemäße Angaben zu bisher ungeklärten Vorfällen und Ermittlungsergebnissen zu machen. Ihr Anwalt Dr. D. aus Marburg wollte daraufhin sein Mandat niederlegen, was den Hauptangeklagten L. veranlasste, der Staatsanwaltschaft mitzuteilen, dass der Anwalt ihr aus der brennenden Hütte (wir berichteten darüber) gerettetes Material verwahre. Bei einer Durchsuchung seiner Büroräume in Marburg wurden eine SS- und eine braune Parteiuniform, nebst Armbinden, Stahlhelm, eine Hakenkreuzfahne und Koppel gefunden. Anwalt Dr. D. wurde inzwischen dem Haftrichter vorgeführt. Ihm und den anderen Angeklagten wurde ein Pflichtverteidiger gestellt.

Laut übereinstimmender Aussagen der beiden Geständigen haben die Neonazis den Automechaniker Klotz aus Wolfhagen erpresst. Gegenstand der Erpressungen sei dessen Verwicklung in schmutzige Geschäfte mit Altautos aus dem Ausland gewesen, deren alte Ersatzteile er in Autos seiner Kunden als Neuteile eingebaut hatte. Als Klotz nicht mehr zahlen wollte, hätten sie Druck gemacht. Dummerweise hätte die Polizei das Treffen belauscht. Kommissar Soltan sei aber nicht von ihnen, sondern von einem polnischen Mechaniker niedergeschlagen worden. Der hätte auch den Geländewagen in Brand gesteckt, um Spuren zu verwischen.

Zu den Vorfällen, bei dem beinahe ein Privatdetektiv in seinem Auto verbrannt war, verweigerten sie die Aussage.

Im Mordfall Hertinghausen hat die Polizei einen Verdächtigen, der sich aber ins Ausland abgesetzt hat. Er wird mit internationalem Haftbefehl gesucht.

Wir halten unsere Leserinnen und Leser über die weitere Entwicklung auf dem Laufenden.

Nicht besonders klug, Klotz öffentlich zu beschuldigen. Jetzt wird er wohl gewarnt sein, und mögliches Beweismaterial vernichten. Ann-Katrin war ihm eine Erklärung schuldig. Bei einem Telefonat mit ihr erfuhr Stefan, dass die Details gestern in der Pressekonferenz zum besten gegeben wurden. Stefan hoffte nur, dass Klotz unter Beobachtung stand.
„Nun berichten Sie mal, Frau Kommissarin, welche Erkenntnisse Sie in Wolfhagen gewonnen haben."
„Die alteingesessenen Leute in so einer Kleinstadt sehen viel und erzählen wenig. Aber einige Zugezogene, die am nördlichen Rand der Stadt wohnen, waren etwas gesprächiger. Als wir die nach Auffälligkeiten gefragt haben, erzählten sie uns von gelegentlichen Partys in einem Aussiedlerhof nicht weit vor den Toren der Stadt."
„Was für Partys?" fragte Stefan.
„Da soll's ziemlich hoch hergehen, viel Frauen, dicke Autos, meist Ausländer, nicht oft, vielleicht einmal im Monat oder weniger."
„Haben Sie sich mal auf dem Hof umgeschaut?"
„Haben wir. Da ist keine Landwirtschaft mehr. Da wohnt ein älteres Ehepaar, die Höfners. Früher haben die mal als Landwirte den Hof bewirtschaftet. Sie meinten, dass sie den Hof hin und wieder an jemanden vermieten würden, der gerne Feste in rustikaler Atmosphäre feiert, und dem sie auch die alten Ställe als Garagen vermietet hätten, um ihre Rente aufzubessern."
„Wissen Sie auch, an wen?"
„Das konnten oder wollten die Alten nicht sagen. Da gäbe es nichts Schriftliches. Wir wollten sie auch nicht drängen, nicht das sie den Mieter verschrecken. Könnte ja was dran sein."
„Da ist ganz bestimmt was dran", bemerkte Stefan.

„Und was?“ fragte die Kommissarin.
„Das können Sie beide selbst ermessen, wenn Sie meine Überlegungen gehört haben.“
Uli Seifert gab Stefan ein Zeichen, dass sie eine Verbindung zu Frieder Soltan hergestellt hatte und alles für die Telefonkonferenz vorbereitet sei. Die beiden Frauen und Stefan begaben sich zu ihren Telefonen. Bevor Stefan beginnen konnte, hörten sie schon Kommissar Soltans fröhliche Stimme: „Hallo, ihr drei, ich bin gespannt, was anliegt. Ich bin alleine im Raum, wir können also offen miteinander reden.“
Nach der allgemeinen Begrüßung, die nicht ganz ohne Sticheleien ablief, berichtete Stefan von seinen Erkenntnissen, die er in Polen gewonnen hatte und von seinen Gedanken zum Fall, die ihm letzte Nacht durch den Kopf gegangen waren.
„Das könnte passen“, meinte Paulinski, „bleibt nur die Frage, ob wir das beweisen können.“
Frieder Soltan mischte sich ein, und meinte: „Schmuggel mit geklauten Autos in Verbindung mit Schleuserbanden könnte hinkommen. Holowitz muss so etwas wie ein wichtiger Verbindungsmann gewesen sein. Hertinghausen könnte ermordet worden sein, weil er die Bande verraten wollte, weil sie sich nicht mehr erpressen ließen. Weshalb aber die Leiche auf die Weidelsburg schaffen, wo sie jeder schnell findet, statt zu verscharren? Und dann auch noch auf die Art und Weise.“
„Falsche Spuren legen“, mischte sich Uli Seifert ein. „Wir sind ja zuerst auch darauf reingefallen.“
„Dem Mörder muss jemand geholfen haben. Wenn wir den finden, haben wir die Antwort.“ Diese Bemerkung kam von Frau Paulinski.
„Ich bezweifele, dass wir den finden. Der ist außer Landes. Also müssen wir es anders beweisen“, sagte Stefan.

„Nicht wir, Stefan", bemerkte Frieder Soltan. „Das ist nicht mehr unser Fall, wenn wir davon ausgehen, dass Holowitz der Mörder ist. Du solltest dir gut überlegen, was du den Kollegen nachher sagen willst. Die sollen ermitteln und dir die Beweise liefern, die du brauchst. Ich muss zurück, mein Essen kommt. Morgen werde ich entlassen. Ihr braucht mich nicht mehr zu besuchen. Ich komme morgen mal kurz vorbei."
Stefan meinte darin einen kleinen Vorwurf zu hören. Er selbst hatte ihn nur einmal besucht, Uli Seifert sicher auch nicht öfter. Und Kommissarin Paulinski hatte keinen Grund dazu gehabt.
Nach einem kurzen Imbiss in der Kantine machten sich Stefan und Kommissarin Paulinski auf den Weg zum Konferenzzimmer. Stefan überlegte sich, ob er seine Pinnwand mitnehmen sollte, konnte sich dann aber doch nicht dazu entschließen. Ihm war bekannt, was seine Kollegen über seine altmodische Ermittlungsmethode dachten. Seine Zettel würden in der Versammlung nur ein mitleidiges Lächeln hervorrufen. Also machte er sich ohne Pinwand auf den Weg. Obwohl sie nicht zu spät kamen, waren offensichtlich bereits alle versammelt.
Am Kopfende des langen Konferenztisches hatten Kriminalrat Jörgensen und die Staatsanwältin Hiller Platz genommen. Außerdem waren versammelt: Hauptkommissar Proll, Hauptkommissarin Straube von der Sitte mit einer weiteren Mitarbeiterin, Hartmann von der Spurensicherung, Hauptkommissar Müller vom Betrugskommissariat, Hauptkommissar Langfeld vom Kommissariat Autodiebstahl und je eine Beamtin vom Zoll und von der Ausländerbehörde. Stefan vermisste Ölvermann. Seine Ermittlungen im Fall der groben Körperverletzung an Kommissar Soltan und Simmen schienen abgeschlossen zu sein. Den Verfassungsschutz schien die Sache hier auch nicht mehr zu interessieren. Oder

hatte Jörgensen die Kollegin Sattler nicht informiert? Stefan war deswegen keineswegs enttäuscht.
Der vorwurfsvolle Blick Jörgensens war nicht zu übersehen. Die Übrigen, so schien es Stefan, gaben sich keine Mühe ihr schadensfrohes Grinsen zu verbergen. Immerhin enthielten sie sich anzüglicher Kommentare bezüglich seiner bandagierten Nase. Jörgensen eröffnete die Konferenz auch sofort, nachdem die beiden Platz genommen hatten.
„Meine Damen und Herren, den Grund unserer Zusammenkunft hatte ich Ihnen ja bereits kurz mitgeteilt. Herr Hauptkommissar Helwich ist bei der Suche nach Motiven und Beweisen für die Bestätigung des Verdachts, dass ein gewisser Stanislaw Holowitz Reinhard Hertinghausen aus Rache ermordet hat, in Polen auf Hinweise gestoßen, die Sie alle in irgendeiner Weise tangieren. Hauptkommissar Helwich wird Ihnen jetzt diese Hinweise vortragen. Bitte, Herr Hauptkommissar."
Stefan berichtete zuerst von seinen Erlebnissen in Polen. Dann trug er den versammelten Kollegen seine Schlussfolgerungen vor, zu denen er in der letzten Nacht gekommen war. Dann bat er Kommissarin Paulinski die Aussagen einiger Bewohner Wolfhagens vorzutragen, die Proll bestätigen konnte. Danach nahm Stefan wieder das Wort.
„Sie sehen, verehrte Kolleginnen und Kollegen, dass eine konzertierte Aktion nicht mehr lange aufgeschoben werden kann. Denn die Ereignisse der letzten Tage lassen vermuten, dass die Drahtzieher und die Beteiligten in diesem vielschichtigen Fall gewarnt worden sind. Ein gewisses Eigeninteresse kann ich nicht leugnen. Ich habe die Hoffnung, dass Sie bei Ihren Ermittlungen auf Hinweise oder Beweise stoßen, die meinen Mordverdacht gegen Holowitz bestätigen. Ich danke Ihnen."
Jörgensen nahm wieder das Wort. „Haben Sie noch Fragen an den Hauptkommissar?"

Hartmann meldete sich: „Kollege Helwich, haben die Polen Fingerabdrücke von Holowitz genommen? Auch ein Sohlenabdruck seiner Schuhe könnte weiterhelfen. Sie wissen, wir brauchen für die Fingerabdrücke eine Bestätigung und das Sohlenmuster zum Vergleich."
Stefan wusste es nicht. Hartmann erklärte sich bereit, sich darum zu kümmern.
„Und weshalb sind wir hier?" fragte Langfeld.
„Wegen eventuell gefälschter Autopapiere, Herr Kollege", antwortete Jörgensen.
„Wir hatten schon einmal eine Anfrage vom Morddezernat", meldete sich Kommissarin Straube. „Wir sind der Sache nachgegangen. Wir haben aber keine Unregelmäßigkeiten in dem Nachclub entdeckt."
„Die vom Hauptkommissar Helwich vorgetragenen Überlegungen klingen für mich plausibel. Vielleicht gelingt uns dieses Mal eine Überraschung", entgegnete Jörgensen. Stefan glaubte in dieser Antwort einen versteckten Vorwurf zu hören, als habe der Polizeirat den Verdacht, dass Frau Hertinghausen sonst vor dem Besuch der Polizei gewarnt worden sei. Stefan waren die entsprechenden Gerüchte wohl bekannt.
„Meine Damen und Herren, nun zur Strategie." Jörgensen schien eilig zu sein. „Kollege Müller, Sie übernehmen mit Ihren Leuten und der Unterstützung der Kollegen aus Wolfhagen den Bauernhof. Die Kollegen vom Zoll sollten mit Ihnen gehen. Kollegin Straube und die Kollegen von der Ausländerbehörde fahren in den Nachtclub. Kommissarin Paulinski kann sich anschließen, wenn sie will. Kollege Langfeld, Sie sollten sich mit Ihren Leuten die Werkstatt Klotz vornehmen.
„Wir sollten aber die Wohnung Klotz und die der anderen Arbeiter nicht vergessen", gab Proll zu bedenken.
„Wäre schön, wenn wir's könnten. Soviel Leute haben wir nicht", gab der Polizeirat bedauernd zu. „Besser wir fordern

Verstärkung aus Korbach an. Aber die Wohnung Klotz muss mit einbezogen werden. Fordern Sie eine zusätzliche Streife an. Das sollen Sie übrigens alle. Bei jedem Einsatz muss ein Streifenwagen dabei sein, nicht gerade mit Polizeianwärtern besetzt. Kollege Helwich, Sie können sich als Beobachter anschließen, wem Sie wollen. Vielleicht dem Kollegen Müller? Sie alle wissen, dass die Zeit drängt. Ich hoffe, Sie haben Ihre Teams in dreißig Minuten zusammengestellt, das wäre um fünfzehn Uhr vierzig. Rechnen wir eine Fahrtzeit von einer knappen Stunde ein, müssten alle um sechzehn Uhr vierzig am Einsatzort sein. Ich gebe das Kommando für den gleichzeitigen Einsatz. Sollte wider Erwarten sich eine Gruppe verspäten, informieren Sie mich genau zehn Minuten vor der Zeit X. Ich brauche nicht darauf hinzuweisen, dass Sie Ihre Handys ausschalten. Unsere Einsatzfrequenz erhalten die Einsatzleiter in zehn Minuten. Wir nennen die Aktion Operation Dreieck. Nach Abschluss treffen wir uns im Polizeirevier Wolfhagen. Das wär's, danke und viel Glück."

Zum ersten Mal meldete sich die Staatsanwältin:

„Meine Damen und Herren, Sie wollen doch wohl nicht ohne Durchsuchungsbefehl in Privaträume eindringen. Ich habe mir alle Mühe gegeben, die noch rechtzeitig zu erhalten. Also nehmen Sie sie bitte mit."

„Halt, noch was", rief Hartmann, „wer immer in die Klotz-Wohnung oder Werkstatt geht, soll die Handys und PCs sicherstellen."

Hier und da erklang ein „Ja, doch."

Der Raum leerte sich. Stefan blieb nachdenklich sitzen. Nach seiner Präsentation waren ihm plötzlich Zweifel an den für ihn sicheren Schlussfolgerungen gekommen. War das alles wirklich so glatt? Die möglichen Verdachtsmomente wegen einer Erpressung hatte er erwähnt und in seine Überlegungen einbezogen. Aber in dieser konzertierten

Aktion blieben die möglichen Erpresser unberücksichtigt. Stefan schreckte auf, als er Jörgensens Stimme hörte.
„Ist noch was, Kollege Helwich?"
„Ich weiß nicht", antwortete dieser, „ich weiß nicht, ob es richtig war, die Neonazis nicht mit in die Planungen einzubeziehen."
„Die sitzen in U-Haft."
„Alle?" fragte Stefan. „So viel ich weiß, nur Lorenzen und Latalla. Ich würde gerne einen von den anderen besuchen, die noch frei rumlaufen, bevor die Aktion startet; Albers zum Beispiel. Wo ist der?"
„Der darf Wolfhagen nicht verlassen, so viel ich weiß. Aber was soll die Frage? Sind Sie sich auf einmal nicht mehr sicher?"
„Doch, aber wenn die ganze Geschichte nur deshalb ins Rollen gekommen ist, weil die Neonazis Klotz erpresst haben, dann sollten die beim jetzigen Kenntnisstand der Sachlage nicht unberücksichtigt bleiben."
„Lassen Sie's. Das können wir nach Abschluss der Aktion immer noch tun. Fahren Sie mit dem Kollegen Müller."
Raus war er. Alle wussten, was sie zu tun hatten, außer dem Hauptkommissar Helwich. Eine halbe Stunde war wahrhaftig nicht viel Zeit, alles Nötige in die Wege zu leiten. Dennoch die Operation Dreieck würde pünktlich beginnen.

11

Der Einsatz der Kommissarin Straube vom Sittendezernat würde nicht viel Aufregendes bringen. Darin war sich Kommissarin Paulinski sicher. Routine und Kinderspiel. Genau an Kinder wurde sie erinnert, als sie das aufgeregte Kreischen und Geschnatter der jungen Frauen hörte, als Straube sie alle aufforderte in die Bar zu kommen. Annegret Hertinghausen versuchte erst gar nicht zu protestieren, zeigte lediglich durch ihre Passivität, wie sehr ihr diese Razzia, so nannte sie den Einsatz, zuwider war. Kommissarin Paulinski war an diesem Einsatz nicht besonders interessiert, deshalb hielt sie sich etwas zurück, trat bald nachdem die Frauen sich in der Bar versammelten, wieder vor die Tür. Sie wollte sich mit einem der Fahrer von der Streife unterhalten. Auf dem Weg dorthin glaubte sie eine Bewegung an der Seite des Hauses gesehen zu haben. Es waren nur wenige Schritte bis dorthin. Dort sah sie wie eiligst drei oder vier Frauen in eine größere Limousine stiegen. Ein Mann in Lederkleidung nahm auf dem Fahrersitz Platz und startete unmittelbar darauf den Motor. Abrupt setzte das Auto zurück. Die Kommissarin hastete zum nächsten Streifenwagen und brüllte dem Fahrer zu: „Weg versperren."

Bis der aber den Wagen in Gang setzen konnte, war das andere Auto schon vorbeigeschossen und bald auf der Straße Richtung Korbach. Die Kommissarin schwang sich in den Streifenwagen.

„Los, hinterher, die dürfen nicht entkommen."

Mit Blaulicht und Martinshorn begann die Verfolgung. Sie war von kurzer Dauer. Eine Zugmaschine mit einem überbreiten Gerät im Schlepp tauchte vor den Verfolgten auf. An ein Überholen war bei dem Gegenverkehr nicht zu denken. Paulinski sah mit Schrecken wie die Verfolgten versuchten, rechts zu überholen. Der Fahrer schien eine

günstige Möglichkeit entdeckt zu haben, scherte nach rechts aus um über den bewachsenen Randstreifen vorbei zu kommen. Der Randstreifen war nicht breit genug; das Gras ließ den Graben nicht erkennen. Das Fahrzeug kippte wie in Zeitlupe um und blieb auf der Seite liegen. Die Zugmaschine setzte ihren Weg fort; der Fahrer schien von allem nichts gemerkt zu haben. Als sich der Streifenwagen der Unfallstelle näherte, kam auch schon ein zweiter Streifenwagen. Nach und nach krabbelten der Fahrer und vier Frauen aus dem Auto. Niemand schien verletzt zu sein.
„Nehmen Sie die Hände hoch. Zurück geht's mit uns“, sagte die Kommissarin fröhlich in die enttäuschten Gesichter. Und an „ihren“ Fahrer gewandt fügte sie hinzu: „Legen Sie dem Mann Handschellen an.“
Dieser hatte plötzlich ein Messer in der Hand, machte zwei Schritte auf Paulinski zu, packte sie am Arm. Doch bevor er der Frau das Messer an den Hals legen konnte, lag er selber am Boden auf dem Bauch, den Arm mit dem Messer grotesk nach hintern gestreckt, festgehalten vom eisernen Griff der Kommissarin.
„Jetzt können Sie ihm Handschellen anlegen, meine Herren“, war ihr knapper Kommentar.
„Respekt, Respekt“, hörte sie die anderen sagen.
In der Bar wurden immer noch die Personalien der Damen aufgenommen und ihre Papiere überprüft. Annegret Hertinghausen saß ganz entspannt an der Bar als Kommissarin Paulinski den Raum als erste betrat. Das änderte sich schlagartig, als der festgenommene Mann und die vier Frauen in Begleitung der uniformierten Polizisten den Raum betraten.
Hauptkommissarin Straube erfasste die Situation sofort und sagte: „Dann scheinen wir ja jetzt komplett zu sein, Frau Hertinghausen, oder fehlt noch jemand?“
Stille folgte der Frage.

„Dann besorgen Sie uns doch auch die Papiere dieser Damen, bitte schön", wurde die Hertinghausen aufgefordert. Diese setzte sich nur zögerlich in Bewegung und sagte dabei: „Sind in meinem Büro. Ich hole sie."
„Eine meiner Kolleginnen wird Sie begleiten", stellte Straube fest.
Als sie die Papiere von ihrer Kollegin ausgehändigt bekam, waren es nur vier Pässe. Straube blätterte diese einen nach dem anderen betont langsam durch. Erstaunen spiegelte sich auf ihren Gesichtszügen. Sie tat, als würde es ihr die Sprache verschlagen. Als sie endlich das Wort ergriff, wirkte es auf die Dame des Hauses wie eine Ohrfeige.
„Ist das alles? Sie haben doch sicher noch die Gesundheitspässe, die Arbeitserlaubnis und die Sozialversicherungskarten. Seien Sie doch bitte so freundlich und holen Sie die noch."
Das folgende Schweigen war beredt genug.
„Ach, die Damen haben so etwas nicht?" fragte die Hauptkommissarin, „Und was sehe ich hier in den ukrainischen Pässen? Nur ein Touristenvisum, abgelaufen vor vier Wochen. Das müssen Sie mir aber erklären, Frau Hertinghausen."
„Ich sage nichts ohne meinen Anwalt. Darf ich den anrufen?"
„Ja, aber vom Präsidium in Kassel aus."
Und an einen der Uniformierten Beamten sagte sie: „Beschaffen Sie doch bitte ein Kleinbus für die sechs Damen und den Herrn hier." Dabei deutete sie auf die vier aufgegriffenen Damen, deren Fahrer und Frau Hertinghausen. An die anderen Damen gewandt, fuhr Sie fort:
„Sie alle haben erst einmal Urlaub. Der Laden hier wird vorläufig dicht gemacht. Den richterlichen Bescheid erhält Frau Hertinghausen in Kassel."

Wie sich bei den Vernehmungen herausstellte, waren die vier Damen alle mit einem Touristenvisum für Deutschland über Polen aus der Ukraine eingereist. Sie waren dort bereits als Prostituierte tätig gewesen. Frau Hertinghausen ließ sich nicht dazu bewegen, zuzugeben, dass die Beschäftigung von illegal in Deutschland weilenden Prostituierten in ihrem Etablissement eher die Regel als die Ausnahme sei.
Dafür war die Aussage des festgenommenen Fahrers umso aufschlussreicher. Er gehörte zum Löwenverein. Er bekannte sich freimütig zu seiner rechtsradikalen Gesinnung. Er arbeite im Auftrag seines Vereins als Hausmeister, Rausschmeißer und Beschützer der Damen. Das würde gut, sehr gut sogar, bezahlt und er hätte immer alles frei. Er würde aber nur mit deutschen Mädchen auf das Zimmer gehen, wegen der Gesundheit versteht sich. Es sei eine Schande, dass immer so viele osteuropäische Frauen dort auftauchen würden. Damit er und seine Kameraden dicht halten würden, hätte es eben immer viel Geld gegeben. Aber wenn der Laden jetzt sowieso dicht gemacht werden würde, könnte er auch direkt alles sagen. Damit solle sich Langfeld weiter befassen, meinte die Leiterin des Sittendezernates.
Die festgenommen Frauen konnten nichts aussagen, was nicht schon vermutet worden war. Ihre Aussagen stützen Helwichs Thesen. Sie waren mit einem Linienbus aus der Ukraine nach Polen und von da in alten PKWs nach irgendwo hier auf dem Land gebracht worden. Sie hätten in der Ukraine für den Transport jede umgerechnet fünfhundert Euro zahlen müssen. Ihnen wäre gesagt worden, dass sie das in Deutschland in weniger als einer Woche wieder verdienen würden. Um die Formalitäten hätte sich Annegret liebevoll gekümmert. Und es hätte immer eine tolle Party gegeben, in der Nacht, in der sie in Deutschland angekommen seien.

Als Hauptkommissar Langfeld mit einem weiteren Mitarbeiter und zwei Polizisten vom örtlichen Revier in der Werkstatt Klotz ankamen, schien diese menschenleer zu sein. Der sonst in einer Werkstatt übliche Lärm war nicht zu vernehmen. Es stand nur ein Auto mit dem Kennzeichen des Landkreises auf dem Hof und ein weiteres auf der Hebebühne mit dem Kennzeichen des Nachbarlandskreises. Aber nirgendwo war ein Mensch zu sehen.

„Hallo! Ist hier niemand? Hier ist die Polizei", rief Langfeld in den Raum. Die anderen Polizisten sahen sich derweilen in den anderen beiden Räumen um.

„Hier ist auch niemand", hörte Langfeld eine Stimme aus dem Büro.

„Hier muss jemand sein, die Werkstatt war nicht abgeschlossen", rief Langfeld zurück. „Wo ist eigentlich die Toilette?"

„Außen rum", war die Antwort, „ich schau mal nach."

„He, stehen bleiben", hörte Langfeld den Kollegen schreien, „Polizei!"

Kurz darauf kam dieser mit einem Mann mittleren Alters, mittlerer Statur und dunklen Haaren in die Werkstatt.

„Wer sind Sie und warum sind Sie weggelaufen?" fragte Langfeld.

„Ich arbeite hier. Ich heiße Ismet Gürkan. Ich hatte Angst, ich war allein. Ich dachte Einbrecher sind da oder Glatzköpfe, wie damals."

Um Ausreden war Ismet nicht verlegen. Langfeld war sich aber sicher, dass Ismet gehört haben musste, dass laut und deutlich „Polizei" gerufen wurde.

„Noch einmal. Warum sind Sie weggelaufen, Herr Gürkan?" wollte Langfeld wissen.

„Chef sagt: Wenn Polizei kommt, du sagst nix."

„Und was sollen Sie nicht sagen?"

„Weiß nicht. Ich sage nix."

So kamen sie nicht weiter. Langfeld forderte die ihn begleitenden Polizisten auf, Gürkan und den Computer aus dem Büro mit aufs Revier zu nehmen.
Dort war bereits Proll mit Klotz eingetroffen. Proll hatte Klotz im Keller überrascht, als er Papiere aus einem Ordner mit einem Schredder vernichtete. Ein beträchtlicher Berg Papierstreifen lag schon auf dem Boden. Klotz ließ sich widerstandslos festnehmen. Dann setzte sich Proll mit Hartmann in Verbindung und bat ihn, mit seiner Truppe, sich den Keller und die Wohnung vorzunehmen. Oben in der Wohnung meinte Proll an Klotzes Körpersprache Anzeichen von Resignation zu erkennen. Er sah wohl keine Chance mehr, seine Verwicklung in dubiose Geschäfte verbergen zu können.
„Das habe ich alles nicht so gewollt." Mit diesen Worten ließ sich Klotz in einen Sessel fallen.
Weder Langfeld noch Proll schenkten diesem Satz ihre Aufmerksamkeit. Dennoch erinnerte sich Langfeld später an diesen Satz und so fand er Einzug in seinen Bericht. Es war gerade dieser Satz, der Klotz letztlich zum Verhängnis werden sollte und den Ermittlungen eine unerwartete Wende geben würde. Langfeld und Proll mit ihren Männern waren die Ersten, die im Revier eintrafen. Langfelds Funkgerät knarrte. Jörgensen meldete sich aufgeregt.
„Ich hoffe, Kollege Langfeld, Sie haben Ihren Einsatz erfolgreich beendet. Wenn Sie jemanden entbehren können, schicken Sie ihn zum Aussiedlerhof. Die Kollegen brauchen ihre Hilfe."

12

Stefan dachte gar nicht daran, mit Müller zu fahren. Er wollte Albers sprechen, und zwar vor dem Start der Operation. Mit etwas Glück würde er ihn im „Löwen" treffen. Er eilte zurück in sein Büro, bat Ulrike Seifert im „Löwen" anzurufen, ohne sich als Polizei erkennen zu geben. Sie sollte vorgeben, Albers sprechen zu wollen. Wenn der in dem Lokal sein sollte, würde der Wirt ihn ans Telefon holen. Dann solle sie einfach auflegen. Sie solle ihn unterwegs über das Ergebnis informieren.
Stefan beeilte sich zum Dienstwagen der Mordkommission zu kommen, bevor andere ihn für den kommenden Einsatz nehmen würden. Auf dem Weg nach Wolfhagen erfuhr Stefan, dass Albers im „Löwen" sei, mit einigen Kumpels, wie der Wirt bereitwillig erklärt hatte.
Als Stefan das Lokal betrat, gab der Wirt ihm mit einer Wendung des Kopfes zu verstehen, dass Albers im hinteren Raum sei. Woher er nur wusste, das Stefan dort hin wollte. Vielleicht hatte er bei Uli Seiferts Anruf doch geahnt, dass es die Polizei gewesen war.
Stefan betrat einen völlig verqualmten Raum. Zwei Männer und eine Frau saßen an einem kleinen Rundtisch. Sie wirkten in dem großen Gesellschaftsraum etwas verloren. Bevor Stefan seine Begrüßung loswerden konnte, hörte er schon Albers Stimme:
„He Leute, Bullenbesuch, wurde auch langsam Zeit."
„Tach, wieso wurde es langsam Zeit?" fragte Stefan erstaunt.
„Glauben Sie denn, wir lassen Klotz in Ruhe, der uns den ganzen Scheiß eingebrockt hat?"
„Den Scheiß habt ihr zum großen Teil selbst zu verantworten."
„He, Bulle, so nicht. Wenn du von uns was erfahren willst, dann bitte etwas höflicher."

Von den beiden anderen war höhnisches Lachen zu hören.
„Schon gut. Also?"
„Was also? Ihr wollt doch was wissen. Also stell die Fragen."
Welche Fragen sollte Stefan stellen, um nicht dumm dazustehen, und doch etwas zu erfahren. Was das sein würde und wie wichtig das sein würde, war ihm im Augenblick schleierhaft.
„Ihr habt also Klotz nicht in Ruhe gelassen", begann Stefan, vorsichtig. „Ich gehe mal davon aus, dass ihr nicht tätlich geworden seid, wegen der Polizeiauflage. Ihr habt was gesehen, was ihr loswerden wollt. Sozusagen, die Polizei soll für euch den Racheengel spielen. Habe ich Recht?"
Alle Drei spendeten verhalten für fünf Sekunden Applaus.
„Ganz schön clever, der Hauptkommissar", ließ sich die Frau vernehmen.
„Und wie können wir euch den Gefallen tun", wollte Stefan wissen.
Dieser fand die ganze Situation grotesk. Die Polizei, besser gesagt der Hauptkommissar Helwich, verhandelte mit Neonazis gegen die ein Verfahren lief. Grotesk auch deshalb, weil ohne deren Auskunft, die Operation unter Umständen heute Abend nicht die gewünschten Ergebnisse bringen könnte.
„Ganz einfach, legt der Bande das Handwerk", erwiderte Albers.
„Schön, machen wir. Habt ihr vielleicht irgendeinen Tipp, wie wir das machen können?" Die Situation wurde immer absurder.
„Die da draußen scheinen wieder mal ne große Partie feiern zu wollen …"
Albers wurde von der Frau unterbrochen: „ … so ne Art rustikale Sexpartie, denk ich mal."
„Und wie kommt ihr darauf?"

„Die karren seit zwei Tagen mächtig viel Stroh in die Scheune, so Rollen, wie sie überall auf den Feldern zu finden sind."
Was sollte das mit dem Stroh? Sexorgie auf Strohlager? Daran wollte Stefan nicht so recht glauben. Aber wenn er die Aussage des in Polen festgenommenen Komplizen berücksichtigen würde, der ausgesagt hatte, dass die neue Lieferung unterwegs sei, könnte da was dran sein. Aber unter Stroh kann man auch einiges verstecken. Das aber würde wenig nützen, wenn der Hof mitsamt der Scheune durchsucht werden würde. Weshalb also das Stroh? Na klar, Stroh brennt gut! Diese Erkenntnis ließ ihn erschrecken. Der Adrenalinstoss war heftig und trieb ihm die Röte ins Gesicht. Er schaute auf die Uhr. Noch zehn Minuten, dann sollte die Operation starten. Hoffentlich schaffte er es noch. Wen sollte er warnen? Müller ging nicht. Stefan hatte die Kommunikationsfrequenz nicht. Die Handys waren ausgeschaltet. Jörgensen in der Zentrale. Da war zu viel zu erklären, zu viel Zeitverlust. Der Hauptkommissar, der nur Beobachter sein sollte, musste jetzt doch selbst aktiv werden.
„Ist Ihnen nicht gut, Bulle?" fragte der, der bisher geschwiegen hatte.
„Albers, los mitkommen. Sie zeigen mir den Weg zum Hof. Los, dalli!" forderte Stefan. Es sah aber nicht so aus, als ob der freiwillig mitkommen wollte. Stefan packte ihn am Arm und sagte leise aber bestimmt: „Denken Sie dran, sie stehen unter Polizeibeobachtung. Hilfe verweigern geht jetzt nicht. Abmarsch!"
Mit Blaulicht und Martinshorn ging es durch die engen Straßen der Stadt. Am Stadtrand wies Albers den Weg. Früher mag die Straße sicher mal gut asphaltiert gewesen zu sein, jetzt war es eine reine Schlaglochpiste.
„Da hinten, das ist es", Albers zeigte voraus auf einen Hof, der vielleicht noch knappe zwei Kilometer entfernt war.

„He, da sind ja schon Bullen“, fügte er erstaunt hinzu, „du willst mich verarschen, he.“
Stefan hielt abrupt. „Los raus hier. Der Rest passiert ohne Sie.“
Albers wollte protestieren. „Raus!“ Stefans Stimme zeiget an, dass Widerspruch zwecklos wäre. Später einmal würde sich Stefan an diesen kurzen Stopp mit Dankbarkeit erinnern. Er schaltete das Martinshorn und das Blaulicht aus, gab Vollgas, um die Kollegen vor ihm noch vor dem Hof zu erreichen. In zwei Minuten sollte es losgehen, dann würde Jörgensen das Startsignal geben. Stefan hatte sich bis auf 200 Meter den drei Polizeiwagen vor ihm genähert, als die Autos auch schon auf den Hof fuhren. Ein Auto, das Zivilfahrzeug, hielt geradeaus auf die Scheune zu, die anderen hielten vor den beiden anderen Gebäuden, rechts und links. Eines war wohl das Wohnhaus, das andere könnten einmal Ställe gewesen sein. Stefan raste mit unverminderter Geschwindigkeit auf das Gehöft zu. Er sah wie Müller und zwei weitere Beamte aus dem Wagen stiegen und auf das Scheunentor zugingen. Den dreien galt seine ganze Aufmerksamkeit. Müller erfasste den Riegel der Türe in der Scheunentormitte. In dem Augenblick, in dem er sie öffnete, gab es eine dumpfe Explosion. Ein Feuerball schoss aus der kleinen Türe. Müller wurde nach hinten geschleudert. Dann fiel das große Tor nach außen und begrub Müller unter sich. Die beiden anderen sprangen zur Seite. Das Tor verfehlte sie nur knapp. Dachziegel flogen durch die Luft und prasselten auf den Hof und die Fahrzeuge. Ein ungeheuerer Feuerball stand über der Scheune. Stefan hielt mit quietschenden Reifen im sicheren Abstand. Tippte die 112 in sein Handy, nannte seinen Standort und forderte gleichzeitig einen Rettungswagen an. Dann stieg er aus dem Wagen, den kleinen Feuerlöscher in der Hand. Zwei weitere Polizisten hatten sich mit Feuerlöschern bewaffnet. Gegen diesen Brand waren die so

gut wie nutzlos, aber um Müller unter dem Scheunentor hervorzuholen musste man versuchen, wenigstens die Brände am Scheunentor zu löschen. Die Hitze war ungeheuerlich, aber der riesige Feuerball hatte sich in ein loderndes Feuer verwandelt. Feuerwolken flatterten gen Himmel und regneten auf den Hof und die umstehenden Gebäude. Das Scheuentor hatte glücklicherweise nur an den Unteren und seitlichen Rändern Feuer gefangen. Das Tor musste angehoben werden, um Müller darunter wegzuholen. Nur mit vereinten Kräften konnte das Tor am oberen Ende angehoben werden, aber Müller lag am unteren Ende. „Habt ihr Handschuhe?“ fragte Stefan. „Wir müssen an der rechten Seite anheben.“

„Ich hole die“, bot sich die Polizistin an.

Stefan versuchte dennoch mit den anderen Beamten zuzupacken. Er zog die Ärmel seiner Jacke über die Hände. Die fing bald darauf Feuer, schütze aber vorerst noch. Loslassen kam jetzt auf keinen Fall in Frage. Zwei Paar Handschuhe wurden gereicht.

„Haltet ihr das Tor. Ich krieche mit der Kollegin unter das Tor.“

Da lag Müller, stöhnend auf dem Bauch. Seine Hose hatte Feuer gefangen Er war eingeklemmt.

„Höher“, befahl Stefan.

Auf dem Bauch kriechend erreichte Stefan seinen Kollegen. Er drehte ihn an den Schultern auf den Rücken. So konnte er unter die Schultern greifen und ihn zu sich ziehen. Müller war bewusstlos.

„Löschen Sie das Feuer da unten“, forderte Stefan die Kollegin auf.

Von der kam entsetztes Stöhnen. „Furchtbar!“

Dann sah es auch Stefan. Müllers Gesicht und Hände waren schwer verbrannt. Es dauerte dreißig Sekunden, bis sie ihren verunglückten Kollegen geborgen hatten. Auf einer Decke

trugen die Anderen ihn aus der unmittelbaren Gefahrenzone.
Vom Weiten war bereits die Feuerwehr zu hören. Stefan erinnerte sich trotz allem, an den eigentlichen Grund, weshalb er hier war. Er wunderte sich, dass niemand aus dem Wohnhaus gekommen war. Das Feuer loderte weiter. Man sagt zwar, dass Strohfeuer nur kurz sind, aber das Strohfeuer hatte inzwischen die Balken der Scheune erfasst. Stefan hatte gelernt, dass aus dem Verlauf des Feuers Aussagen über den Bandherd gemacht werden konnten. Am Stallgebäude war ein Wasserhahn. Er zog sein Hemd aus und machte es nass. Mit dem nassen Hemd vor dem Gesicht näherte er sich dem Brand, so weit er konnte. Da war nichts mehr zu erkennen. Stefan wollte gerade zurückgehen, als eine weitere Explosion erfolgte. Er spürte einen Schlag auf die Schulter, dann einen brennenden Schmerz am Hals und linken Arm. Ein brennender Balken war auf ihn gestürzt. Die Kollegen waren schnell zu Stelle, hüllten Stefan in eine Decke und halfen ihm aus der Gefahrenzone zu kommen.
Dann war auch schon die Feuerwehr da. Kommandos ertönten, die zigmal eingeübten Handgriffe waren den Männern in Fleisch und Blut übergegangen. Bald darauf schossen Wasserstrahlen in das Feuer und auf die anderen Gebäude. Der Krankenwagen und ein Notarztwagen der Feuerwehr kamen nur Sekunden nach der Feuerwehr auf den Hof.
Müller war glücklicherweise immer noch bewusstlos. Die Schmerzen mussten im Wachzustand unerträglich sein. Müller wurde auf die Trage gehoben, in den Wagen geschoben, die Türen geschlossen, schnell eine Infusion angelegt und schon raste der Wagen davon. Einer der Ärzte blieb. Er besah sich Stefans Verletzungen, die, verglichen mit Müllers Zustand, eher als harmlos bezeichnet werden konnten. Dennoch, die linke Gesichtshälfte, Hals und Schultern und der linke Unterarm wiesen erheblich

Brandverletzungen auf. Zudem glaubte der Arzt, dass mindestens Stefans Schlüsselbein gebrochen sei, wenn nicht noch mehr im Schulterbereich.
„Sie gehören ins Krankenhaus, Herr Helwich“, sagte der Arzt, „ich bringe Sie hin.“
Sie brachten ihn ins Kreiskrankenhaus. Dort wurden erst seine Brandwunden vom Kopf bis zum Unterarm versorgt. Dann wurde seine Schulter geröntgt. Mann stellte einen Schlüsselbeinbruch fest. Es gestaltete sich etwas schwierig, die Brandwunden zu verbinden und darüber die Schulter zu schienen. Stefan bekam eine Armstütze, die mit Riemen um seinen Körper gebunden wurde. Als Stefan sich im Spiegel sehen konnte, blickte ihm ein völlig fremder Mann entgegen. Mit den Verbänden, seiner Nasenschiene und dem Gestell unter seinem linken Arm hätte er gut in jeden Horrorfilm gepasst.
„Wir behalten Sie erst einmal ein paar Tage hier“, teilte ihm der Arzt in der Notfallaufnahme mit.
Schlechte Aussichten für weitere Ermittlungen, dachte Stefan, was ihn betraf. Dennoch die Ermittlungen mussten weitergehen. Der Fall war zu sehr verzahnt, als dass ein Kommissariat die Sache allein zu Ende bringen konnte. Nur das Morddezernat war jetzt außen vor; es war sozusagen verwaist. Kommissar Soltan war kurz vor Antritt der Rehabilitationsphase in Bad Wildungen und der Hauptkommissar außer Gefecht gesetzt. Die einzigen Personen, die noch arbeiten konnten waren Kommissarin Paulinski, eine Vertretung und Ulrike Seifert, eine Sekretärin, beide ohne die nötige Kompetenz. Wäre Stefan Helwich nicht mit Leib und Seele Polizist, und würde es für ihn keine größere Befriedigung geben, als zu ermitteln und Verbrecher ihrer verdienten Strafe zuzuführen, würde er sich über den Zustand seiner Abteilung keine Sorgen machen. Denn solange noch keine unwiderlegbaren Beweise vorlagen, dass Holowitz Reinhard Hertinghausen ermordet

hatte und der Tatort noch nicht gefunden worden war, war für ihn der Fall noch nicht abgeschlossen. Stefan war entschlossen, mit seiner Handicap-Truppe weiterzumachen. Hatten die beiden Frauen auch keine Kompetenzen, so waren sie doch mobil. Waren die beiden Männer auch weniger mobil, so hatten sie doch die nötigen Kompetenzen. Und alle vier hatten einen Kopf zum Denken. Das müsste doch wohl reichen, um mit den Ergebnissen der ermittelnden Kollegen den Fall zu klären. Wie er das anstellen sollte, war ihm augenblicklich allerdings noch unklar.
Stefan lag auf dem Rücken, starrte die weiße Krankenzimmerdecke an, der sich sein linker Arm mit den Fingern am Ende wie ein Rest von Leben an einem verkrüppelten Ast entgegenstrecke. Seine Finger würden nichts da oben greifen können, was immer sich da zeigen würde. Die Flecken und Schatten an der Decke formten sich vor seinen ermüdenden Augen zu bizarren Mustern, die sofort verschwanden, sobald er genauer hinsehen wollte. Dafür entstanden neue von ebenso kurzer Lebensdauer. Doch nach und nach blieben die Bilder stehen, verschwanden nicht, obwohl sie sich bewegten, nahmen konkretere Formen und dann Farben an. Die Erlebnisse der letzten Stunden hatten ihn im Traum eingeholt. Nur dieses Mal war es ein riesiges flammendes Scheunentor, das ihn unter sich begrub. Ein Schmerzensschrei entrang sich seiner Kehle, der in dem hohen Zimmer mit den kahlen Wänden einen seltsamen Nachklang hervorbrachte. Der Schmerz ließ in völlig wach werden. Als er die Augen aufschlug, schaute er in das besorgte Gesicht einer Krankenschwester.
„Haben Sie große Schmerzen, Herr Helwich?" Als sie keine Antwort bekam, fuhr sie fort: „Ich frage den Arzt, ob ich Ihnen noch eine Spritze geben kann - und vielleicht ein Schlafmittel."

Als Stefan nach einem unruhigen Schlaf erwachte, meldeten sich als erstes seine Schmerzen und gleich darauf die Schwester mit einem „Guten Morgen, Frühstück, Herr Helwich. Ich stell es hier auf den Tisch. Sie können ja ausstehen. Sie kommen schon klar damit."
Raus war sie. Aufrichten konnte Stefan sich mit Mühe, auch auf die Beine stellen, aber mit dem Frühstück kam er mit nur dem rechten Arm nicht klar. Wie schneidet man mit einer Hand ein Brötchen durch, ohne dass es immer wieder wegrutscht? Und wie kriegt man harte Butter dann darauf? Eine erste echte Herausforderung. Aber er war sich sicher, dass noch mehr folgen würden. Er konnte niemanden im Zimmer bitten, ihm zu helfen, das zweite Bett war leer.
Der Vormittag verlief wie eben jeder erste Vormittag für einen Patienten in einem Krankenhaus verläuft. Arztbesuch, Aufklärung des Patienten über seine Verletzungen, Anweisungen an das Pflegepersonal, „möchten Sie ein Telefon", ja, bitte", „ich besorg ihnen eins, kostet zwanzig Euro mit Pfand."
Es klopfte energisch an der Türe. Herein kam Kommissar Soltan mit einer Halskrause, Ulrike Seifert im Schlepptau mit einem Blumenstrauß.
„Hallo Stefan. Der eine geht, der andere kommt. Wie geht es dir?" In Frieders Stimme lag echte, freundschaftliche Anteilnahme.
Was sagt man auf eine solche Frage? Man sagt, was einem fehlt.
„Müller hat es ja schlimm erwischt", stellte Frieder fest.
„Ja, weißt du wie es ihm geht?"
„Er ist hier auf der Intensivstation. Er hat wohl schlimme, wenn auch nicht lebensgefährliche Verbrennungen, besonders im Gesicht. Mehr weiß ich nicht."
„Ich hätte schneller fahren sollen. Ich hatte so eine Ahnung, dass die mit Feuer Beweise vernichten wollten."
„Wie kommst du denn da drauf?"

Stefan erzählte von dem Gespräch mit Albers.
„Es sieht wirklich danach aus, als ob dort Beweise vernichtet werden sollten. Unter dem Stroh waren einige Mittelklasse- und Kleinwagen“, schaltete sich Uli Seifert ein, „ich habe heute schon mit Hartmann gesprochen.“
„Hört mal her, ihr zwei“, begann Stefan. Dann erläuterte er ihnen seine Idee, trotz aller Handicaps weiter zu ermitteln.
„Wir lassen die Kollegen suchen“, schloss Stefan seine Ausführungen, „vergleichen und werten deren Ergebnisse aus. Mit ein paar vagen Hinweisen, können wir sie unter Umständen auf eine wichtige Spur bringen. Zur Not müssen wir selbst noch mal vor Ort.“
„Was interessiert uns die Sache denn noch?“ wollte Uli Seifert wissen. Auch Frieder sah Stefan mit fragenden Blicken an und ergänzte: „Bist du dir nicht mehr sicher, dass Holowitz der Mörder ist?“
„Sicher war ich mir nie. Solange eindeutige Beweise nicht vorliegen und sich unser Verdacht nur auf Indizien stützt und solange der Tatort nicht identifiziert worden ist, dürfen wir uns nicht sicher sein, auch wenn alles andere unseren Verdacht bestätigen sollte.“
„Wir zwei können aber nicht vom Büro aus aktiv werden.“
„Nein, dafür sind die beiden Frauen da. Ich hoffe, die raufen sich zusammen.“
„An mir soll's nicht liegen“, unterbrach Uli.
„Und wir vereinbaren jeden Tag eine gemeinsame Besprechung“; fuhr Stefan fort, „in der wir uns abstimmen, Berichte auswerten und überlegen, was zu tun ist. Ich lasse mich ins Klinikum nach Kassel verlegen so bald es geht. Und du Frieder, versuche doch in eine ambulante Rehhabilitation zu kommen, dann können wir uns täglich treffen. Vielleicht liegen im Laufe des Tages ja schon einige Ergebnisse vor. Paulinski soll sich alles bis morgen Mittag beschaffen. Wir treffen uns morgen um 15.00 Uhr hier. Ich hoffe Uli, Ihre Familie kann Sie am Samstagnachmittag für

zwei Stunden entbehren. Sie können ja anschließend ne Wanderung zur Weidelsburg machen."
Der letzte Satz trug ihm einen vorwurfvollen Blick ein.
Die Tür öffnete sich. Eine Schwester trat ein und bat die Bescher den Raum zu verlassen. Herr Helwich müsste neue Verbände bekommen.

Die Kolleginnen und Kollegen der beteiligten Dezernate waren nicht untätig gewesen. Es konnte wichtiges Beweismaterial sichergestellt werden. Inzwischen hatte das Kommissariat, zuständig für organisierte Kriminalität, zusätzliche Ermittlungen aufgenommen. Die Ergebnisse der anderen Abteilungen lagen bis Samstagmittag bei Kriminalrat Jörgensen auf dem Tisch. Der betrachtete diese jedoch als sein persönliches Eigentum. Also musste Kommissarin Paulinski die Kolleginnen und Kollegen bitten, ihr Kopien zu geben, weil ja doch die entscheidenden Hinweise für die erfolgreiche Aktion aus ihrer Abteilung gekommen waren, Mit diesen Kopien und mit Ulrike Seifert trat sie kurz nach 15.00 Uhr in Stefans Krankenzimmer. Frieder Soltan war schon da und das zweite Bett immer noch leer, sodass sie in Ruhe die Dinge angehen konnten.
Zuerst nahm sich Stefan den Bericht der Kommissarin Straube von der Sitte vor. Er war nur kurz und bestätigte, das was Stefan vermutet hatte. Helga Paulinski konnte nicht verschweigen, dass sie bei der Sache nicht ganz untätig gewesen war.
„Es beweist aber noch nicht", stellte Stefan nach Beendigung der Lektüre fest, „dass Holowitz und Klotz die Drahtzieher im Nuttengeschäft oder wenigstens die Vermittler der Frauen waren."
„Ich bin sicher, die Glatzköpfe wissen einiges mehr", meinte Frieder Soltan, „die haben nicht alles gesagt. Wir sollten Ölvermann bitten, da mal nachzuhaken."

Langfelds Bericht gab so gut wie gar nichts her. Es war unwahrscheinlich, dass der Türke mit den Geschäften was zu tun hatte.
„Ist der Türke eigentlich jemals nach seinen Beobachtungen in den letzten drei Wochen befragt worden?“ wollte Stefan wissen.
„Wenn Sie das nicht getan haben, höchstens Ölvermann. Ich glaube aber eher nicht. Den können wir erst Montag fragen. Der hat das Wochenende frei“, sagte die Kommissarin.
„Ich eigentlich auch“, warf Uli ein.
Einen Bericht vom Einsatz auf dem Aussiedlerhof gab es nicht. War auch nicht erforderlich. Stefan hatte das meiste ja selbst miterlebt. Dafür aber gab es einen vorläufigen Bericht von der Spurensicherung und von der Feuerwehr.
Unter den Strohballen waren Autos versteckt, alte Wracks und fast neue Wagen der Luxusklasse. Das Feuer hatte sie nicht alle völlig ausgebrannt. Von einigen waren nur noch die Metallteile übrig geblieben. Hartmann berichtete, dass darunter ein Mercedes der S-Klasse und ein Audi-A 4 gewesen seien. Die anderen Autos wurden vermutlich vorher ausgeschlachtet. Interessant für Stefan war, zu lesen, dass die beiden großen Limousinen polnische Nummernschilder trugen. Der Lack darauf war zwar abgebrannt, aber das Relief war noch gut erhalten. Die ausgeschlachteten Autos hatten keine Nummernschilder.
Die Feuerwehr ging davon aus, das die Explosion durch einen Sprengsatz mit Zeitzünder ausgelöst worden war und Benzin als Brandbeschleuniger verwendet wurde. In Verbindung mit dem Stroh hätte dies das schnelle Ausbreiten des Feuers verursacht. Über die Art und Weise des Sprengsatzes hatten die Brandexperten nichts geschrieben.
„Dann war das reiner Zufall, dass wir gerade zu dem Zeitpunkt auf den Hof fuhren, auf den der Zeitzünder eingestellt war?“ stellte Stefan fragend fest. „Unglaublich.

Dreißig Sekunden früher und es hätte Tote gegeben. Dreißig Sekunden später und Müller wäre unverletzt geblieben."
„Und Sie auch, Chef!" unterbrach Uli Seifert.
„Ich auch, vielleicht. Ich habe unterwegs kurz gehalten und Albers rausgeschmissen, sonst hätte ich womöglich Müller noch waren können. Aber ich hatte ja nur so eine Ahnung. Von Ahnungen hätte sich Müller sicherlich nicht aufhalten lassen. Da nützt kein hätte und wenn. Solche Zufälle gibt es eigentlich gar nicht. Weiter jetzt."
Das Lesen und Reden wurde immer wieder durch ein schmerzhaftes Stöhnen unterbrochen, was dem Hauptkommissar jedes Mal die bedauernden Blicke der Anwesenden eintrug. Die Brandwunden hatten wohl ein Stadium der Schmerzen erreicht, das nur noch mit starken Medikamenten zu ertragen war.
„Soll ich jemanden holen, der Ihnen was gibt?" fragte Uli besorgt.
„Noch nicht. Ich will noch einen Augenblick klar denken können."
Helga Paulinski meldete sich wieder: „Jetzt kommt der interessantere Teil. Hauptkommissar Prolls Bericht, beziehungsweise der der Spurensicherung, die Proll angefordert hat." Mit diesen Worten reichte sie Stefan eine weitere Akte.
Stefan las von der Wohnungs-, Garagen- und Kellerdurchsuchung im Hause Klotz und von dessen Versuch Akten zu vernichten, von denen einige gerettet werden konnten, aber noch nicht ausgewertet waren. Teilweise handelte es sich um Material, dass bereits in der vergangenen Woche sichergestellt, aber wieder zurückgegeben wurde, weil es für den Fall nicht relevant zu sein schien. Interessanter war der Fund in einem der Müllsäcke mit dem geschredderten Material. Unter all den Schnipseln konnte die Spurensicherung Kfz-Zulassungen

erkennen, blanko zwar, aber mit dem Stempel einer polnischen Behörde.
„Auf den Trick muss man erst einmal kommen", sagte Stefan und reichte den Bericht an Frieder Soltan weiter. „Dreifaches Geschäft, vermute ich mal, zwei davon bewiesen. Schrottautos mit Frauen aus östlichen Ländern mit Touristenvisum legal nach Deutschland reisen lassen, die Frauen illegal als Prostituierte verkaufen, die Nummernschilder der Schrottautos an geklaute Nobelkarossen schrauben, gefälschte Zulassungen ausfüllen und mit den geklauten Autos legal wieder gen Osten fahren. Und ich vermute ein drittes Geschäft, dass die alten Autos ausgeschlachtet und die Schrottersatzteile in Fahrzeuge eingebaut wurden, die ahnungslose Kunden bei Klotz reparieren ließen. Die Neonazis müssen von all dem gewusst haben. Das ist ein Fall für Hauptmann von der Organisierten Kriminalität. Und was bleibt für uns?"
„Moment", sagte Frieder, „lass mich erst einmal in Ruhe lesen, bis jetzt habe ich dir nur zugehört."
Nach einer Weile des Schweigens überlegte Kommissar Soltan laut: „Fragt sich nur wer hier der Chef war, Klotz oder Holowitz. Wer immer das ist, muss auf jeden Fall ein großes Interesse daran gehabt haben, Mitwisser aus dem Weg zu räumen oder in Misskredit zu bringen, wie er das bei den Neonazis versucht hat. Die haben Klotz ja nun nachweisbar erpresst. Und wenn auch Reinhard Hertinghausen versucht hat Klotz zu erpressen, dann war das einer zuviel, der absahnen wollte."
„Frau Paulinski, wissen wir eigentlich etwas über die anderen Mitarbeiter der Firma Klotz, außer von dem Türken?" wollte Stefan wissen.
„Nein, die sind der Vorladung nicht gefolgt und als die Kollegen sie herbringen wollten, waren die nicht aufzutreiben. Ich gehe mal davon aus, dass die sich gen Osten abgesetzt haben. Und solange kein begründeter

Verdacht wegen Beteiligung an einem Verbrechen vorliegt, können wir auch nicht nach ihnen fahnden lassen."
Kommissar Soltan las weiter, dann fragte er: „Der Satz, den Klotz bei seiner Festnahme gesagt hat, ist interessant. Was will er damit sagen „das habe ich alles nicht gewollt"?"
„Die Kollegen werden ihn bestimmt danach fragen. Sie sollten bei dem Verhör dabei sein, Kollegin Paulinski, und da nachhaken", meinte Stefan.
„Vielleicht schon zu spät. Die vernehmen ihn gerade."
„Finden Sie's raus und wenn das so ist, ab nach Kassel" forderte Stefan sie auf.
Es war so. Kommissarin Paulinski musste zurück. Uli Seifert dann natürlich auch. Frieder wollte bleiben. Als die beiden Freunde allein waren, meinte Stefan:
„Frieder, du kannst dich doch mal beim abgebrannten Hof umsehen, vielleicht entdeckst du da noch etwas, was interessant sein könnte für unseren Fall. Kannst ja mit Ann-Katrin einen Spaziergang machen."
„Könnte ich. Mal sehen, ob sie mitkommen will. Du kannst dir vorstellen, dass sie jetzt viel zu tun hat, um alle Informationen für ihren Bericht über diesen Fall zu sammeln. Weiß eigentlich deine Tochter, dass du hier liegst?"
„Ich habe noch nicht mit ihr telefoniert. Du etwa?"

Keiner hatte mich bis dahin informiert. Ich bekam den Anruf aus Kassel am Samstagmittag. Das reichte gerade noch für den 14.00 Uhr-ICE. Ann-Katrin und Frieder holten mich am Bahnhof Bad-Wilhelmshöhe ab. Ich musste erst einmal etwas essen. Zum Mittagessenn hatte es nicht gereicht und das Essen im Zug kann ich mir nicht leisten. Ein Sandwich und eine Tasse Kaffee reichten vorerst. Frieder meinte:
„Wir können später in Wolfhagen zusammen essen gehen. Aber erst solltest du deinen Vater besuchen."
Also fuhren wir ins Kreiskrankenhaus Wolfhagen. Papa schlief. Er habe eine schmerzstillende Spitze bekommen, sagte die Schwester.

Wenn ich ihn wach kriegen würde, könnte ich mit ihm reden, meinte sie. Das war ziemlich einfach. Es muss wohl an meiner besorgten Stimme gelegen haben.
„Gabi, du hier? Schön, dass du mich alten Esel besuchen kommst."
Wieso er sich als alten Esel bezeichnete war mir nicht sofort klar. Auch nachdem er mir, zwar stockend und mit lahmer Zunge, die Ereignisse der letzten Tage erzählt hatte, konnte ich es zwar ahnen, aber sicher war ich mir nicht. Ob er gemeint hat, er hätte getrost den anderen, die damit beauftragt waren, die Sache überlassen sollen und er hätte besser gewartet, bis die anderen Ergebnisse vorlegen würden, wäre möglich. Das würde jedenfalls zu seinen Erfahrungen passen. Unter diesen Erfahrungen litt mein Vater. Ich hoffe nur, dass sich das nicht zu einem Komplex entwickelt. Die Gefahr besteht durchaus. Es wäre nicht das erste Mal, dass mein Vater, der Hauptkommissar, den Stein in einem bestimmten Fall ins Rollen bringt, die Dinge sich aber in Richtung anderer Zuständigkeiten entwickeln, und dann so ganz nebenbei auch der Fall, den mein Vater gerade bearbeitet, gelöst wird. Mit dieser Zuschauerrolle gibt sich mein Vater selbstverständlich nicht zufrieden. Und gerade deshalb mischt er sich oft ein, wo er besser außen vor geblieben wäre. Und weil er das nicht getan hatte, deshalb lag er nun da.
Über was können sich Vater und Tochter über das Berichten der Ereignisse, die zum Aufenthalt im Krankenhaus geführt haben, hinaus sagen. So war auch bald nach dem Bericht und Beantworten einiger Fragen der Gesprächsstoff erschöpft.
„Ich schlage vor", sagte schließlich mein Vater, „du siehst dir mit den Soltans mal den Ort an, wo das passiert ist. Du wolltest doch sowieso mit ihnen noch essen gehen."
Das war ein Rausschmiss aus lauter Verlegenheit. Vielleicht war mein Vater auch nur müde. Also ging ich raus, rief Ann-Katrin an und bat sie, mich am Krankenhaus abzuholen. Die beiden waren noch im Ort, hatten Kaffee getrunken und wollten gerade raus zum abgebrannten Hof fahren.

Zehn Minuten später waren wir auf dem Weg zum Hof. Ich hatte mir das schlimmer vorgestellt. So viel ich sehen konnte, waren die Gebäude rechts und links unversehrt. Von dem abgebrannten Gebäude standen noch Reste der seitlichen Mauern und sonst ragten nur verkohlte Balken wie mahnende Finger in den Himmel, mittendrin ein Haufen Schrott, verbrannte Autos, wie ich feststellen konnte. Auch Frieder und Ann-Katrin sahen den Ort so zum ersten Mal. Ann-Katrin machte einige Fotos aus verschiedenen Perspektiven, bestimmt, um damit ihren Bericht zu illustrieren. Schweigend umrundeten wir das Terrain. Worte waren hier nicht vonnöten. Alle wussten, was hier geschehen war. Bestimmt dachten auch in diesem Augenblick die anderen, genauso wie ich an den Polizisten Müller, der hier beinahe sein Leben gelassen hätte. Frieder vermied es ins Innere zu gehen. Das war auch noch abgesperrt. Er interessierte sich aber umso mehr für das Gelände um den Hof herum und für die ehemaligen Ställe. Auch ich konnte bei einem Blick in die Ställe erkennen, dass darin schon lange kein Vieh mehr gewesen sein konnte. Es hatte vielmehr den Anschein, als ob die Boxen für Autos genutzt worden wären. Die Spurensicherung hatte hier bestimmt schon Proben von Wänden und Boden genommen.

„Gehen wir mal hinten raus", schlug Frieder vor.

Also gingen wir zum Gelände hinter der Brandstelle. Wir sahen erst einmal eine große Fläche Brachland und in fünfzig Metern Entfernung einen lang gestreckten Erdhügel, abgedeckt mit einer weißen Folie, die mit Autoreifen beschwert war. Nachdenklich betrachtete Frieder den Hügel. Dann sagte er nachdenklich: „Eine Futtermiete? Wofür das denn?"

Ja, wofür war da eine Futtermiete, wenn es kein Vieh gab? So alt konnte die nicht sein, als dass sie früher einmal für das Vieh gemacht wurde.

„Das soll sich die Spurensicherung doch mal vornehmen", meinte Frieder, „da könnte was drin versteckt sein."

„Wie wär's mit einem anständigen Abendessen?" ließ sich Ann-Katrin vernehmen.

„Einverstanden!“ Frieder und ich gaben fast gleichzeitig unsere Zustimmung.
„Vorher rufe ich noch Stefan wegen der komischen Miete an“, meinte Frieder.
Ich verbrachte den halben Sonntag noch bei meinem Vater im Krankenhaus, bevor ich mich am Nachmittag wieder auf den Weg gen Süden machte. Da erzählte er mir die ganze Geschichte in allen Einzelheiten, ohne allerdings zu wissen, welche unerwartete Wendung der Fall durch die weiteren Nachforschungen annehmen würde.

Über das Wochenende würde nicht viel passieren. Nichts war so eilig, als dass es nicht bis Montag warten konnte, abgesehen von Haftprüfungstermin für Klotz. Hauptmann vom Kommissariat Organisierte Kriminalität wollte ihn auf jeden Fall in Untersuchungshaft sehen. Der Staatsanwalt war derselben Ansicht. Überraschenderweise hatte Klotz einen renommierten Anwalt aus Kassel auftreiben können. Wie der Kfz-Meister an einen so teuren Anwalt gekommen war, war eine Nachforschung zum gegebenen Zeitpunkt wert. Aber auch der konnte den Haftrichter nicht davon anbringen, Klotz in U-Haft zu nehmen und bis zur Verhandlung dort zu belassen. Ganz eindeutig bestand Fluchtgefahr. Am Samstagabend erhielt Stefan noch einen Anruf von Helga Paulinski, in dem sie ihm mitteilte, dass sie die erste Vernehmung von Klotz verpasst hatte. Ihr war aber zugestanden worden, am Montag die Beteiligten zu befragen. Die Kommissarin wollte sich, außer Klotz, auch den türkischen Mechaniker und Annegret Hertinghausen vornehmen, wenn möglich in der umgekehrten Reigenfolge. Die anderen Kollegen hatten ihr für Klotz die Zeit nach elf Uhr zugestanden.
Um neun Uhr erschien Kommissar Hartmann in Paulinskis Büro. Er schwenkte einige Blatt Papier mit der Hand herum, als wolle er ein damit andeuten, dass er etwas ganz Wichtiges in Händen hielt. Das war es dann tatsächlich

auch, wie Paulinski nach einem kurzen Blick darauf feststellte. Es waren Fax-Kopien aus Krakow von Zilinski. Zuerst las sie den Brief. Er war zwar an Hauptkommissar Helwich gerichtet, aber da sie ihn quasi vertrat, nahm sie sich die Freiheit ihn zu lesen.

Lieber Stefan Helwich, verehrter Kollege,
wir haben, so wie ihr uns darum gebeten habt, Fingerabdrücke von Stanislaw Holowitz genommen und auch Abdrücke von den Sohlen der Schuhe gemacht, die er anhatte und von dem *anderen Paar aus seinem Gepäck. Ich hoffe, ihr könnt etwas damit anfangen.*
Dank deiner Kompetenzüberscheitung hier in Krakow konnten unsere Grenzbeamten in Zgorzelec die Fahrer zweier Wartburgs festnehmen, in deren Gepäck Blankozulassungen für deutsche Autos gefunden wurden. Wir vermuten, dass diese aus Litauen stammen. In den Autos waren sechs Frauen aus der Ukraine, die zwar ein gültiges Touristenvisum hatten, aber unseren Beamten erzählten, sie wollten in Deutschland arbeiten. Sie hatten Papiere dabei, von denen sie meinten, es seien gültige Papiere für die Arbeitserlaubnis bei euch. Es waren aber ganz grob gefälschte Ausweise. Wir haben die Frauen zurückgeschickt. Unsere Behörden forschen jetzt nach den Hintermännern.
Hoffentlich könnt ihr etwas damit anfangen.
Falls ihr in Kassel etwas für uns habt, bitte schicke es uns.
Es grüßt euch
Zilinski

„Wir haben die Fingerabdrücke verglichen“, sagte Hartmann, „sie decken sich mit denen aus der Werkstatt und in Hertinghausens Wohnung. Die Sohlenprofile habe ich ins Labor gegeben. In einer Stunde sollten die Ergebnisse vorliegen.“
„Haben Sie etwas in den Garagen oder im Wohnhaus gefunden, was für uns von Interesse wäre“, wollte Paulinski wissen.

„Jede Menge Fingerabdrücke überall. Wir sind noch dabei sie abzugleichen. In den Garagen Öl, Fett, Dreck, Schuhsohlen- abdrücke, Ersatzteile und eine zusammengebrochene mobile Hebebühne. Was das alles hergibt, wissen wir noch nicht. Das wird dauern bis die Kollegen das ausgewertet und bewertet haben."
„Danke, Kollege Hartmann, ich informiere Helwich, wenn die Berichte vorliegen."
Den erstaunten Gesichtsausdruck Hartmanns kommentierte sie vorsichtshalber nicht.
Stefan Helwich kam ihr zuvor. Das, was er ihr mitteilte, stieß zwar auf ihr Interesse, aber keineswegs auf ihre Begeisterung. Die verdächtige Miete bedeutete, Hartmann und sein Team zu mobilisieren und selbst mit nach Wolfhagen zu fahren. Ade, schöne Radtour an der Werra. Ihr Mann und ihre beiden Kinder würden sich allein auf den Weg machen müssen.
Hartmann war Kummer gewohnt. Er forderte eine Minibusbesatzung der Bereitschaftspolizei mit Spaten und Sonden an und bat die Kollegen in Wolfhagen mit herauszukommen und vorsichtshalber einen kleinen Bagger zu besorgen. Das Verhör mit Klotz musste warten. Vielleicht auch besser so. Da draußen könnte neues Material entdeckt werden, das der Polizei erlauben würde, die richtigen Fragen zu stellen.
Hartmann, Paulinski und zwei weitere Kollegen von der Spurensicherung machten sich auf den Weg. Sie kamen gerade auf den Hof, als ein kleiner Bagger der Firma Hertinghausen von einem Tieflader rollte. Ein Streifenwagen der Wolfhagener Kollegen hatte es geschafft, durch den Dreck bis zur Miete vorzudringen. Hauptkommissar Proll war nicht zu sehen, dafür aber eine Polizistin mit einem Kollegen.

„Was steht an, verehrte Kollegin“, fragte sie Paulinski, „uns ist nur gesagt worden, wir sollten hier auf sie warten und das Ding da besorgen.“
„Weiß ich noch nicht“, war die Antwort, „wir räumen erst einmal den Hügel da ab. Dann wird sich zeigen, was ansteht. Wir warten noch auf die Bereitschaftspolizei, dann geht es los.“
Die kam fünfzehn Minuten später. Acht waren es, ausgerüstet mit Spaten und Sonden. Der Gruppenführer hatte zusätzlich noch einen Metalldetektor mitgebracht.
Paulinski bat, erst einmal die Autoreifen und die Plane zu beseitigen. Als das geschafft war, gingen die Beamten mit den Sonden vom Ende der Miete her, auf den Hügel und senkten die Sonden nach jedem Meter in den Boden. Sie stießen nach den ersten drei Metern auf keinen Widerstand im Boden. Der Bagger kam zum Einsatz. Das sondierte Gelände wurde abgetragen. Die nächsten drei Meter wurden sondiert. Zwei der Beamten auf dem Scheitel der Miete stießen fast gleichzeitig auf metallischen Widerstand. Der Detektor wurde angesetzt, zeigt aber keinen Ausschlag. Statt des Baggers gruben nun die Polizisten weiter. Etwas mehr als die Hälfte war weggeräumt, als das Kommando „Halt“ ertönte. Hartmann kam näher und nahm in Augenschein, was den Stopp verursacht hatte. Autoschilder waren es, deutsche, ohne Zulassungsplakette, verschmutzt, verbogen, aber noch gut lesbar. Keine Nummer aus dem näheren Umkreis, aber Stuttgart, Düsseldorf, Dortmund, Frankfurt war eindeutig zu entziffern.
„Vorsichtig weiter graben“, befahl Hartmann, „alle Schilder ausgraben, aber bitte mit Handschuhen anfassen.“
Hartmann und seine Kollegen hatten etwa ein Dutzend einzelne und paarweise Schilder entgegengenommen, als eine Beamtin einen Schreckensschrei ausstieß.
„Hier, eine Hand.“ Die junge Frau verließ schreckensbleich und zitternd ihren Platz in der Mitte der Gruppe.

„Grabungen einstellen“, befahl Hartmann, „alle runter von Gelände. Wir machen weiter.“
Einer seiner Männer nahm sich einen Spaten, der andere eine kleine Schüppe. Hartmann selbst war mit einem Fotoapparat bewaffnet. Paulinski wollte sich den Fund ansehen, wurde aber von Hartmann daran gehindert.
„Sie kriegen das noch früh genug zu sehen. Jetzt sind wir erst einmal dran. Sie können den Leichenwagen rufen und die Pathologie informieren.“
Nach und nach kam eine männliche Leiche zum Vorschein. Sie lag auf dem Rücken, Arme und Beine in unnatürlicher Haltung zum Körper. Gekleidet war sie in ein rotes T-Shirt und einen blauen Overall. An den Füßen trug der Mann derbe, hohe Schuhe. Die Taschen waren leer, kein Ring an den Fingern, keine Halskette, keine Piercings. Nachdem Hartmanns Männer einige Fotos geschossen hatten, drehten sie die Leiche auf den Bauch.
„Frau Paulinski“, rief Hartmann, „sehen Sie sich das mal an.“
Helga Paulinski trat näher und verstand sofort, was Hartmann meinte. Der Hinterkopf des Mannes war stark eingedrückt und voller Blut.
„Das war nicht nur der berühmte stumpfe Gegenstand“, bemerkte Hartmann, „das war ein großes, schweres Gewicht mit unregelmäßiger Struktur. Soweit ich das erkennen kann.“
Ein roter Wagen näherte sich von der Hofseite her und hielt neben der abgebrannten Scheune. Frau Dr. Bärlang war alleine gekommen und sah sich suchend auf der Brandstelle um.
„Frau Doktor“, rief Hartmann, „hier sind wir.“
Statt eines Grußes fragte sie nur: „Müsst ihr mir immer meinen freien Tag versauen? Also, wo ist die Leiche? Wie, darauf soll ich? Und meine Schuhe?“

Ihre eleganten, beige halbhohen Lackschuhe waren nun wirklich nicht geeignet für die aufgewühlte Miete und den Dreck drum herum. Hartmann bot ihr Gummistiefel an, die sie nicht ohne Kommentar notgedrungen anzog.
„Kostüm und Gummistiefel, das hat mir gerade noch gefehlt. Ich höre schon die Kollegen lästern."
„Wir sagen nix", meinte einer der Männer.
Dr. Bärlang war derselben Ansicht wie Hartmann, was die Ursache der Kopfverletzung betraf. Ob die Verletzung die Todesursache war, musste erst noch festgestellt werden. Nachdem sie nach weiteren sichtbaren Verletzungen gesucht und die Temperatur des Körpers gemessen hatte, sagte sie:
„Ich bin hier fertig. Von mir aus kann der Tote weggebracht werden. Ich muss nur noch die Temperatur in der Miete messen. Graben sie doch bitte noch ein frisches Loch."
Als das erledigt war, wandte sich Helga Paulinski an die Pathologin:
„Frau Doktor, können Sie schon sagen, wie lange der Tote hier gelegen haben mag?"
Dr. Bärlang schaute die Kommissarin missbilligend an und antwortete: „Ich kenne Sie noch gar nicht. Gehören Sie zu Hartmanns Verein."
„Nein, zu Helwichs Verein, Kommissarin Paulinski."
„Dann sollten sie solche Fragen nicht stellen. Ich werde wohl kaum feststellen können, wie lange der Tote hier gelegen haben mag. Aber seit wann er tot ist, das festzustellen liegt im Bereich des ziemlich Möglichen. Hauptkommissar Helwich wird meinen Bericht noch bekommen."
Während der letzten Sätze bemühte sie sich, sich der Gummistiefel zu erledigen. Es war gar nicht so einfach im engen Rock das Gleichgewicht zuhalten. Hartmann bot ihr seinen Arm, auf den sie sich dann auch stützte, nachdem sie ihn mit einem misstrauischen Blick bedacht hatte.

Inzwischen war der Leichenwagen eingetroffen. Der Tote wurde in den Zinksarg gelegt und zwei Minuten später war der Wagen auch schon wieder auf dem Weg in die Pathologie im Klinikum Kassel.
Helga Paulinski konnte sich nach Dr. Bärlangs beleidigender Zurechtweisung, wie sie es empfand, nicht recht konzentrieren. Immer wieder überlegte sie, was sie hätte antworten sollen, statt zu schweigen. Dabei hatte sie kurz vorher einen Gedanken, den sie unbedingt Hartmann mitteilen wollte. Jetzt aber hatte sie den Faden verloren.
„Blöde Ziege, arrogantes Weib“, entfuhr es ihr und zwar so laut, dass es die Umstehenden hörten. Deren Reaktion bestand in einem verständnisvollen Grinsen. Der Frust war raus, der verlorene Gedanke kam zurück.
„Kollege Hartmann, kann es sein, dass der zertrümmerte Schädel was mit der zusammengebrochenen Hebebühne zu tun hat, die sie heute Morgen erwähnten?“
„Durchaus, kann sein. Wir nehmen uns die Garagen noch einmal vor. Den Boden leuchten wir mal direkt aus. Mal sehen, ob sich Blutspuren im Speziallicht erkennen lassen. Die Hebebühne soll abgeholt werden.“
Und zum Einsatzleiter der Bereitschaftspolizisten sagte er:
„Der Hügel muss ganz abgetragen werden. Nicht, dass da noch eine Leiche oder sonst was liegt. Alles was Sie finden in die Tüten und Säcke. Die Kollegen vom Revier, werden hier bleiben bis Sie fertig sind.“
Es wurde nichts mehr gefunden. Die Hebebühne wurde nach Kassel in die Kriminaltechnische Untersuchung gebracht, die Nummernschilder ins Labor. Damit sollte sich Langfeld vom Autodiebstahl beschäftigen.
Kommissarin Helga Paulinski, hätte gerne den neuen Fall selbst übernommen, aber sie war ja nur Vertretung und Helwich würde sicher alles tun, sie daran zu hindern. Besser sie würde ihn informieren und darauf hoffen, dass er ihr entscheidende Aufgaben in diesem Fall übertrug. Sie hatte

nicht mit dem Jagdeifer des Hauptkommissars gerechnet. Als der von der neuen Leiche hörte, ließ er den Stationsarzt rufen und erklärte ihm, dass er nun seinen Krankenhausaufenthalt beenden und sich in ambulante Behandlung begeben würde. Der Stationsarzt war natürlich nicht in der Lage, ihm das zu gestatten. Der Oberarzt käme erst am Montag wieder, wäre jetzt nicht zu erreichen und außerdem sei das Büro bereits geschlossen, wo der Herr Kommissar ja noch seinen Eigenanteil zu zahlen habe. Also Montag. Was sollte Stefan tun, abhauen? Damit würde er alle Ansprüche bei einer Verschlimmerung verlieren.
Der Oberarzt war von Stefans Idee gar nicht begeistert. Aber wenn der Herr Hauptkommissar darauf bestehen würde, dann müsste er unterschreiben, dass er auf eigenen Wunsch frühzeitig entlassen worden wäre. Den Bericht für den Hausarzt könnte er sich um die Mittagszeit im Stationszimmer abholen.
Bis Mittag warten. Stefan war zu ungeduldig, als dass er die Zeit tatenlos verstreichen lassen wollte. So rief er Hartmann an. Der konnte zu den neuen Funden noch nicht viel sagen. Aber die Untersuchung von Klotzes Handy war sehr aufschlussreich. Klotz hatte leichtsinnigerweise einige Nummern auf seinem Handy gespeichert. Darunter auch eine aus Litauen und eine aus Lemberg /Ukraine. Von der Nummer aus Litauen hatte Klotz am Mittwoch, also zum Zeitpunkt des Mordes an Holowitz einen Anruf bekommen und von derselben Nummer einen weiteren Anruf am Freitag. Die ausländischen Nummern würden von den Kollegen vor Ort überprüft. Die Auswertung des Computers hätte nichts ergeben. Stefan überlegte, wenn der Litauer so etwas wie der Chef der Schmuggler und Schleuser war und sich am Holowitzmord beteiligt hatte, dann könnte es durchaus sein, dass er den Auftrag für einen weiteren Mord, an einen Mitwisser gegeben haben könnte. Vorausgesetzt, der Tote in der Miete war einem Mord zum Opfer gefallen.

Stefan bat Uli Seifert, ihn um die Mittagszeit abzuholen. Er würde als erstes mit ihr ins Büro fahren und einige Dinge abklären.

13

Als erstes stellte Stefan Helwich fest, dass es gar nicht so einfach war mit abstehendem, geschientem Arm in ein Auto zu steigen und im Auto eine Position zu finden, die auch für die Mitfahrer akzeptabel war. Die zweite Feststellung machte er im Polizeipräsidium, nachdem er ein paar Mal am Türpfosten schmerzhaft angeeckt war: Die Türen waren zu schmal. Die Kollegen, denen er auf den Gängen begegnete musterten ihn mit erstaunten Blicken, die durchaus Zweifel am Sinn seines Erscheinens erkennen ließen. Ganz deutlich zeigte dies Helga Paulinski, die ihre Meinung auch deutlich in Worte fasste, indem sie ihn mit den Worten „Was machen Sie denn hier Herr Helwich. Ich denke Sie sind krank geschrieben", begrüßte. In Ulrike Seiferts Mimik glaubte er aber ein wenig Freude zu entdecken.

„Hallo, liebe Kollegin. Danke Frau Paulinski, dass Sie mich informiert haben. Liegen denn schon Ergebnisse der Spurensicherung vor?"

„Ich erwarte die ersten Ergebnisse jeden Augenblick. Wenn ich sie gelesen habe, rufe ich Sie an. Sie werden doch zu Hause sein?"

„Irrtum, ich bleibe hier. Hauptkommissar Helwich übernimmt wieder das Ruder. Wenn ich Hartmanns Bericht gelesen habe, dann will ich Klotz verhören. Sie können gerne dabei sein, Kollegin Paulinski. Uli, organisieren Sie das bitte mit dem Verhör. Die sollen Klotz herbringen. Ich kann ja so schlecht ins Untersuchungsgefängnis fahren."

Das Telefon meldete sich. Es war Hartmann. Er hatte vom Labor die Auswertung der Abdrücke aus Polen bekommen.

„Ob es Ihnen was sagt, Kollege Helwich, kann ich nicht sagen, aber die Fingerabdrücke, die wir in der Werkstatt, in Hertinghausens Wohnung und in Holowitz' Wohnung gefunden haben, sind von Holowitz. Der Schuhsohlenabdruck, der auf der Weidelsburg sichergestellt wurde, stammt nicht von den Schuhen, die Holowitz bei seiner Ermordung anhatte."

„Bringt uns nicht weiter. Was ist mit der Auswertung der Spuren vom Gehöft?"

„Wir konnten an der kaputten Hebebühne Blutspuren feststellen. Ob die von dem Toten in der Miete stammen, kann noch nicht gesagt werden. Das Labor ist noch nicht so weit."

„Nehmen wir einmal an, dass der Mann sich_unter der Hebebühne befunden hat und von ihr erschlagen wurde. Dann müsste doch ein Auto daran aufgebockt gewesen sein. Und daran müssten dann auch Blutspuren zu finden sein. Oder?"

„Richtig, wir haben die mehr oder weniger ausgebrannten Autos sichergestellt. Wir untersuchen die alle auf alle möglichen Spuren, wenn eins am Unterboden Blut haben sollte, finden wir das", versicherte Hartmann.

„Und in der Garage? Ich wäre Ihnen dankbar, wenn sie der Suche nach Blutspuren Priorität beimessen würden, Kollege Hartmann."

„Ich werd's veranlassen. Ich melde mich wieder."

Erst musste die Identität des Toten festgestellt werden. Man sollte als ersten Klotz darum bitte, denn möglicherweise war das ja der vermisste Mechaniker. Was war eigentlich mit dem Rentnerehepaar geschehen, die auf dem Hof gewohnt haben? Denen gehörte das Ganze doch. Man sollte doch annehmen, wenn einem der Hof abbrennt, dass der Besitzer sich um den Schaden und dessen Beseitigung bemüht. Seit dem Brand waren die beiden aber nicht mehr gesehen worden. Merkwürdig war das schon. Vielleicht konnte Klotz Auskunft geben. Aber bevor Stefan sich Klotz vornahm, musste er den ungefähren Todeszeitpunkt des Unbekannten wissen. Es kostete ihn einige Überwindung Frau Dr. Bärlang anzurufen. Ihre Antwort war knapp:

„Genauer Zeitpunkt des Todes ist unmöglich festzustellen, aber der Tod trat nicht vor Donnerstagmittag vergangener Woche und nicht nach Freitagmittag ein."
Dann war der Unbekannte zur selben Zeit, ungenauer am selben Tag, ermordet worden, wie Holowitz. Das war kein Zufall. Da gab es einen Zusammenhang. Seine Gedanken wurden unterbrochen, als Helga Paulinski ins Zimmer trat.
„Was ist? Gibt es etwas, was ich wissen sollte, bevor wir Klotz verhören?"
Sie schien sich noch nicht damit abgefunden zu haben, dass Stefan den Fall an sich genommen hatte. Der nahm es gelassen und teilte der Kollegin die Ergebnisse der Untersuchungen und seine Überlegungen mit. Das Telefon meldete sich. Wieder war es Hartmann.
„Volltreffer, Herr Kollege", begann er, „der Sohlenabdruck von der Weidelsburg stammt von den Schuhen, die der Tote in der Miete anhatte. Größe 44, Holowitz hatte Größe 46. Also war der Unbekannte Tote auf der Burg, als Hertinghausen dort festgebunden wurde."
Ein Polizist in Uniform erschien und teile Stefan mit, dass Klotz ins Verhörzimmer gebracht würde. Sein Anwalt würde aber erst mit seinem Mandanten sprechen wollen, bevor die Mordkommission das Verhör aufnahm. Als Stefan und Helga Paulinski den Raum betraten, verließ der Rechtsanwalt gerade das Zimmer mit den Worten: „Ich rate Ihnen dringend, Herr Klotz, sich an unsere Absprachen zu halten."
Stefan und die Kommissarin setzten sich Klotz gegenüber an die der Türe zugewandte Seite des Tisches, Klotz saß ihnen gegenüber. Stefan stellte das Aufnahmegerät in die Mitte des Tisches, nannte den Zeitpunkt des Verhörs und die Namen der Anwesenden. Stefan nickte Paulinski zu. Die schob Klotz ein Foto des Toten zu.
„Kennen Sie den Mann?"

Klotz antwortete nur zögernd: „Das könnte einer meiner Angestellten sein. Aber das hier ist wohl ein Toter, oder?"
„Wieso könnte, Herr Klotz?"
„Weil der Ukrainer vorige Woche Urlaub genommen hat und nach Hause gefahren ist. Dann kann er wohl schlecht auf dem Hof gefunden worden sein."
Stefan schaltete sich ein. „Wieso glauben Sie, dass der hier auf dem Hof gefunden wurde?"
„Mein Anwalt hat mir gesagt, dass Sie den da draußen gefunden haben."
Stefan machte Paulinski ein Zeichen, dass er bis auf weiteres das Verhör leiten würde.
„Was haben Sie denn mit dem Hof zu tun?" fragte Stefan weiter.
„Ich habe da Garagen gemietet."
„Von wem?"
„Von den Höfners. Die waren für eine zusätzlich Einnahme zu ihrer Rente dankbar."
„Wo sind die jetzt?"
„Die wollten nach Mallorca. Hab wohl zu viel für die Miete gezahlt."
„Warum standen die Autos denn nicht in den Garagen, sondern in der Scheune?"
„Die Garagen mussten gereinigt werden."
„Von Blut vielleicht?"
Keine Antwort. Stefan fuhr fort.
„Wir wissen, dass Sie geklaute Autos nach Osteuropa verkaufen. Wir wissen weiter, dass Sie Schrottautos aus Polen hier ausschlachten und die alten Teile als neue hier in Autos einbauen. Und dann wissen wir noch, dass Sie in Menschenschmuggel verstrickt sind. Dafür gibt es Beweise genug. Damit werden sich meine Kollegen beschäftigen. Das alles zusammen reicht für zehn Jahre Knast. Ich ermittele in zwei Mordfällen. Deshalb möchte ich wissen, was Sie

gemeint haben, als man Sie festnahm und Sie sagten: „Das habe ich alles nicht gewollt."
„Ich kann mich nicht erinnern, dass ich das gesagt habe."
„Dafür gibt es Zeugen."
„Die müssen sich verhört haben. Alle waren im Stress."
Paulinski schaltete sich wieder ein.
„Was sagen Sie denn zu dem, was der der Hauptkommissar ihnen vorhin vorgeworfen hat?"
„Ich denke, das ist nicht Ihr Fall. Dazu sage ich Ihnen nichts."
Stefan ärgerte sich über die vorschnelle Frage seiner Kollegin. Er musste den Faden wieder aufnehmen.
„Also, Herr Klotz. Was haben sie alles so nicht gewollt?"
„Dass Polizisten dabei verletzt wurden."
„Sie haben also die Scheune in die Luft gesprengt, um Beweise zu vernichten. Und die Höfners haben Sie nach Mallorca geschickt, damit die nichts mitkriegen. Ist das so?"
„Ja. Aber, dass Sie und der andere was abgekriegt haben, war reiner Zufall. Daraus können Sie mir keinen Strick drehen."
„Hat Ihnen das Ihr Anwalt gesagt?"
„Ich habe einen guten Anwalt."
„Ich glaube Ihnen nicht, dass Sie das gemeint haben. Ist es nicht so, dass Sie gemeint haben, dass Sie nicht gewollt haben, dass die ganze Geschichte auffliegt?"
Stefan stellte fest, das Klotz erleichtert diesen Faden aufnahm und sich entspannte, als er zugab: „Ja, genau das habe ich gemeint."
Stefan blickte zu Helga Paulinski hinüber. Sie sollte mal zeigen, was sie so an Verhörmethoden so drauf hat.
„Ich glaube Ihnen", begann sie, „dass sie nicht wollten, dass die Sache auffliegt. Das ganze schöne dreifache Geschäft kaputt, an dem Sie so lange gut verdient haben. Ich glaube Ihnen aber nicht, dass sie das bei Ihrer Festnahme gemeint haben. Also, was haben Sie nicht gewollt?"

„Legen Sie mich doch nicht dauernd auf die Worte fest, die ich in der Aufregung gesagt habe. Der Herr Kommissar hat Recht."
„Der glaubt Ihnen auch nicht. Ich will Ihnen sagen, was Sie nicht wollten. Sie wollten nicht, dass es Tote gab. Sie wollten nicht, dass Hertinghausen ermordet wurde. Sie wollten nicht, dass der Ukrainer ermordet wurde."
„Natürlich wollte ich das nicht, ist doch klar. Waren doch meine Angestellten."
„Und an Ihren Geschäften beteiligt."
„Hertinghausen nicht."
„Aha", ergriff Stefan wieder das Wort, „wieso Hertinghausen nicht?"
„Der wusste von den Geschäften und hat mich erpresst. Ist doch klar, dass ich ihn loswerden wollte. Deshalb habe ich ihm angeboten, ich die Flugkosten und Startgeld zu zahlen, wenn er nur weit weg genug abhauen würde. Er wollte nach Chile."
„Und wieso wurde er ermordet? Hat er das Angebot nicht angenommen?"
„Doch, aber der wollte mehr. Ich habe mal zu Holowitz gesagt, dass der Hertinghausen verschwinden muss, weil er uns das Geschäft vermasselt. Das muss der wohl falsch verstanden haben."
„Wissen Sie, wie man das nennt? Anstiftung zum Mord."
„Nee, Ich wollte, dass er nach Chile verschwindet. Sonst nix."
„Was wissen Sie über eine antike Goldbrosche?"
Klotz war über die Wendung des Verhörs sichtlich überrascht.
„Was für eine Goldbrosche?"
„Na, die, die Reinhard Hertinghausen rumgezeigt hat."
„Ich habe nur von Holowitz gehört, dass Hertinghausen so was hatte."

„Holowitz können wir nicht mehr fragen. Er wurde ermordet."
Klotz war nicht sehr überrascht. Sein Anwalt musste ihn informiert haben.
„Und die Brosche?" fragte Klotz.
„Und warum musste der Ukrainer dran glauben?" Die Frage kam von Kommissarin Paulinski.
„Was weiß ich? Damit habe ich nichts zu tun."
„Sie schicken die Besitzer des Hofes nach Mallorca. Sie vernichten Beweismaterial für Ihre dubiosen Geschäfte. Sie vergraben Nummernschilder in einer Miete hinter der Scheune. Und in dieser Miete liegt ein Toter. Und wir sollen Ihnen glauben, dass Sie damit nichts zu tun haben. Für wie dumm halten Sie uns eigentlich, Herr Klotz?"
„Ich will Ihnen sagen wie das zusammenhängt", nahm Stefan den Faden auf. „Mit dem Beweismaterial wollten Sie ganz einfach auch Mitwisser verschwinden lassen. Stand der Türke auch auf der Todesliste?"
„Der hat nur in der Werkstatt im Ort gearbeitet. Der weiß von nix."
„Glück für ihn, sonst hätten wir einen dritten Mord aufzuklären. Ich nehme mal an, Sie waren nicht unabhängig in Ihren Entscheidungen. Andere bestimmten, wo's lang gehen sollte. Ich nehme ferner an, dass der Litauer Sie mächtig unter Druck gesetzt hat, dass der die Fäden in der Hand hielt und Holowitz ermorden ließ. Wenn wir sie nicht festgenommen hätten, wären Sie als Nächster dran gewesen. Ist Ihnen das eigentlich klar?"
Schweigen.
„Wollen Sie sich nicht zu den Feststellungen des Hauptkommissars äußern?" fragte Paulinski.
„Ich sage nichts mehr. Ich will mit meinem Anwalt sprechen."
„Ach, hat der Ihnen empfohlen, die illegalen Geschäfte zuzugeben, damit wir nicht weiter fragen? Und jetzt fragen

wir weiter. Wir sind nämlich nicht so sehr an Ihren Geschäften interessiert. Wir haben zwei Morde aufzuklären. Ich will Ihnen mal was sagen; es ist nur eine Frage der Zeit, dann können wir Ihnen den Mord am Ukrainer nachweisen. Reden Sie mal darüber mit Ihrem Anwalt und auch wie er Sie vor der Ostmaffia schützen will. Auch in Gefängnissen ist man vor denen nicht sicher. Die kommen auch da rein, sehr leicht sogar. Ich habe selbst am eigenen Leib erfahren, dass mit dem Litauer nicht zu spaßen ist."
„Ich sage nichts mehr. Schluss mit dem Verhör. Ich will zurück und dann meinen Anwalt sprechen."
Da war nichts mehr zu machen, das Verhör war beendet.
„Ist doch nicht schlecht gelaufen", meinte Helga Paulinski.
„Nur rausgekommen ist nichts für uns. Wir wissen, oder ahnen zumindest, wie das alles gelaufen ist, aber Beweise für den Mord am Ukrainer, wie heißt der eigentlich, haben wir nicht."
„Die wird das Labor schon noch liefern. Ich bitte Frau Seifert, den Namen herauszufinden."
Im Büro erwartete sie der andere Invalide, Frieder Soltan.
„Ich komme wohl zu spät, wäre gerne beim Verhör dabei gewesen. Habt ihr ihn?"
„Leider noch nicht. Aber Beweise kriegen wir noch. Mir scheint, Klotz war so etwas wie die deutsche Umschlagstelle für einen international organisierten Autoschmuggel und Menschenhandel. Pech, dass ihnen die Neonazis auf die Schliche gekommen sind."
Frieder hatte die Tageszeitung mitgebracht, die außer Stefan alle am Fall Beteiligten sicher schon gelesen hatten. In der HNA berichtete Ann-Katrin Soltan ausführlich über die Ereignisse vom Samstag und die Funde am Sonntag auf dem Hof in Wolfhagen. Sie äußerte die Vermutung, dass Klotz der Dreh- und Angelpunkt eines internationalen Verbrechersyndikats für Deutschland war, das Menschenschmuggel betrieb und auch vor Mord nicht

zurückschreckte. Sie ließ nicht unerwähnt, dass der entscheidende Hinweis auf die verdächtige Miete von ihr selbst gekommen war. Im Grunde stand da, was alle bereits wussten oder vermuteten, nichts was die Ermittlungen stören konnte. Die Bilder von der angebrannten Scheune waren spektakulär.

Am späten Nachmittag wurde dann eine weitere Vermutung bestätigt. Langfeld vom Kommissariat Autodiebstahl konnte ohne Probleme die gefundenen Nummernschilder gestohlenen Autos aus verschiedenen deutschen Großstädten und einigen in Polen zugelassenen Wagen zuordnen. Einige der polnischen Autos waren auf eine Organisation mit Namen Nemski-Polska-Trans registriert. Nachforschungen hatten ergeben, dass diese landwirtschaftliche Produkte in kleinen Mengen nach Westeuropa spedierte, aber auch als Arbeitsvermittler für Saisonarbeiter ganz legal tätig war. Unter der legalen Flagge der Nemski-Polska-Trans wurden ganz offensichtlich illegale Geschäfte abgewickelt. Es konnte als bewiesen angesehen werden, dass Klotz in diesen Geschäften eine Schlüsselrolle spielte. Die Ermittlungen deckten sich soweit mit Klotz Aussagen im Verhör, abgesehen von der Deckorganisation. Mehr war für heute nicht zu erwarten. Die Untersuchung des Blutes und entsprechende DNA-Vergleiche würden noch einige Zeit in Anspruch nehmen. Es drehte sich alles um nur zwei Fragen, erstens, ob Klotz der deutsche Kopf des vermeintlich maffiosen Unternehmens war und zweitens, ob er den Ukrainer ermordet, oder was er damit zu tun hatte. Klotz lief ihnen nicht weg, also konnte man sich Zeit lassen. Der Ukrainer, so hatte Uli Seifert herausgefunden, hieß Wiktor Kursaskas und stammte aus Lwiw, war 36 Jahre, unverheiratet. In der Ukraine lief gegen ihn ein Ermittlungsverfahren wegen Betrugs.

„Schicken Sie den Kollegen in Lwiw einige Fotos von Kursaskas und bitten Sie die um eine Bestätigung, dass es sich zweifelsfrei um Wiktor Kursaskas handelt. Die werden dann die Angehörigen, wenn es denn welche gibt, verständigen“, bat Stefan seine Sekretärin. „Irgendwann wollen die bestimmt die Leiche haben.“
Stefan machte Feierabend, obwohl er ja gar keinen Dienst hatte. Zum Arzt zu gehen, dafür war es zu spät. Er würde das morgen als erstes tun. Ohne Anmeldung würde er sicher einige Zeit investieren müssen. Die Zeit würde er nutzen, sich die Taktik für das zweite Verhör zu überlegen. Denn dieses musste zu einem entscheidenden Ergebnis führen. Er musste Klotz dazu bringen, zuzugeben, was die Polizei ihm zur Last legte. Die DNA-Ergebnisse würden am Nachmittag bestimmt aus Wiesbaden eintreffen.
Stefan vermied es, sich ein Bier im Dropp-Inn zu genehmigen. Dem zu erwartenden Spott, vordergründig in Anteil nehmende Fragen gekleidet, wollte er so lange wie möglich entgehen. Aber es war gar nicht so einfach, mit nur einem funktionierenden Arm zurechtzukommen. Immer fehlte ein Arm, oder war zu weit weg, um irgendetwas festzuhalten. Das Brot zum Beispiel, das bestrichen werden wollte, die Pizza, die geteilt werden sollte und nicht zuletzt die Weinflasche, die er hoffte öffnen zu können. Die Mineralwasserflasche und die Bierflasche konnte er noch zwischen den Knien festhalten. Also blieb ihm nichts anderes übrig, als Bier aus der Flasche zu trinken, die Pizza am Stück zu verzehren, einen Bissen Brot trocken zu essen und die Wurst abzubeißen. Auch Waschen war äußerst umständlich. Stefan war am späten Abend richtig geschafft. Im Krankenhaus war ihm seine Behinderung gar nicht so sehr aufgefallen. Da hatten sich auch andere um ihn gekümmert. Er musste jemanden haben, der ihm ein wenig zur Hand ging.

Das war der Abend, an dem mein Vater mich anrief und fragte, ob ich eine Woche Zeit hätte, um nach Kassel zu kommen. Was blieb mir anderes übrig, als seiner Bitte zu folgen. Mein Vater ist ein hervorragender Polizist, ein guter Analytiker und konsequent in der Verfolgung eines Zieles, aber trotz der Jahre des Alleineins in Haushaltsdingen völlig hilflos. Die Drei-P-Ernährung (Pizza, Pasta, Pommes) über all die Jahre ist seiner Figur wirklich nicht bekommen. Und da in seinem Mordfall neue Aspekte aufgetaucht waren, wollte ich den weiteren Verlauf und auch möglichst den erfolgreichen Abschluss der Ermittlungen vor Ort miterleben. Dann wurde es doch erst Mittwochabend, bis ich die unaufgeräumte Wohnung meines Vaters im Vorderen Westen betrat. Da war das meiste schon gelaufen.

Die entscheidenden Hinweise stammten aus den Untersuchungen der Kopfwunde des Toten und der DNA des Blutes an der Hebebühne und vom Boden der entsprechenden Garagenbox. Es war Kursaskas Blut. Jetzt musste nur noch das Auto gefunden werden, das seinen Kopf zerquetscht hatte. Ein Unfall wurde ausgeschlossen. Die KTU hatte festgestellt, dass sich der Druckschlauch der Hydraulik nicht nach dem Einsturz der Bühne gelöst hatte, sondern vorher abgezogen wurde. Die gelösten Schellen ließen keinen anderen Schluss zu. So musste die Bühne samt Auto auf den darunter arbeitenden Kursaskas gestürzt sein. Der hatte wohl etwas bemerkt und sich herumgedreht, um sich in Sicherheit zu bringen. Dabei ist er höchstwahrscheinlich über ein Stahlseil gestolpert, sodass er auf den Bauch fiel und die Bühne mit Auto auf seinen Hinterkopf gestürzt ist. Es wurden zwar Fingerabdrücke von der Hebebühne genommen, die aber noch nicht mit anderen verglichen werden konnten. Am Druckschlauch waren zwar keine Fingerdrücke, dafür aber Fasern von rauhfaserigen Lederhandschuhen. Die Handschuhe wurden aber noch nicht gefunden.

Das ist doch was, dachte Stefan. Daraus ließe sich doch was machen. Es handelte sich hier zweifelsfrei um Mord. Stefan war fest davon überzeugt, dass Klotz der Mörder war - und er war eisern entschlossen, ihn zu überführen.
Stefans Überlegungen wurden unterbrochen als Jörgensen ohne anzuklopfen in sein Büro trat.
„Herr Helwich, was machen Sie hier? Sie sind krank geschrieben. Dass Sie Klotz gestern verhört haben, war unnütz und kontraproduktiv. Vernehmungen durch einen Beamten außer Dienst sind nicht verwertbar. Das müssten Sie eigentlich wissen. Der Anwalt ..."
Stefan unterbrach den Redefluss seines Vorgesetzten.
„Moment, Herr Kriminalrat. Hier ist ein Mord aufzuklären. Ich bin der Chef der ermittelnden Abteilung, krank geschrieben oder nicht, spielt für mich keine Rolle. Zum anderen hat Kommissarin Paulinski die Vernehmung geleitet. Und ich werde auch bei der nächsten, hoffentlich letzten, Vernehmung dabei sein. Und ich verspreche Ihnen, der gesteht."
„So geht das nicht."
„Wie geht es denn? Ich lasse mir vom Arzt, wenn Sie wollen, attestieren, dass ich, was Kopfarbeit betrifft, arbeitsfähig bin. Und wenn wir schon mal dabei sind, das gleiche könnte Kommissar Soltan attestiert werden. Dann wäre die Truppe wieder vollständig. Wollen Sie das?"
„Für Soltan gibt es eine Vertretung. In Ihrem Falle würde ich die Ermittlungen selbst leiten, wenn ich nicht morgen nach Köln zu einem Kongress müsste."
„Wollen Sie etwa einer unerfahrenen Kollegin die Sache in die Hand geben?"
„Natürlich nicht. Ach machen Sie doch, was Sie wollen, Hauptsache, die Ergebnisse sind eindeutig und halten vor Gericht stand."
Ohne Gruß verließ Jörgensen das Büro. Stefan sollte tatsächlich versuchen, den offiziellen Zustand des

Krankseins zu beenden. Der Verband musste sowieso heute gewechselt werden. Warum sollte er nicht bei der Gelegenheit den Arzt bitten, ihn aus diesem Zustand zu entlassen. Außendienste, die unter Umständen den Heilungsprozess negativ beeinträchtigten, kamen doch nicht infrage. Zum anderen hoffte Stefan, den Fall morgen abzuschließen.
Der Arzt war nicht begeistert von Stefans Ansinnen, sah aber ein, dass der Hauptkommissar auf jeden Fall die Vernehmung des Mordverdächtigen selbst vornehmen würde. Warum sollte dann das nicht offiziell abgesichert werden. Die Brandwunden traten jetzt gerade in ein kritisches Stadium. Sie nässten. Sie schmerzten. Totes Gewebe wurde abgestoßen. Die nackten Wunden waren kein schöner Anblick. Tägliche Erneuerung des Verbandes war für die nächsten Tage demnach erforderlich.
„Kommen Sie morgen, bevor Sie ins Präsidium fahren, hier vorbei, damit ich den Verband erneuern kann und Ihnen ein schmerzstillendes Mittel gebe. Sonst könnte ihre Konzentration beeinträchtigt werden."
„Und die Schmerzmittel?"
„Keine Sorge, der Kopf bleibt klar."
Bevor das, hoffentlich entscheidende, Verhör beginnen konnte, war noch einiges zu erledigen, außer dem Arztbesuch. Das Material musste noch einmal durchgesehen werden, der abschließende Bericht des Labors und der KTU standen noch aus. Und er wollte sich mit all seinen Mitarbeitern vorher noch beraten. Deshalb bat er auch Frieder Soltan ins Präsidium zu kommen, als Besucher sozusagen. Das Verhör konnte dann am späten Nachmittag stattfinden.

Als Hauptkommissar Helwich ins Büro kam, waren die anderen schon versammelt. Uli hatte Kaffee gemacht und Kanne, Tassen und einige Kekse bereitgestellt. Sie hatte sich

einen Platz seitlich an Stefans Schreibtisch gesucht und einen Schreibblock vor sich liegen. Nur Stefan saß auf seinem gewohnten Platz hinter dem Schreibtisch, die anderen mehr oder weniger entspannt auf mitgebrachten Stühlen frei im engen Raum. Die Pinwand war nicht auf den neusten Stand gebracht worden. Ein Blick darauf aber zeigte dem Hauptkommissar deutlich die Umwege und Irrtümer der vergangenen Woche. Nach der allgemeinen Begrüßung teilte bei der Frieder Soltan mit, dass er morgen die Reha stationär in Bad Wildungen antreten werde.
„Ambulante wurde leider nicht genehmigt", fügte er entschuldigend hinzu.
„Ihr wisst, worum es geht", begann Stefan." Um zwei Fragen: Erstens: Ist Klotz der Mörder von Kursaskas, dem Ukrainer und war er am Mord an Reinhard Hertinghausen beteiligt? Und die zweite Frage: Ist Holowitz Reinhard Hertinghausens Mörder? Dabei wird dann sicher auch die Rolle Kursaskas im Mordfall Hertinghausen geklärt werden können. Also, was haben wir, was Antworten auf die Fragen geben könnte?"
Helga Paulinski ergriff das Wort:
„Im Fall Hertinghausen deutet vieles auf Holowitz als Mörder hin: die Welfenspange, die in seinem Besitz war, die Jacke, die er getragen hat, als die Leiche auf die Burg geschafft wurde, die Aussage Klotz, dass er Holowitz gegenüber geäußert habe, Hertinghausen müsse verschwinden."
„Das kann gelogen sein", warf Frieder Soltan ein.
„Kann, muss aber nicht", bemerkte Stefan, „was sonst noch?"
„Uns fehlt der Tatort. Uns fehlt die Tatwaffe. Wir wissen nicht, was es mit dem Zettel im Mund des Toten auf sich hat. Zu wenig, um Holowitz eindeutig als Mörder zu erkennen."

„Ich hoffe, Klotz kann etwas zur Aufklärung beitragen. Wir tun so, als ob wir ihn als Hertinghausens Mörder festnageln wollen. Dann wird er wohl etwas gesprächiger werden. Weiter! Im Mordfall Kursaskas. Was haben wir da?"
Wieder war es Paulinski, die die Fakten zusammenzählte.
„Wir haben die Mordwaffe, einen Teil zumindest. Wir wissen, dass Kursaskas den toten Hertinghausen mit auf die Burg geschafft hat. Er war Mitwisser und an Klotzens Geschäften beteiligt. Klotz hatte ein Motiv, ihn umzubringen, so wie er versucht hat, Spuren zu vernichten. Wir haben Spuren am manipulierten Hydraulikschlauch, können sie aber nicht zuordnen. Auch hier, zu wenig, um ihn festzunageln."
„Das weiß aber Klotz nicht", warf Frieder ein. „Ich meine, dass wir die Handschuhe und das Auto nicht gefunden haben. Wir sagen ihm einfach, dass dies eindeutige Beweise sind, zumal seine Hautreste im Handschuh gefunden wurden."
„Und wenn er sie verbrannt hat, dann stehen wir dumm da", gab Stefan zu bedenken.
„Bevor Sie lange mit Konjunktiven argumentieren, will ich doch lieber mal nachfragen, was bei den weiteren Untersuchungen herausgekommen ist." Uli Seifert dachte wieder einmal an das nahe liegendste.
Während Uli Seifert mit der Spurensicherung und dem Labor telefonierte, überlegten die drei anderen weiter, welche Taktik im Verhör wohl am ehesten zu einem Geständnis führen könnte. Stefan erkannte sehr bald, dass man sich im Kreis drehte und keine neuen Aspekte erkennbar waren.
„Wir machen erst einmal Schluss. Wir warten bis Frau Seifert zurückkommt."
Der Satz war kaum zu Ende gesprochen, da kam Uli Seifert zurück. Ihr Blick strahlte Zufriedenheit aus.

„Die haben die zweite Hälfte der Tatwaffe, das Auto. Am vorderen Unterboden, den der Brand nicht erreicht hat, sind Blutspuren entdeckt worden. Ob es Kursaskas Blut ist, wird noch untersucht. In der abgebrannten Scheune sind auch Reste eines Handschuhs gefunden worden, leider fast vollständig verbrannt. Nur der Stulpen und der Daumen sind noch übrig. Aber die Lederfaserreste an der Hydraulik könnten von solch einem Handschuh stammen. Der andere Handschuh ist völlig verschrumpelt."
Wieder war es Frieder Soltan, der meinte: „Das weiß Klotz nicht. Solange Hartmann seinen Bericht noch nicht geschrieben hat, wird das auch der Anwalt nicht wissen. Ich red' mal mit Hartmann."
Stefan beendete die Besprechung. „Ich geh' jetzt was essen, geht jemand mit?"
Die Frage war nicht ganz uneigennützig. Wenn er nicht gerade Suppe essen wollte, brauchte er jemanden, der ihm das Fleisch schnitt. Uli Seifert erkannte die Situation.
„Ich hab' mir zwar was mitgebracht, aber eine warme Mahlzeit ist mir heute lieber. Ich komme mit."
Der Nachmittag zog sich hin. Frieder war nach Hause gegangen. Helga Paulinski beschäftigte sich zum wiederholten Mal mit den Berichten. Sie kannte sie fast auswendig. Stefan machte einen Spaziergang durch das wenig attraktive Gelände hinter dem Polizeipräsidium. Irgendwann wurde es 16.00 Uhr, Zeit sich auf das Verhör um 16.30 Uhr einzustimmen.

Klotz wurde von seinem Anwalt begleitet. Dieser ging auch sofort auf den Hauptkommissar zu und forderte ihn geradeheraus auf, dem Verhör fernzubleiben, weil er sonst alles, was sein Mandant in einem Verhör mit einem „beurlaubten" Polizisten aussagt, als null und nichtig erklären würde.

„Ich bin im Dienst, Herr Anwalt. Für Sie haben wir einen Warteraum. Wenn wir fertig sind, können Sie Ihren Mandanten zurück in die U-Haft begleiten."
„Ich warne Sie, ich kenne die Berichte und Untersuchungen. Versuchen Sie nur nicht meinem Mandanten Beweise einzureden, von denen nichts in den Berichten steht."
Stefan musste innerlich grinsen. Das hatte er auch gar nicht vor. Hartmanns Bericht würde erst morgen vorliegen. Der Chef der Spurensicherung hatte schon Feierabend. Hauptkommissar Helwich und Kommissarin Paulinski hatten dagegen noch das härteste Stück Arbeit vor sich.
Die beiden begaben sich in den Verhörraum. Bevor sie das Aufnahmegerät angeschlossen hatten, wurde schon Klotz hereingeführt.
„Nehmen Sie Platz, Herr Klotz, dort", forderte die Kommissarin ihn auf. Sie nahm ihm gegenüber Platz. Stefan lehnte sich in der Nähe der Türe an die Wand. Von Zeit zu Zeit würde er durch den Raum gehen, an den Tisch treten und hin und wieder mit einer belanglosen Frage eingreifen, solange die Kollegin das Verhör führte. Klotz setzte sich auf die vordere Stuhlkante, legte die Unterarme auf den Tisch. Er wirke merklich angespannt.
„Herr Klotz", begann sie, „wir untersuchen den Mord an Reinhard Hertinghausen. Wir haben den begründeten Verdacht, dass Stanislaw Holowitz als Täter in Frage kommt. Können Sie uns Hinweise geben, die unseren Verdacht begründen?"
Stefan konnte beobachten, wie sich Klotz entspannte und sich zurücklehnte.
„Wie ich schon mal sagte, er muss meine Bemerkung, dass Hertinghausen verschwinden muss, völlig missverstanden haben. Immerhin hat der uns erpresst. Ich wollt ihn ja nach Chile schicken."
„Auf Ihre Bemerkung hin soll er den Mord begangen haben? Ist doch sehr unwahrscheinlich, da doch eigentlich klar war,

dass von Hertinghausen keine Gefahr mehr ausgehen würde, wenn der in Südamerika ist."
„Vielleicht hat es Streit um die Goldbrosche gegeben."
„Hatte Hertinghausen die denn immer dabei?"
„Nee, die hatte er wohl zu Hause versteckt."
„Es könnte also sein, dass Holowitz zu Hertinghausen in die Wohnung gegangen ist, ihn dort niedergeschlagen hat und mit der Brosche verschwunden ist?"
„Weiß ich doch nicht."
Stefan trat an den Tisch. „Wissen Sie, was der Zettel bedeuten könnte, den wir im Mund des Toten gefunden haben?"
„Was für'n Zettel, davon weiß ich nichts."
„Darauf stand: Rache hat einen langen Atem."
Stefan konnte deutlich erkennen, wie Klotz von seinen Überlegungen hin und her gerissen wurde, ob er nun die Wahrheit sagen, oder eine weitere Geschichte auftischen sollte. Schließlich begann er zögernd:
„Da ist noch was, was Sie wissen sollten. Holowitz' Großeltern sind als Zwangsarbeiter hier in Nordhessen ums Leben gekommen. Das hat er mir erzählt. Der Großvater ist von der Gestapo ermordet worden. Wenn er wüsste, wer dafür verantwortlich sei, dann würde er sich an den Nachkommen schadlos halten, hat er mal gesagt."
„Und was hat Hertinghausen damit zu tun?" ergriff Helga Paulinski wieder das Wort.
„Na ja, ein Hertinghausen war SS-Offizier, da wo der Großvater ermordet wurde."
„Und woher weiß Holowitz das?"
„Der hat geforscht, in den Akten, nehme ich an."
„Welche Akten? Ich bin sicher, das steht nichts davon drin, wer wen ermordet hat."
„Nun, die alten Leute in Wolfhagen wissen da so einiges voneinander. Auch von Hertinghausens Großonkel Kurt, dem SS-Offizier."

„Und Sie wussten das auch", schaltete sich Stefan wieder ein, „und haben das dem Stanislaw gesteckt. Ist es nicht so?"
„Kann ich denn ahnen, dass der auf Rache aus war? Und über kurz oder lang hätte er das auch ohne mich rausgekriegt."
„Für Sie aber war es aber günstiger, Hertinghausen bevor er nach Chile verschwand, loszuwerden, bevor er Ihr Geschäft auffliegen lassen konnte."
„Von meinen Geschäften wussten viele, die Neonazis, zum Beispiel. Die haben mich ja auch erpresst, leben aber noch."
„Im Gegensatz zu Hertinghausen, Holowitz und Kursaskas. War der dabei, als Hertinghausen ermordet wurde?"
„Der hat doch Holowitz geholfen den Toten vom Hof zu schaffen und im Geländewagen auf die Burg zu fahren."
„Vom Hof?" schaltete sich Paulinski wieder ein. Ist Holowitz da ermordet worden?"
„Ja."
„Und woher wissen Sie das so genau?"
„Stanislaw hat's mir gesagt. Er meinte, mir damit einen Gefallen getan zu haben. Ich war nicht dabei."
„Aber die Seile, mit denen Holowitz festgebunden wurde, stammen nicht aus Ihrer Werkstatt, sondern aus Ihrer Garage. Demnach haben Sie den beiden die Seile gegeben."
„Die haben die Plane damit zusammengebunden. Nachdem das passiert war, musste ich doch helfen die Leiche wegzuschaffen."
„Wo ist die Plane?"
„Muss in meiner Werkstatt sein, dunkelgrau. Man deckt Autos damit ab."
Stefan verließ den Raum, rief Hartmann per Handy zu Hause an und fragte ihn nach der genannten Plane. Die Spurensicherung hatte keine solche Plane gefunden, vielleicht auch nicht darauf geachtet. Er würde sich aber sofort darum kümmern. Zurück im Verhörzimmer, setze

sich Stefan entschlossen Klotz gegenüber. Das war das Zeichen für Paulinski, sich zurückzuziehen.
„Noch eine Frage zu Hertinghausen", begann er. „Was sollte das mit dem Festbinden der Leiche auf der Burg?"
„Holowitz meinte, so hätten die Nazis Gefangene angebunden und gefoltert. Sollte die Polizei verwirren, hat es ja auch."
Stefan änderte den Ton seiner Stimme. Waren bisher die Fragen mehr im Plauderton gestellt worden, so ließ seine Stimme jetzt eiserne Entschlossenheit erkennen. „Ich habe gerade mit der Spurensicherung gesprochen. Was meinen Sie, was die gefunden haben?"
Die veränderte Atmosphäre erschreckte Klotz offensichtlich.
„Sie werden's mir gleich sagen."
„Das Auto, dass auf der Hebebühne war, als Kursaskas dort gearbeitet hat und die dann zusammengebrochen ist und die dann Ihren Angestellten erschlagen hat."
„Tragischer Unfall das. Tut mir echt Leid."
„Es wird Ihnen noch mehr Leid tun, wenn ich Ihnen sage, das das kein Unfall war, sondern Mord. An der Hebebühne wurden die Schellen am Druckschlauch gelöst."
„Unerhört. Wer tut denn so was?"
„Sie, Herr Klotz."
„Und weshalb? Gute Leute sind knapp."
„Um einen weiteren Mitwisser loszuwerden. Sie haben den Schlauch abgezogen, der die Hebebühne zum Einsturz gebracht hat."
„Das können Sie nie und nimmer beweisen."
„Doch, können wir. Wir haben nämlich auch Ihre Handschuhe gefunden, die Sie dabei getragen haben."
„Unmöglich, kann nicht sein."
„Dass wir die Handschuhe gefunden haben? Sie meinen wohl, die wären beim Scheunenbrand mit verbrannt? Irrtum! So'n Lederhandschuh brennt schlecht. Müssten Sie eigentlich wissen."

„O.K., Sie haben Handschuhe gefunden. Alle Automechaniker tragen Handschuhe."
„Aber die wir gefunden haben, haben Sie getragen, als Sie den Druckschlauch abgezogen haben. Ich will Ihnen sagen, warum wir da ganz sicher sind. Am Druckschlauch sind Fasern eben dieser Handschuhe festgestellt worden. Und in diesen Handschuhen, besser, was davon noch übrig geblieben ist, haben wir Hautpartikel gefunden, die mit Ihrer DNA übereinstimmen. Das ist ein handfester, unumstößlicher Beweis, den auch der beste Anwalt nicht entkräften kann."
Stefan beobachtete, wie Klotz merklich zusammensank. Seine zur Schau gestellte Sicherheit war mit einem Mal verschwunden. Klotz setzte nach einigen Sekunden des Schweigens zum Sprechen an. Stefan erwartete ein Geständnis, doch Klotz sagte:
„Ich sage ab jetzt nichts mehr ohne meinen Anwalt."
„O.K., der ist noch hier. Ich lasse ihn holen."
Stefan hoffte inständig, dass auch der Anwalt die Sache mit den Hautresten schlucken würde. Er bot dem Anwalt an, im Verhörraum mit seinem Mandanten sprechen zu können.
„Sie können hier miteinander reden. Wir stellen Kamera und Mikrofone ab. Wenn Sie fertig sind, bin ich wieder mit Ihrem Mandanten dran."
Das Gespräch dauerte fünfzehn Minuten. Der Anwalt kam auf Stefan zu:
„Was ist das mit dem Handschuh. Davon habe ich in den Berichten nichts gelesen."
„Ich hab's auch erst, kurz bevor der zuständige Beamte Feierabend gemacht hat, erfahren."
„Mein Mandant hat Ihnen etwas zu sagen; in meinem Beisein, versteht sich. Sie sollten die Staatanwältin dazu bitten."
„Das wird aber dauern, bis die hier ist."
„Wir haben Zeit."

Es dauerte doch nur zwanzig Minuten. Währenddessen blieb Klotz mit einem Beamten, sich selbst und seinen Gedanken überlassen. Als die Staatsanwältin eintraf, ging der Anwalt sofort auf diese zu und sagte:
„Mein Mandant ist unter Umständen bereit, ein Geständnis abzulegen. Dieses Geständnis könnte zur Aufdeckung weiterer Verbrechen führen. Mit den Umständen meine ich, wenn die Staatsanwaltschaft von einer Mordanklage absieht und stattdessen von Totschlag ausgeht."
„Wenn sich das bestätigen sollte, könnte ich von einer Mordanklage absehen. Also, gehen wir."
Stefan richtete das Wort an Klotz: „Herr Klotz, Sie sind bereit, ein Geständnis abzulegen. Haben Sie den Ukrainer Kursaskas getötet, indem Sie die Hebebühne manipuliert haben?"
„Man hat mich unter Druck gesetzt. Entweder ich oder Kursaskas, hat man mir gedroht."
„Wer hat Sie unter Druck gesetzt?"
„Namen weiß ich nicht. Er hat sich nur immer am Telefon mit „Der Litauer" gemeldet."
Mit Blick auf die Staatsanwältin bemerkte Stefan: „Den kenne ich." Und wieder zu Klotz: „Weshalb musste Kursaskas sterben?"
„Aus dem selben Grund, weshalb Holowitz ermordet wurde. Denen war die Polizei auf den Fersen, das war ein Risiko."
„Auch Sie, Herr Klotz, waren und sind ein Risiko. Warum leben Sie noch?"
„Ich habe auch nicht auf eigene Rechnung Geschäfte gemacht, wie die zwei. Zum anderen haben Sie mich ja sozusagen in Schutzhaft genommen."
Stefan erklärte der Staatsanwältin, dass Holowitz und Kursaskas zur selben Zeit ermordet wurden.

„Das ist einleuchtend, wenn das so ist. Dann kann Klotz auf Befehl getötet haben. Aber er hat getötet, vorsätzlich. Das ist Mord auf Verlangen, kein Totschlag."
„Wo bleibt denn unsere Abmachung, Frau Staatsanwältin?" wollte der Anwalt wissen.
„Wir haben keine Abmachung. Dass Klotz in die Geschäfte einer international agierenden Bande, die Menschenhandel und Autoschmuggel betreibt, verwickelt ist, ist uns bekannt. Der Herr Hauptkommissar hat deswegen in Polen bereits ermittelt. Also ist das nichts Neues für uns."
Der Anwalt war aufgebracht. „Warum weiß ich davon nichts?"
Es war nicht ganz klar, ob die Frage an die Staatsanwältin, an Klotz oder sich selbst gerichtet war.
„Wir werden das Geständnis widerrufen", gab er schließlich zornig von sich.
„Erst muss Ihr Mandant das Protokoll von heute unterschreiben. Sie können vor Gericht dann immer noch widerrufen, aber bei der Beweislage nützt Ihnen das gar nichts."
Stefan war in Hochstimmung, obwohl in der letzten halben Stunde die Schmerzen an Hals und Arm wieder stärker geworden waren. Er hoffte nur, dass das Labor in den nächsten Tagen doch noch eindeutige Beweise finden würde, dass Klotz die Handschuhe zur Tatzeit tatsächlich getragen hatte. Für heute war erst einmal Feierabend. Er verabredete sich mit Frieder Soltan und seiner Frau zum Abendessen in einem Lokal der Innenstadt, wo ihn keiner kannte und wo er so den anzüglichen Bemerkungen wegen seines Aussehens entgehen konnte. Die Kellner, Italiener, waren sehr zuvorkommend und machten die ganze Breitseite eines Tisches für ihn frei. Obwohl er viel Platz um sich rum hatte und die Schmerzen dank Schmerztabletten erträglich waren, stellte sich die sonst gewohnte gelassene Stimmung nicht ein. Stefan musste sich mehr auf die

Essenstechnik konzentrieren als ihm lieb war. Darunter litten seine Stimmung und das Gespräch mit lieben Freunden. Auch Frieder gab beim Essen nicht die eleganteste Figur ab. Steif aufgerichtet gab er sich Mühe, die Speisen ohne allzu großen Verlust über die lange Strecke von Teller bis zum Mund zu transportieren. Hinzu kamen die fragenden und neugierigen Blicke anderer Gäste im Lokal, die sich über das seltsame Dreiergespann, eine Frau mit zwei invaliden Männern, doch sehr wunderten. So verließen sie, sobald sie die Mahlzeit beendet hatten, das Lokal. Stefan war geneigt, die beiden anderen noch auf einen Drink in seine Wohnung einzuladen. Frieder kam ihm aber zuvor, indem er sich verabschiedete und dabei bemerkte, dass er ja ab morgen in der Reha wäre und deshalb den letzten Abend zu Hause verbringen wollte und auch noch einiges vorzubereiten hätte. Dabei tauschten Frieder und Ann-Katrin Blicke tiefen Einverständnisses aus.
„Ich werde dich in Wildungen besuchen und dir berichten, wie die Geschichte ausgegangen ist. Ich hoffe doch, die ist morgen erledigt. Mach's gut, junger Freund, auch du Häschen."
Stefan war der einzige Mensch, der Ann-Katrin Soltan, geborene Hasengruber, so nennen durfte. Dennoch drohte sie ihm schelmisch mit dem Finger und bekam anschließend einen Kuss auf die Wange. Mit dem Taxi ließ sich Stefan nach Hause fahren.

Mein Vater hätte mir wenigstens sagen können, dass er mit den Beiden ausgehen wollte. Ich hätte ihm dann sagen können, dass ich mich mit ehemaligen Abi-Freunden verabredet hatte. Es wäre zwar auf dasselbe rausgekommen, aber ich hätte wenigstens das Gefühl gehabt, dass ich in seinen Gedanken noch vorkomme. Aber wenn man so lange alleine gelebt hat, vergisst man schnell schon mal den anderen. Als ich in der Nacht nach Hause kam, schlief mein Vater schon. Auf dem Küchentisch lag ein Zettel: Liebe Gabi, verzeih bitte, dass ich dir nicht Bescheid gesagt habe, dass ich

auswärts essen wollte .- Na, wenigstens hatte er gemerkt, dass er etwas versäumt hatte. Mein Papa!
Das Frühstück verlief dennoch in gespannter Atmosphäre.
„Nicht wegen dir, oder wegen gestern Abend", versuchte mein Vater die Situation zu erklären, „es ist nur so, dass es heute um Sein oder Nichtsein geht. Entweder wir überführen Klotz an Hand eindeutiger Beweise, oder ich stehe als der größte Depp da, der auf der Suche nach einem Mörder alle möglichen Verbrechen so nebenbei aufgeklärt hat, aber den Mörder nicht überführen konnte."
„So schlimm wird's doch wohl nicht sein. Es gibt viele Fälle, die nicht aufgeklärt wurden. Das wäre nicht der erste."
„Ich habe ja ein Geständnis, aber nur durch einen Trick. Das ist nicht verwertbar, wenn's widerrufen wird."

Hauptkommissar Stefan Helwich hatte Glück, dank seiner fleißigen Kollegen von der Spurensicherung und dem Labor. Zwar konnten im angekohlten Handschuh keine Hautreste gefunden werden, aber Hartmanns Leute hatten die Plane gefunden. Allerdings nicht in Wolfhagen, sondern auf Klotzes Boot am Edersee. Es war tatsächlich eine Plane zum Abdecken von PKWs. Blut hatte man nicht gefunden. Wäre auch unwahrscheinlich gewesen. Hertinghausen hatte nicht geblutet. Aber Haare wurden entdeckt. Das Labor war noch dabei, die DNA zu erstellen, die dann mit der von Hertinghausen verglichen werden musste. Aber das war nicht das Entscheidende. Es würde nur bestätigen, was man schon wusste. Entscheidend war ein anderer Fund. Unter den Metallteilen, die in einer Box der Garagen lagerten, wurden zwei Schlauchschellen gefunden, die eindeutig zu den Druckstellen am Schlauch passten. Und darauf waren Fingerabdrücke. Sehr schnell fand die Polizei heraus, dass die mit Klotz Fingerabdrücken identisch waren. Also hatte Klotz die Schellen gelöst und verschwinden lassen. Das musste er schon tags zuvor gemacht haben. Denn während jemand darunter arbeitete, wäre das nicht möglich gewesen.

ohne dass der andere die Absicht erkannt hätte. Den Schlauch dann in aller Ruhe bei einem belanglosen Gespräch mit Kursaskas abzuziehen, wäre einfach gewesen. Dies war der Beweis dafür, dass Klotz vorsätzlich getötet hatte.
Stefan informierte die Staatsanwältin über die neuen Erkenntnisse.
„Das ist gut; das reicht für eine feste Anklage", sagte diese. „Das ist stichhaltig. Damit können wir ihn überführen, auch wenn das Geständnis widerrufen werden sollte. Und die erwähnten Hautpartikel im Handschuh?"
„Tut mir leid", erwiderte Stefan, „das war ein Irrtum."
„Und die Schellen, kann die nicht auch noch jemand anderes angefasst haben. Oder ist es nicht selbstverständlich, dass auf Materialien in den Garagen und der Werkstatt Klotz Fingerabdrücke sind?"
„Schon, aber die Schellen werden nicht mal ab- und wieder anmontiert. Die gehören an den Schlauch und da bleiben sie, bis der Schlauch kaputt geht."
Stefan kam ein Gedanke und den präsentierte er auch sofort der Staatsanwältin.
„Frau Staatsanwältin, es könnte noch einer Spur nachgegangen werden. Der Druckschlauch, der vermutlich von Klotz gelöst wurde, war stark mit Öl und Fett verschmutzt. Man sollte mal die Fingerkuppen unseres Verdächtigen untersuchen lassen. Da werden sich ganz bestimmt unter den Nägeln, in den Hautrillen oder am Nagelbett Reste davon finden lassen."
„Ich gehe mal davon aus, dass sich Klotz die Hände inzwischen gewaschen hat."
„Wird ihm nicht viel nützen. Der hat ziemlich raue Hände, wie ich gesehen habe. Der arbeitet gerne ohne Handschuhe."
„O.K., ich veranlasse alles Nötige. Für Sie ist der Fall erledigt, auch der Fall Hertinghausen. Ich brauche Sie aber noch als Zeugen bei der Gerichtsverhandlung. Das wird

aber noch dauern. Ich weiß nicht, wann es zur Verhandlung kommt. Danke, Herr Hauptkommissar."
Das war's. Stefan konnte entspannen. Ein paar Tage frei, würden ihm bestimmt gut tun. Krakow kam ihm in den Sinn. Swenja tauchte vor seinem geistigen Auge auf. Und mit dem Bild der Frau auch die Enttäuschung über seinen jetzigen Zustand. Nase kaputt, das ging ja noch. Aber abstehender Arm in der Schiene und übel riechende Verbände können schon im Ansatz aufkommende Zuneigung und Wünsche erbarmungslos zunichte machen.

Ich habe von Swenja erst an dem Abend erfahren, als mein Vater von der Last der Ermittlungen in diesem Fall befreit war und sich auf seine einsame Art entspannte. Er sitzt dann gewöhnlich nicht in einem bequemen Sessel oder liegt auf der Couch, nein, diese Art der Entspannung verlangt eine gewisse Askese. Die glaubt mein Vater zu finden, indem er sich auf einen hölzernen Küchenstuhl an den blanken Küchentisch setzt. Dieses Mal hatte er zwei Flaschen Wein geleert. In einem solchem Zustand überfällt ihn immer eine abgrundtiefe Traurigkeit, in der er sich und die Menschen um sich herum und die Welt im Allgemeinen ob ihres miserablen Zustandes bedauert, sich dabei aber am meisten. Und in diesem Fall auch noch eine besondere Frau, weil sie nun auf ihn verzichten müsse. Trotz schwerer Zunge konnte ich seine Worte verstehen:
„Arme Swenja, ich weiß, du sehnst dich nach mir. Ich kann aber nicht bei dir sein, ich bin ein Krüppel. Du tust mir ja so sehr leid, dass du ohne mich sein musst. Bitte, bitte verzeih mir."
Dann sackte sein Oberkörper über dem Tisch zusammen. Er legte den Kopf auf seinen unverletzten Arm; der andere schwebte wie ein Hilfeschrei über ihm. Hauptkommissar Helwich war eingeschlafen. Ich war mir sicher, er würde die Nacht mit Swenja verbringen. Es wäre rücksichtslos gewesen, ihn dabei zu stören.

Epilog

Das war ein selten verrückter Fall. Nichts war geradlinig. Nichts führte zu dem Ergebnis, das anfangs vermutet wurde. Doch letztlich ging's meinem Vater wie dem Tapferen Schneiderlein, zwar keine sieben, aber doch fünf auf einen Streich:: Neonazis ausgehoben, Autoschmuggel und Menschenhandel aufgedeckt, zwei Mordfälle geklärt. Im Märchen konnte sich der Held mit seinen Taten brüsten und somit weitere Heldentaten bestehen. Mein Vater fühlte sich alles andere als Held. Seine Fehleinschätzungen haben quasi so nebenbei drei Straftaten aufgedeckt. Und möglicherweise wäre der Mord an Kursaskas vermeidbar gewesen, hätten sich die Ermittlungen von Anfang an auf Klotz konzentriert. Bei der Polizei war man der Ansicht, dass, sobald die Polizei bei Klotz aufgetaucht war, das Todesurteil über Mitwisser, die dadurch zu einem Sicherheitsrisiko in der Organisation wurden, gesprochen worden war. Wer nun tatsächlich Holowitz ermordet hat, ist nie ganz geklärt worden, auch wenn nach Zeugenaussagen der „Litauer" dafür verantwortlich gewesen sein soll. Der „Litauer" scheint wohl der Kopf der Bande gewesen zu sein. Er konnte bis heute nicht gefasst werden. Die Druckerei, die die Blankozulassungen gedruckt hatte, wurde dank der Handyauswertung entdeckt und ausgehoben. Man kann aber sicher davon ausgehen, dass eine andere Druckerei sehr gerne das lukrative Geschäft inzwischen übernommen hat. Und das Geschäft nach dem Prinzip, Autoschmuggel und Diebstahl mit Menschenhandel zu verbinden, läuft weiter, auch wenn die Wege nach Nordhessen dafür vorerst blockiert wurden.

Klotz wurden mehrere Vergehen zu Last gelegt. Betrug, Autodiebstahl, Beteiligung an Menschenhandel, Brandstiftung, Anstiftung zum Mord, Mord auf Verlangen. Bei der Fülle der Anklagepunkte versuchte die Verteidigung auf Totschlag zu plädieren. Als das Gericht dem nicht folgte, versuchte der Anwalt das Gericht davon zu überzeugen, diesmal mit Erfolg, die

geringeren Fälle nicht zu verhandeln. Dennoch ging Klotz für den Mord an Kursaskas zwanzig Jahre hinter Gitter.
Als das Rentnerehepaar aus Mallorca wieder in Kassel eintraf, wartete die Polizei auf sie. Es stellte sich aber heraus, dass sie vom illegalen Treiben auf ihrem Hof wirklich nichts wussten. Sie hatten sich nur manchmal über die Partys gewundert, aber dafür gerne eine Sondermiete kassiert. Die würde wohl jetzt für die Entsorgung der Scheunenreste in herangezogen werden müssen.
Und die Spange, mit der alles angefangen hat? Die ist verschollen. Ist nur zu hoffen, dass die eines Tages in einem Museum irgend wo in der Welt auftaucht und dann im Zuge eines Kulturgüteraustausches wieder den rechtmäßigen Erben zurückgegeben werden kann. Da diese aber, um ihre Schulden zu bezahlen, erst kürzlich wertvolle und kunsthistorisch einmalige Stücke haben versteigern lassen, kann ich mir sehr gut vorstellen, dass die Spange doch wieder in einem Museum gelandet wäre.
Drei Wochen nach der Aufklärung des Mordes an Kursaskas war die Besatzung des Morddezernates wieder komplett. Mein Vater hätte jetzt, nachdem seine Brandwunden verheilt und sein linker Arm wieder einsatzfähig war, durchaus nach Krakow fahren können. Um ehrlich zu sein, ich habe ihn dazu ermuntert. Er hat's gelassen. Die Angst vor einer Beziehung und den damit verbundenen Veränderungen und Risiken war wohl größer als der Wunsch nach Zärtlichkeit, Erotik und Sex. Mein Vater zog es vor, von seinem Schwarm zu träumen. Ich muss allerdings aus eigener Erfahrung zugeben, dass Schwärmerei nicht die Grundlage einer festen Beziehung sein kann und kein Ersatz ist für Liebe.

Obwohl die geschilderten Ereignisse aus den Jahren 1400 und 1402/1403 zur Geschichte Nordhessens gehören und die genannten Personen tatsächlich gelebt haben, sind die späteren Geschehnisse der Phantasie des Autors entsprungen. Sollten sich Übereinstimmungen in Namen im Zusammenhang mit Ortsbeschreibungen ergeben, sind diese rein zufällig und haben mit heute lebenden Personen nichts gemein.